中国专业作家作品典藏文库

丁力卷

财经小说系列

上市公司

丁力 著

中国文史出版社

总　　序

虽然我的深圳作协副主席要等换届才能免去，但我实实在在是一个已经办理退休手续的人。为准确核算我的退休工资，社保部门把我的档案翻了一个底朝天，结果发现我的初级、中级职称是助理工程师、工程师，但副高、正高职称却是文创二级、一级，它们准确无误地记载了我从一名专业工程技术人员向作家转变的过程。

我认为工程师和作家的本质一样，都是“创作”，只不过区别于侧重“工创”还是“文创”而已。科学家的任务是发现自然规律，工程师则利用这些规律创造发明出有利于人类健康与进步的新产品新技术，这和文学理论家与作家的分工一致。对于我 1988 年获得安徽省自然科学奖，我认为是当时没有严格区分“科学”与“技术”的结果，好比如今仍然有人认为作家就该是“文学家”一样。可我真的不是“文学家”，只是特别善写而已。1990 年我原单位冶金部马鞍山钢铁设计研究院举办科技成果展，我一个人展出的论文和著作超过全院 2000 多名工程师的总和，这并不表明我的专业水平力盖群雄，而仅仅是因为我特别善写，这也可以解释 2001 年我卸任上市公司高管后，为什么能突然成为“高产作家”。

善写主要是遗传。我很小就记得父亲一天到晚在写，更记得当年父亲为如何藏匿小说书稿而流露出的焦虑与恐惧。尽管由于时代局限，父亲写了一辈子的书却没有出版一本，但他善写的基因却遗传给了我。自2003年正式成为“坐家”以来，我平均每年在省级以上纯文学期刊发表四个中短篇，正式出版三部长篇，至今为止，已正式出版长篇小说和中短篇小说集五十部。但此情景到2020年似乎戛然而止，并非我失去了写作的兴趣与能力，而是如今的出版业遭遇了空前的窘境，我手上已经积压数本书稿了，还写吗？

正当我打算放弃长篇小说创作而只为杂志社写中短篇甚至只写散文随笔的时候，得知中国文史出版社打算精选我的七部小说再版，只是版税可能不如首版那么高，问我能不能接受。我不敢相信这样的好事正好砸到我头上。我打电话给周思明老师，他和我一样，特别善写，我们并称深圳的“二高”，我是高产小说家，他是高产评论家，“一天不写就难受”，所以我们虽然私下交往不多，但彼此视为同道人，并且我相信作家是常年埋头拉车，而评论家有时会抬头看路，所以这种类似天上掉馅饼的事，我首先向周思明求证。

“真的。”周思明非常笃定地说，“肯定是真的。”

“为什么？”我问，“你凭什么这么肯定？”

“因为我最近接到北京一家文学研究机构的电话，他们约我写一篇有关‘创业文学’的综合评论，还特别提到了你，说你的小说无论以前叫老板文学、商情文学还是财经小说，现在都归类为‘创业文学’，这说明，在中国改革开放四十余年之际，创新和创业被提到更高的位置，这时候他们不再版你的小说再版谁的？”

我信了，赶紧签订再版合同。

这次再版的七部小说《高位出局》、《透资》、《上市公司》、《职业经理人手记》、《生死华尔街》和《苍商》、《赢家》，其中前五部的初版均在清华大学出版社，《高位出局》、《透资》（《高位出局2》）和《上市公司》（《高位出局3》）都上了当年的畅销书排行榜，其中《高位出局》还获得中国书业2007年度“最佳商业图书·新人奖”。其实我2001年底发表小说处女作，2002年辞职专门当“坐家”，2003年开始出版长篇小说，因此到2007年也已经不能再算“新人”了，他们之所以颁此殊荣，大概是该书多次加印，累计发行量比较大的缘故吧。

清华大学出版社一般只做专业书，如电子计算机之类，能一下子出版我的五部长篇小说，是因为他们把我的小说归类为“财经小说”，如此，我的长篇小说又可被列为“财经类图书”，从而符合他们的出版范畴了。

从年龄上说，我的创作比较晚，来深圳之前是冶金部马鞍山钢铁设计院的工程师，但思想比一般的工程师活跃。1991年，随着中国市场经济的全面推进，我似乎看到了成为“大老板”的希望，于是辞职下海，投身中国改革开放的前沿阵地和中国市场经济最成熟的城市——深圳，先后拼搏十一年，其间还去过海南和武汉，一度也似乎已经成为“大老板”，先经营七家娱乐城，后出任金田华南投资公司董事长，在广州有二十三家连锁超市、一个灰狗巴士公司和两个地产项目。2000年上市公司新的财务制度落实后，金田集团退市，我的“事业”因之归零。此后也应聘民营投资公司总经理或证券机构操盘等，但终究不适应再“打工”的生活。为了延续自己的“老板”梦，我开始写小说，心里想，当不了大老板，还不能写大老板吗？于是，一口气创作出版了十几本书，内容都围绕着“老板”，所以我的小说起初被称为“老板文学”。后来《金潮》杂志发表文章，分析我的创作现象，称我是“中国最具爆发力的金融小说作家”，于是我的小说又成了“金融小说”。再后来，山东师范大学选择研究我的创作作为硕士研究生的论文专题，论文称我的小说为“商情文学”。最近，著名高产评论家周思明则告诉我，中国社会科学院下属的《中国文学批评》杂志将我的小说归类为“创业小说”。但我自己更认同清华大学出版社的“财经小说”定位。

这七本书中的故事都是虚构的，但其中的人和事都是有生活原型的，甚至有些就是我自己的经历，有些是我身边同事或朋友的经历。比如《高位出局》当中的王艳梅，原型是金田退市后我当“坐家”前为其打工的女老板。那段时期我是动荡的，也是迷茫的，除了给王艳梅这样的民营企业老板当总经理之外，也有过证券公司和机构操盘经历，这段时间虽然不长，但给我的冲击却是前所未有的——原来公司可以这样运作！原来他们是这样当老板的！原来股市的内幕是这个样子！我的内心受到了强烈的震撼，这种震撼激发了我用小说的形式披露这些内幕的冲动，于是直接把这种自己的经历与感受写在《高位出局》《透资》《上市公司》《职业经理人手记》等小说中，其中《高位出局》中最长的那个故事曾经以《股市内部消息》的题目，发表在《中国作家》杂志2004年第6期上。

虚构成分最多的是《生死华尔街》，因为彼时我还没有去过美国，更没到过华尔街，写华尔街只能靠虚构。创作这部小说的直接动因是想用小说的形式揭示2008年美国次贷危机的内幕。中国作协创研部主任牛玉秋老师评价说：“在阅读《生死华尔街》之前，我始终没搞懂‘次贷危机’到底是怎么回事。看了丁力的《生死华尔街》，我不但自己明白了，而且还能给别人讲解美国的‘次贷危机’了。”

《苍商》写的是几个湖南人闯深圳的故事。这也是有生活原型的。我虽然是安徽人，但1977年恢复高考后，我从安徽考到了湖南，班上同学有一半是湖南人或毕业后留在了湖南，他们大都分在湖南各地的冶炼厂，所以，小说中刘劲龙来深圳之前于冶炼厂干的那些事以及他昂首挺胸走出冶炼厂大门南下闯深圳的场景，在我当时写的时候，脑海中呈现的就是我们班同学“刘劲龙”的形象，所以才让读者感觉这个人物很具体、很真实、很生动。

《赢家》写了打工青年麻近水的故事。一看这个“麻”姓，就知道是湘西少数民族人，也因我兼任吉首大学教授，经常去湘西首府吉首市，并且湘西人客气，每次去，作为湘西少数民族人的田茂军院长都带我领略当地风俗，所以在后来创作《赢家》时，不知不觉就把“麻近水”设计成了主人翁。

麻近水的故事令人心酸。不仅因为他得了尿毒症，更因为他为之打工的老板与他是同期的考生，考分不如麻近水，却因为是大城市的城市户口而被录取，考分更高的麻近水却名落孙山。好在麻近水不屈不挠，最终凭着自身的努力终于在深圳站稳脚，成为真正的“赢家”。

这七部小说中，主人翁与我本人真实经历最接近的是《职业经理人手记》，该书也被称为“中国第一部本土MBA教材”，我也因此被邀请到清华大学经济管理学院讲课。回想自己一辈子没能成为清华的学生，却当了一回清华的老师，也算是文学给我的莫大奖赏吧。

2018年作家出版社出版我的长篇小说《图书馆长的儿子》，细心的读者又给我留言：“原来这个才是真实的你啊!”其实都不是，小说源于生活，又不等同于生活，《职业经理人手记》和《图书馆长的儿子》中的主人翁确实都有我自己的影子，但又不完全是我自己经历的真实写照，否则，怎么会有两个“我”呢?

丁　力

2020年12月13日

1

吴晓春引起黄鑫龙注意的直接原因是他对黄鑫龙的称呼。

在集团公司，所有的人都称黄鑫龙老板，只有吴晓春喊黄鑫龙主席。当面这么喊，背后也这么称，甚至在书面报告上也这么写。刚开始黄鑫龙还有些不习惯，甚至在吴晓春第一次当面这么称呼他的时候黄鑫龙还愣了一下，仿佛怀疑吴晓春不是在称呼他，而是在称呼某个大领导。不过，发愣的时间非常短，仅仅是愣了那么一下，黄鑫龙马上就明白吴晓春是在称呼他，毕竟，黄鑫龙确实是主席，集团公司董事局主席，在这个场合，吴晓春这样称主席，不是称呼他还能称呼谁呢？明白过来之后，黄鑫龙就有些兴奋，就感觉自己近似于伟人了，因此，也就记住了吴晓春。

黄鑫龙当然够不上伟人，但至少可以称得上奇人。一个农民，没有任何背景，没有学历，除了枪法特别准之外，没有任何商业场上实用的一技之长，能在深圳这块土地上立足，并且掌管着一个庞大的上市公司，难道还不可以称为奇人吗？

黄鑫龙来自潮州。那时候深圳刚刚从惠州地区划出来，成立特区，黄鑫龙一个远房舅舅就在这里发了财。春节回到乡里的时候，远房舅舅见人就掏三五香烟。黄鑫龙不抽烟，但也舍不得丢掉，就那么在手里捏着，捏住不放，捏来捏去，一直捏回家，把一根还算完整的三五牌香烟交给老父亲。这时候，洁白的三五已成灰色了，说不清是给汗湿了还是给捏脏了。但是，老父亲不介意。接过烟，老父亲先是认真地看清楚商标，然后放在鼻子底下来回地嗅了一嗅，才用打火石把草纸媒子打着，吹旺，点上那根已经变形的三五牌香烟。

黄鑫龙虽然没学历，但是有血性。春节过后，黄鑫龙对家里人宣布，他要去深圳了。不为别的，就为让老父亲抽上没有被人捏过的三五牌香烟。

黄鑫龙的决定立刻遭到全家人的强烈反对。家里人认为他这样做太冒险，不值得。黄鑫龙虽然是农民，但也不是地道的农民，他当过兵，并且由于枪法特别准，在部队上当了“五好战士”，还当过学习毛主席著作积极分子，所以，退伍之后，并没有下地种田，而是被分配到供销社当售货员。在当时的农村，这是一个非常令人羡慕的职业。就凭这，十里八乡的媒婆蜂拥而至，不但介绍的姑娘当中有隔壁大队的书记家千金，更有媒婆决定肥水不流外人田，自愿当黄鑫龙的丈母娘，在这样的背景下，黄鑫龙放着好好的工作不做，跑到深圳瞎闯荡，家里人当然不同意。

父亲知道自己没本事，在黄鑫龙面前说话没分量，于是，请来本家叔叔。本家叔叔在公社当干部，虽然只是一名不带任何“长”的“光头干部”，但也是他们家族的骄傲和靠山。据说，黄鑫龙退伍之后之所以没有下地种田，而能留在供销社当售货员，与这个本家叔叔还有一定关系，所以，本家叔叔在黄鑫龙面前说话算数。

本家叔叔说：“你跟三癞子不一样。三癞子因为当年趴女厕所看女人解手，当流氓被抓起来送劳教，出来之后没脸见人，才不得不远走他乡闯深圳的。你现在有这么好的工作，干吗跟他学?”

三癞子就是黄鑫龙那个在深圳发了财的远房舅舅。大名叫赖散之，蛮儒雅的名字，听上去和“林散之”属于一类，可行为与儒雅相差甚远，于是，大家就对他的名字进行适当的改造，成了“三癞子”，也算是一种乡土幽默吧。

关于三癞子的事情，不用本家叔叔讲，黄鑫龙早就知道，但是，正因为如此，黄鑫龙才更加坚定地要出去闯一闯。黄鑫龙想，既然一个趴女厕所被送劳教的三癞子在深圳都能混出个人模狗样，我一个堂堂的退伍军人“五好战士”难道就不能混出个模样来？

黄鑫龙坚持己见，决定去深圳，并且不留后路。

黄鑫龙从小崇拜英雄，特别崇拜项羽。他认为项羽不搞阴谋诡计，项羽的天下是硬打下来的。临走的时候，黄鑫龙学习项羽破釜沉舟的精神，不仅毅然决然地把供销社的工作辞了，而且还对周围亲朋好友同学战友都说了，说他黄鑫龙不混成个人样子就不回来等等，以此掐断自己的退路。

别说，精神的作用确实不可低估。当年他们公社去闯深圳的人后来大部分都陆续回来了，没有回来的，最好的结果是偷渡去了香港，最差的结果是在偷渡过程中丢了性命。只有黄鑫龙，既没有偷渡去香港，更没有在偷渡的途中命归黄泉，而是在深圳站住了脚，并且成了一家上市公司的董事局主席。

不用说，黄鑫龙并不是一来深圳就当上上市公司董事局主席的。事实上，黄鑫龙刚来深圳的时候，整个中国还没有一家上市公司。黄鑫龙现在掌管的这家集团公司就是中国最早一批的上市公司。因此可以说，中国的上市公司就是黄鑫龙他们这帮人共同创造的。当然，这是后话，我们先按下，先说说黄鑫龙刚来深圳时候的情况。

黄鑫龙刚来深圳的时候，深圳根本不是现在这个样子，但也不是一些资料上说的是个“边陲小镇”，起码，当时的深圳比他们家乡的县城热闹。即便是在改革开放之前，深圳的东门影剧院也安装有空调，桥社那边的商店里面也有各种各样琳琅满目的时髦商品。但是，这些与黄鑫龙无关，黄鑫龙首先要找的是个睡觉的地方，然后就是考虑吃饱肚子。他也想到过投奔自己的远房舅舅三癞子，而且确实已经去了，不过，当他弄清楚三癞子其实是做走私勾当之后，黄鑫龙放弃了。放弃的原因不是他有多么高的思想觉悟，而是自己有一个信条：只要不被饿死，就尽量不做不正当的事情。在黄鑫龙看来，走私就是不正当生意，既然自己还没有被饿死，那么就坚决不做。

黄鑫龙也差点去偷渡。那时候对岸欢迎这边偷渡。偷渡过去之后，立刻就发放香港永久居民身份证。因此，尽管路途艰险，也不乏有人前仆后继。这情景也影响到黄鑫龙。虽然黄鑫龙明知道偷渡也不正当，但他觉得这种不正当与走私不一样，起码不伤天害理，无非就是投奔条件好一点的发展环境嘛。黄鑫龙想，香港也属于中国，所以，从深圳偷渡到香港算不上“叛国投敌”。在这种思想认识下，当黄鑫龙看到身边很多人蠢蠢欲动的时候，他也动了偷渡的念头。不过，到底是退伍军人，黄鑫龙在动了这个念头之后，没有贸然行动，而是按照他当侦察兵的习惯先实地考察了一番。考察的结果触目惊心。在后海，黄鑫龙亲眼看见两具漂浮的尸体，一具面朝下，另一具面朝上，两具尸体手拉着手，据说是一男一女。男的死后尸体面朝下，趴着，女的死后尸体面朝上，仰着。黄鑫龙看后非常震惊，决定不偷渡了。不是怕死，而是觉得不值得。不错，黄鑫龙想，如果偷渡成功，确实可以成为香港永久居民，换一个相对好一些的环境，但是，成本太大了，大到自己根本承受不起的程度。万一体力不支，中途淹死，怎么实现给老父亲买三五香烟的愿望呢？黄鑫龙自己说服自己，说如果没有本事，到了河那边也只能做地盘工，没出息，如果自己有本事，留在河这边也照样当老板，挣大钱，天天给老父亲抽三五。如此这般自我说服了一番之后，黄鑫龙决定留在深圳。

那天黄鑫龙从后海回罗湖，一路无精打采，一男一女手拉手漂在海面上的情景一直在他眼前晃荡。黄鑫龙当过兵，有见识，相信那一男一女肯定是城里人，不是农村人，否则不会这么浪漫，死了之后还手拉着手。

黄鑫龙这么想着走着，走着想着，就感觉回去的路途比来的时候遥远，天气也比来的时候炎热，而且越走越远，越走越热。恍惚之间，他又回到了当兵的年代，负重行军，行进在大西北的茫茫戈壁上。这时候，他最希望见到一棵大树，树荫下面杵着一口古井，古井上还有一副辘轳，他可以摇着辘轳打起一桶水，放在井台上，双手抱着桶，嘴巴贴在桶沿上，咕噜咕噜喝上几大口，然后扇着军帽，好好休息一下。可是，这里不是大西北的茫茫戈壁，而是深圳特区，虽然周围尘土飞扬，但刮起的不是风沙，而是巨大工地上的建筑粉尘，远处也确实有树，但不是巍然挺拔的槐杨，而是低矮茂密并且正在被砍伐的荔枝。

突然，黄鑫龙发现一个牌子，上面用红漆歪歪斜斜写着“普宁脚手架”几个字。牌子的后面是一个工棚，不远处就是一片沸腾的工地。尽管歪歪斜斜，但一看见“普宁”二字，黄鑫龙还是一个激灵，清醒过来，回到现实当中。他虽然不是普宁人，但他知道普宁人也说潮州话，跟自己属于同一类人。于是，黄鑫龙走进工棚，用潮州话向里面的人讨水喝。

工棚里只有一个做饭的，听见乡音，很热情，但没有给黄鑫龙一个大水桶，却递上一盅工夫茶。工夫茶是潮州的特产，是招待尊贵客人的，当然比凉水好喝，但工夫茶有一个特点，就是喝的时候要花工夫，因此，水盅非常小，比大拇指粗不了多少，于是，黄鑫龙喝了一盅不够，必须喝第二盅，喝了第二盅还不够，还要喝第三盅。喝到最后，黄鑫龙自己都不好意思了，至少不好意思喝完就走了，于是就留在那里，和烧饭的老乡说说家乡话，并顺手帮着做点事。按说潮州男人不做家务活，所以也就不会做饭，但黄鑫龙当新兵的头一年在炊事班干过，会做饭，帮忙得心应手。

交谈中，黄鑫龙知道对方姓肖，叫肖仲明。等到他们饭做好了，脚手架上的人也下来了。大家吃饭，黄鑫龙要走，肖仲明挽留，说哪有帮厨不吃饭的。黄鑫龙一听“帮厨”两个字，就猜想对方也是当过兵的。一问，果然如此，立刻又亲近了许多，像是见到了战友。这下，肖仲明更不让黄鑫龙走了，一定要黄鑫龙留下来吃了再走，并说如果老板问，就说是战友。这时候，黄鑫龙也确实饿了，加上对方诚心，也就不再推辞。可是，吃过饭之后，却仍然没有走掉。因为在吃饭的时候，包工头发觉今天的菜比往日味道好，问怎么回事，肖仲明把情况说了，说是他的战友帮忙做的。包工头把脑袋歪向一边，略微思考了一下，转身对黄鑫龙说：“你不要走了，就留下来吧，留下来做饭。”

包工头能这样说，绝对是给面子，既给黄鑫龙面子，也给肖仲明面子，而且，还想在全体同乡面前表明他是个仗义而豪爽的人，同时也显示一种权威，一种他在脚手架施工队说一不二，不需要与任何人商量的绝对权威。他相信黄鑫龙听了之后一定当场欣喜若狂，千恩万谢，但是，他没想到黄鑫龙的反应并不热烈。

黄鑫龙愣了一下，看一眼肖仲明，仿佛肖仲明真是他的战友，这时候在这个场合遇到这样的问题，他必须征求一下老战友的意见。

肖仲明没有接他的目光，眼睛盯着锅。

“谢谢!”黄鑫龙说，“但我不能做饭，您安排我上脚手架吧。”

黄鑫龙话语一出，整个工棚顿时安静下来，不知道是因为这里从来没有人敢对包工头说“不”，还是他们发觉黄鑫龙脑子有问题。谁都知道，做饭比上脚手架好。做饭没有危险，相对自由，还可以比别人吃得更饱更好，这样的好事黄鑫龙不做，却要求上脚手架，不是脑子有问题吗?

“我见到饭锅头就晕。”黄鑫龙解释说，“在部队做饭做厌了。我喜欢上脚手架。”

黄鑫龙说完，就发觉肖仲明脸上的皱纹舒展了一些。

包工头没有说话，但显然有些不高兴，皱着眉头，看看肖仲明，再看看黄鑫龙，又看看那口烧饭的大锅，似乎明白了一点，说："行。你扎脚手架，不用烧饭，但每天吃饭前下来帮忙炒菜。"

"谢谢！谢谢老板！"黄鑫龙这才千恩万谢。

就这样，黄鑫龙留在了施工队，留在了深圳。

2

黄鑫龙后来和肖仲明成了朋友。因为肖仲明相信黄鑫龙够朋友。肖仲明当然清楚自己在包工头面前吹了牛，其实他在部队并没有当过真正的炊事兵，而只是偶然帮过厨，所以，烧饭炒菜的技术确实不如黄鑫龙。他也清楚黄鑫龙放弃烧饭的好差事不做而宁可上脚手架并不是什么见到饭锅头就晕，而是不想顶他这个好位置。所以，肖仲明觉得黄鑫龙讲义气，值得做朋友，俩人就果然成了好朋友。不过，肖仲明并没有想到，正因为黄鑫龙放弃做饭而主动上脚手架，所以才在施工队并没干多久就离开了。为此，肖仲明还内疚过好长一段时间。

其实，黄鑫龙离开施工队的直接原因并不是因为肖仲明，而是因为甲方。

这里还要说明一下，所谓的甲方是相对的。比如当时他们那个脚手架施工队，是直接为基建工程兵服务的，所以他们甲方是基建工程兵，而基建工程兵承建的是市政工程，对市政公司负责，相对于市政公司来说，基建工程兵又是乙方了，但不管是甲方还是乙方，按说都不关黄鑫龙这一方，他一个扎脚手架兼炒菜的民工，怎么能与甲方或乙方扯得上关系呢？要扯，最多只能扯到包工头这一级。然而，黄鑫龙的离去确实与甲方有关。

甲方是基建工程兵。那么，是不是基建工程兵对他们施工队或者说对黄鑫龙不好呢？不是。恰恰相反，基建工程兵对他们民工相当客气，相当好。但是，正是由于这个“相当好”，才使得黄鑫龙受不了，才最终促使他离开了那里。

这里还要继续解释一下。说起来他们是脚手架施工队，其实也不仅仅只干扎脚手架的活。脚手架是随着工程进度一层一层扎起来的，扎起来之后，将来还要一层一层拆下来，所以，他们在整个工程建设中一直跟随着基建工程兵服务。在扎起来和拆下来两个时段之间，他们也没有闲着，而是跟在基建工程兵后面当小工。反正基建工程兵在施工的过程中也需要小工，与其另外找，不如就用这些搭脚手架的民工。这样，当时黄鑫龙他们与基建工程兵的关系实际上就是师傅与小工的关系。这种关系对其他人没关系，对黄鑫龙就是一个接受不了的关系。他是退伍兵，基建工程兵也是退伍兵，并且说实话，当初在部队的时候，黄鑫龙他们作为野战部队的侦察兵还多少有些小瞧基建工程兵，现在摇身一变，大家都退伍了，怎么这些基建工程兵的退伍兵就成了师傅，而他这个野战部队的退伍侦察兵就成了小工了呢？特别是这些基建工程兵由于是集体退伍的，所以，虽然退伍了，但组织还在，感觉自己仍然是人民子弟兵，因此对黄鑫龙他们这些民工非常客气，具体地说就是人民子弟兵对老百姓那种客气。而事实上，基建工程兵当时也确实称呼黄鑫龙他们为“老百姓”。这种称呼和态度，其他民工感到亲切和受用，有一种可以受保护甚至可以犯一点小差错的受用，但是，黄鑫龙却觉得特别别扭。黄鑫龙与这些基建工程兵差不多是同一时期退伍的。基建工程兵退伍的时候，集体来到了深圳当建筑工人，黄鑫龙退伍的时候，回到老家当了供销社的售货员，现在碰在一起，他们凭什么称呼黄鑫龙“老百姓”？当然，“老百姓”并不是贬义词，而是褒义词，表示“军人和老百姓一家亲”的意思，更表示人民子弟兵对人民有责任的意思，比如危险时刻冲锋在前保护老百姓的责任，但也是那种“不能把自己混成普通老百姓”的责任。可是，黄鑫龙是那种需要这些基建工程兵保护的“老百姓”吗？他不习惯，不服气，受不了，甚至无地自容，因此，他必须离开脚手架施工队。

黄鑫龙离开脚手架施工队之后好长一段时间，肖仲明都觉得对不起朋友，他认为如果黄鑫龙不上脚手架，而是留在工棚做饭，那么就不会与基建工程兵接触，不会直接被这些基建工程兵退伍兵称作“老百姓”，因此也就不会离开施工队了。所以，黄鑫龙的离开他有一定的责任。可是，黄鑫龙自己却从来没有这么想。他认为，基建工程兵称呼他“老百姓”只是他离开施工队的导因，而不是根本原因。根本原因是他对深圳的认识。

通过几个月的特区生活，黄鑫龙对深圳有了进一步的认识。他认为国家之所以在深圳建立特区，主要原因是深圳挨着香港，而这一优势的最大受益不是体现在建筑施工上，更不是体现在搭脚手架上，而是体现在进出口贸易上。他甚至联想到在远房舅舅三癞子手下的那些日子。日子虽然不长，黄鑫龙却也弄清楚了三癞子是做走私的。走私是什么？黄鑫龙想，走私无非就是一种逃避关税的进出口贸易嘛。三癞子为什么能发财？黄鑫龙又想，还不是与进出口贸易有关嘛。这么七想八想，黄鑫龙就想清楚了，要想在深圳发财，就必须最大限度地利用深圳特区的真正优势，而当时深圳最大的优势就是进出口贸易。于是，黄鑫龙决定离开脚手架施工队，去做进出口贸易。

黄鑫龙决定离开施工队的时候，把想法对肖仲明说了。肖仲明听了之后，半天没有说话，掏出香烟，让黄鑫龙抽。黄鑫龙不抽，肖仲明就自己抽。边抽边想，想着黄鑫龙说做进出口贸易是假，听不得“老百姓”称呼是真。等一根烟差不多快抽完了，肖仲明也想好了，使劲地把烟掐了，放在地上，然后用脚踩住，再碾几下，说：“我上脚手架，你来做饭吧。”

黄鑫龙有些感动，婉言谢绝，并一再强调自己真的是想出去做进出口贸易。

肖仲明愣愣地看着黄鑫龙。

黄鑫龙认真地点点头。

肖仲明劝他慎重，说："做进出口贸易当然比扎脚手架有出息，但作为一个退伍兵，农村户口，没有学历，没有后门，上哪儿有机会做进出口贸易呢？"

"事在人为。"黄鑫龙说，"机会是碰出来的。不出去碰哪里能有机会？"

肖仲明叹气。

黄鑫龙说："如果一辈子在这里扎脚手架，那还不如在老家当售货员呢。"

肖仲明看黄鑫龙一眼，说："是啊，如果我要是能在供销社当售货员，才不出来烧饭呢。"

黄鑫龙想起一句话，"燕雀安知鸿鹄之志？"但他没有说，而是毅然决然地走了，就跟当初从老家来深圳一样。

肖仲明的担心并非多余。黄鑫龙离开脚手架施工队之后，并没有如愿以偿地做成进出口贸易。当时做进出口生意和现在还不一样，现在谁都可以做，但当时不是，当时做外贸业务不仅需要进出口许可证，而且还需要有外汇份额，所以，凡是能做进出口贸易业务的，肯定是国营单位。而国营单位做外贸的业务人员是国家干部，黄鑫龙连城市户口都没有，身份是农民，当然没有资格做外贸业务。

在反复经历挫折被别人拒之门外之后，黄鑫龙终于有些理解自己的远房舅舅了。

是啊，黄鑫龙想，自己作为曾经是"五好战士"的退伍军人，想进入外贸系统都没门，远房舅舅三癞子是劳改释放人员，哪里有资格做正经的进出口生意呢。所以，黄鑫龙理解三癞子从事走私勾当多少也是无奈。

但理解归理解，黄鑫龙自己做人的底线不会轻易改变。他想到过回到远房舅舅三癞子那里，甚至已经开始往那里走了，但走到半路，还是停止了脚步，掉头往回走。他相信天无绝人之路。

黄鑫龙也想到过回施工队。在施工队，虽然不会有出息，虽然听着基建工程兵喊自己“老百姓”不舒服，但至少吃住不用发愁。不像现在，身上的钱只出不进，每过一天就少一点，心中的底气就随之弱下去一截，搞得越来越没有底了，开始怀疑自己的想法是不是太不切合实际了，想着不如先回施工队，边干边等待机会。机会有时候是等出来的，而不一定全部都是碰出来的。但是，黄鑫龙是要脸的人，当初离开施工队的时候，肖仲明就劝过他要慎重，并且还表示要把炊事员的位置让出来给他做，他不听，硬要走，现在再想回去，包工头是不是肯收留且不说，单就是这个脸，黄鑫龙就丢不起。所以，虽然想回施工队，但黄鑫龙最终并没有真回施工队。

身上的钱很快就见底了。在最后一刻，黄鑫龙不得不再次想到了去偷渡。可一想到偷渡，眼前立刻就浮现一男一女手拉手漂浮在海面上的情景，不寒而栗，大热天里打了一个哆嗦。

黄鑫龙开始自己给自己打气。想着偷渡的最大风险就是死，但如果这也不成那也不成，窝窝囊囊一辈子，活了也没有多大意义，不如一死了之。再说，黄鑫龙想，死了的毕竟是少数，自己是侦察兵，身体素质和灵活性比一般人强，加上在深圳生活大半年了，情况熟悉，知道哪里水深哪里水浅，哪里管得紧哪里管得松，只要准备充分，应该不属于那少数的几个，偷渡成功的可能性高于一般人。

这么想着，黄鑫龙就真的又想去偷渡了。

可是，事情偏偏就有那么巧，那天黄鑫龙刚刚给自己打足了气，就正好看见一车从香港押回来的偷渡犯。一问，才知道香港那边政策变了，不欢迎这边的人往那边偷渡了。不但不欢迎，而且还要抓起来当成犯人被遣送回来。

那一刻，黄鑫龙开始信命，他相信这一切都是命，是天意，是命和天意不让他偷渡。第一次想偷渡看见两具漂浮的尸体，第二次想偷渡正好看见往这边遣送偷渡犯，这一切不都是命和天意吗？

确实是天意。

那天正当黄鑫龙几乎绝望之际，突然发现一家公司门口挂着“供销进出口营业部”的牌子。黄鑫龙看了发呆。“供销进出口营业部”是什么意思呢？营业部好理解，可“供销进出口”就不好理解了。黄鑫龙虽然没有学历，但也初中毕业并且上了一年的高中，知道“供销”和“进出口”是两个意思，前者是对内的，后者是对外的，不相干，怎么能连在一起呢？特别是黄鑫龙来深圳之前就在家乡供销社当过售货员，知道供销社主要是为农业生产服务的，出售农具化肥和农药，收购农产品，不搞进出口呀。既然是“供销”，怎么又是“进出口”呢？难道是深圳的供销社和老家的供销社不一样，也能做进出口业务？如果真是这样，那么自己也算是“基本专业对口”了，因为毕竟自己曾经在供销社干过，说不定凭着这一条还能让人家收留自己。黄鑫龙觉得奇怪，自己在罗湖口岸附近晃了这么多天，差不多每家公司都去碰过运气，怎么唯独没有发现这个带“供销”两个字的营业部呢？因此，给他的感觉这个“供销进出口营业部”简直就是从天上掉下来的。他想，难道这一切都是天意？

不管是不是天意，黄鑫龙决定进去碰碰运气。没想到，还真让他碰上了。

3

黄鑫龙决定不打无准备之仗。他意识到机会难得。对于这个可能是最后的一次机会，不能轻易浪费。

黄鑫龙厚着脸皮回到远房舅舅三癞子那里借了一些钱。这些天他宁可饿肚子都没有向三癞子借钱，但这一次他借了。他甚至做了最坏的打算，如果再不成功，就顾不得什么底线不底线了，回头给远房舅舅三癞子打工，用工资偿还欠他的钱。

三癞子还算义气，给黄鑫龙钱的时候，很随便，丝毫没有施舍的样子，还说将来有就还，没有就算了。

黄鑫龙说不，我一定要还。

三癞子笑笑，说行，有志气。

黄鑫龙就用这钱理发洗澡换新衣裳，再把一双穿得变形的旧皮鞋擦净上油打光，末了，又回施工队向肖仲明借手表。

肖仲明有一块走私手表，黄鑫龙离开施工队的时候，肖仲明曾经从自己的手腕上摘下来，说送给黄鑫龙，做个纪念，黄鑫龙没有要，说君子不夺朋友所爱，可是今天，他顾不得那么多了，成败仅在此一举，主动跑回去向肖仲明借手表。肖仲明二话没说，立刻摘下，说戴着这东西做饭反而不方便，早想扔掉，又舍不得，你拿去正好，不用还了。

黄鑫龙没说话，把肖仲明摘下来的手表接过来，戴在自己的左手腕上，伸右手和肖仲明使劲握了握，走了。

第二天上午十点钟的光景，黄鑫龙昂首挺胸、胸有成竹、步伐稳健地走进这家“供销进出口营业部”，进来就说找经理。

这也是黄鑫龙考虑好的。通过这些天在罗湖商业城一带找工作，他发现一个规律，就是像找工作这样的事情，一般的工作人员根本没有决定权，要找就必须找一把手，而公司或营业部的一把手都叫经理。所以，那天黄鑫龙进门就说要找经理，接待的人一看这来头，以为是笔大业务，不敢怠慢，马上客气地把黄鑫龙带到里面一个小房间，去见经理。经理见到黄鑫龙，微笑点头，准备接洽业务。黄鑫龙当然没有跟他接洽业务，他手上也根本没有什么业务，但是，他也没有说要找工作，而是掏出自己的工作证，递给经理。那时候中国人还没有身份证，出门要带介绍信，但黄鑫龙没有介绍信，为了证明自己身份，只能带工作证。黄鑫龙的工作证是家乡供销社的工作证，这种工作证在家乡的时候还能显示身份，到深圳就不管用了，这些天为了在外贸单位找一个工作，黄鑫龙已经不清楚是多少次掏出这个红塑料皮的工作证了，但没有一次管用，这回再次掏出来，既是习惯，也是死马当成活马医的意思，可没想到，竟然发挥了作用。原来，这家“供销进出口营业部”果然是深圳供销社下属的进出口部，叫营业部而不叫公司，是因为那时候成立公司不像现在这么容易，特别是正宗的国营单位，下面要独立成立一个公司，涉及诸如体制改革这样的大问题，不是想成立就能成立的，所以，就只能叫营业部。至于深圳的供销社怎么能做进出口业务，当然也是改革的需要。深圳原来是属于宝安县管辖的，后来居然一下成了市，接着又摇身一变成了特区，这就好比原来是儿子，现在突然成了老子一样，必然会产生许多滑稽而奇怪的现象。比如供销社，原来深圳内的地方也有供销社，是属于宝安县供销社管的，变成特区之后，宝安县供销社仍然存在，却不能再管特区内的供销社了，那么，特区内的供销社怎么办？继续归宝安县管不可能，都“市”了，还能被县管吗？可如果再成立一个深圳市供销社，显然是完全没有必要，因为在当时，深圳特区内已经成了一个巨大的工地，长成的庄稼都要被砍掉，哪里还有农业，既然没有农业，成立一个为农业生产服务的供销社干什么？于是，就只好先搁置起来，允许原来供销社系统的这些人自谋生路，想做什么就做什么，比如想做进出口业务，就允许他们成立一个进出口营业部，并适当地批一些外汇指标给他们，这才有了黄鑫龙所看到的“供销进出口营业部”。

营业部经理见黄鑫龙不是谈业务的，多少有些失望，但既然也是供销社系统的，自然不好意思太冷淡，于是让座，让茶，并问黄鑫龙有什么可帮忙的。黄鑫龙没有说自己想找工作，而是套近乎，套大家都是供销系统的近乎。黄鑫龙来深圳之前，在供销系统内部就听到一些牢骚话，说改革开放以来，各行各业都发展，就是供销社系统像冷水洗鸡巴，越洗越缩，都快成缩头乌龟了。当时黄鑫龙听到这些牢骚的时候，就忍不住笑了一番，今天为了跟这个供销进出口营业部经理套近乎，没有别的话题，就只好把这个话题拿出来发挥一番。

果然，经理联想到他们目前的处境，与黄鑫龙产生了共鸣，并且在听了冷水洗鸡巴的比喻之后，也忍不住笑起来，哈哈大笑。笑过之后，亲切不少，经理再次问黄鑫龙有什么要帮忙的。黄鑫龙说，所以，我想出来找个事情做。

黄鑫龙说完，经理不笑了。

沉默。长时间的沉默。

经理好像非常后悔，后悔与黄鑫龙一起哈哈大笑。都是供销社系统的人，又刚刚在一起说了黄笑话，现在怎么好一口拒绝黄鑫龙呢？

“调进来是不可能的，”经理严肃起来，说，“不瞒你老弟，政府恨不能让我们集体吃老鼠药呢，怎么可能再给我们进人指标。”

黄鑫龙相信经理没有说假话，将心比心，换上他当特区领导，这时候也不希望供销社的队伍再膨胀，这时候如果再进人，将来解散安置不是更加麻烦嘛。

“我不要求调进来，”黄鑫龙说，“先干着，当临时工也行。”

经理又沉默了一会儿，说：“临时工倒是有，是看仓库和干搬运的，就怕太委屈老弟了。”

“不怕，”黄鑫龙说，“我是当兵出身，别的本事没有，服从命令和不怕吃苦的本事还是有的。我是您招进来的，将来一切听您指挥，绝对不给领导添任何麻烦。您要是觉得不合适，随时打发我走，我绝不说个不字。”

经理又想了想，又看了看黄鑫龙的工作证，再看看黄鑫龙，终于说：“那好。不过丑话讲在前面，第一，只是临时工，没有转正的可能，也绝对调不进来；第二，我们这里的几个临时工都是职工家属，女的，干不了重活，你进来之后，重体力活全靠你了。”

“没问题！”黄鑫龙说。说着，不知道是特别兴奋还是真把经理当部队首长的缘故，竟然“啪”一个立正，给经理行了个标准的军礼，这才把经理已经严肃起来的脸再次搞笑起来。

4

黄鑫龙能够进入深圳外贸单位算是奇迹，在外贸单位站稳脚跟更是奇迹。

黄鑫龙进入营业部后，证实经理并没有说假话，原来的几个临时工确实都是供销系统的职工家属，特别是那几个供销社干部的家属，不仅不能干重活，而且连轻活也不愿意干。黄鑫龙这才明白，经理之所以能够开恩，除了他那个工作证和那段带颜色的笑话牢骚外，更主要的是这里确实需要一个能干重体力活的人。所以，黄鑫龙来了之后，就尽量多干活，不仅干重体力的活，连轻体力的活也做。只有这样，他才能干得长。不仅如此，他还没事找事，在营业部和仓库之间搞起了小额运输。黄鑫龙没来之前，无论出货多少，客户都必须在营业部开单，到仓库提货，大宗货物还好说，反正要汽车运送，直接带了车子去仓库就行，可如果是少量的货，客户当场就能用手提了走，却偏偏要人家到仓库去提货，就非常麻烦了。黄鑫龙向经理建议，增加营业部里的样品储备量，如果客户只要一两件货品，就直接在营业部把样品提走就行了，不必要跑到仓库去。经理听了没说话，思考了半天，他承认黄鑫龙说得对。营业部在罗湖火车站商业城，而仓库在笋岗，说远不远，说近不近，客户大多数是内地来的，对深圳不熟悉，到仓库提货确实有诸多的不便，为此，很多客户提过意见，甚至有些客户因为提货不方便开了单又要求退货的，与营业部之间没少闹矛盾。以前还好，竞争少，不怕生意没人做，虽然客户有意见，但业务还是照样开展，而现在的情况不同了，火车站附近开展同样业务的公司或营业部越来越多，再不改善服务，像这样在火车站开票到笋岗提货，客户就可能跑到别的单位去买，本营业部的生意就会越来越少，早晚有一天要关门。可要在营业部提货，麻烦也不少。首先，营业部本来就不大，现在放点样品尚能对付，把样品扩大到货品，必然要挤占办公场所；其次，如果营业部堆放货品，那么晚上就必须安排人值班，安排谁？值班费怎么算？值班费少了没有人愿意干，值班的任务派不下去，值班费高了大家抢着干，到时候还是矛盾；第三，怎么把物品从仓库搬运到营业部来？物品多了还好说，雇一辆汽车拉过来就是，问题是营业部只能存放少量物品，而且这少量的货品当天就可能被客户提走，第二天还要再运进一些，这样，就必须每天运送一点点，总不能每天雇用一辆汽车只拉一点点物品吧？如果这样，就不是麻烦不麻烦的问题了，而是涉及成本提高的问题。所以，经理在听完黄鑫龙的建议之后，没有立刻回答，而是在思考，思考有没有一个两全其美的办法。思考到最后，也没有思考出一个好办法。不过，考虑到黄鑫龙到营业部之后工作确实很主动，这个时候能够提这样的建议，也是好意，说明黄鑫龙还是关心营业部的生存和发展的，于是，经理就先表扬了黄鑫龙一番，然后说出上面的三个困难，说完之后，还以商量的口气反问黄鑫龙：“你看这三个问题怎么解决？”

经理这样反问黄鑫龙，并不是认为黄鑫龙真有什么好办法，而只是出于对黄鑫龙积极性的保护，最多只是用一种客气的方式对黄鑫龙的建议做一个否定的回答，但是，他没有想到，这三个在经理看来根本没有办法解决的难题，在黄鑫龙看起来根本就不是问题。

“要不然这样，”黄鑫龙说，“这事情交给我办。”

“交给你办？”经理问。

“交给我办。”黄鑫龙说。

“你怎么办?”经理又问。

黄鑫龙说:“第一,我来值班,不要值班费;第二,我每天晚上下班的时候从仓库来营业部,顺便把货品带过来;第三,经理给大家做做工作,营业部的生意关系到大家的饭碗,大家克服一点,办公场所拥挤就拥挤一点,总比发不出工资奖金好。”

黄鑫龙这样一说,经理当然没话可说,只好发扬民主,召集大家开会,把问题交给大家讨论。

本来黄鑫龙是临时工,这样的会是没有资格参加的,但是,本次会议的议题是黄鑫龙提出的,而且还要靠他具体实施,所以经理做主,破例让黄鑫龙参加,并让他当着大家的面把想法说清楚。

经理这样做可以有两种解释:一种解释是经理不贪功,没有把黄鑫龙的好建议化为己有;另一种解释是经理是怕担责任的人,怕这个建议说出来之后遭到大家的反对,或将来万一出了什么事情,比如货品放在营业部里丢了一部分,经理身上的责任会轻一些。果然,会上确实有人反对,反对的理由不是嫌办公室拥挤,而是说这样做不符合仓库保管制度,并问万一货品在营业部丢了谁负责。

经理没有回答这个问题,而是拿眼睛盯着黄鑫龙,那意思是:你提的建议,你回答。

说实话,这个问题真不好回答。如果黄鑫龙回答说“我负责”,那么万一人家问:“你拿什么负责?你怎么负得了这个责?”他该怎么说呢?毕竟,黄鑫龙只是一个临时工呀。

好在黄鑫龙事先已经想到别人会提这个问题,所以,当时黄鑫龙并没有直接回答万一丢了货品谁负责的问题,而是说营业部里只储备一天的货,即便发生那种万一的情况,损失也可以控制在最小的范围之内。

黄鑫龙这样回答之后,那个反对的人就接着问:“你怎么知道哪一天正好要多少货呢?”

黄鑫龙拿出一个记事本，翻开，指着上面的数字说：“我不敢保证一点不多一点不少，但大致每天多少还是知道的。这里有上两个月的发货记录，平均一算大致知道哪种货每天大概多少。八九不离十吧。”

这时候，经理明确地点点头，表示支持黄鑫龙的想法。

然而，正当黄鑫龙以为这件事情就要通过的时候，有一个好心的大姐提出一个问题。她说：“一点值班费不给恐怕说不过去吧。就是学雷锋，每年 3 月 5 日学习一天还差不多，天天学怎么行?”

大姐这样一说，大家笑起来，包括刚才提反对意见的那个人都笑起来，会场气氛顿时轻松许多。可是，黄鑫龙没有笑，也并没有感到轻松，他从大姐客气的提问中隐隐约约闻出一种味道，是那种不信任的味道。说到底，他是临时工，大家对他多少还是有点不放心，担心他天天学雷锋背后的动机。

黄鑫龙说，让他一个人晚上看管这么多货物确实不是一件很安全的事情，可以跟商城的保安协调一下，没有经理的签字，晚上下班之后任何人不得从本营业部提货，这样，即使发生偷盗或打劫的情况，货品也不会出商城，确保货品的安全。

黄鑫龙这样一说，刚才提值班费和学雷锋的那个大姐就有点不好意思了，赶快强调她不是这个意思，而真是觉得不给一点值班费不公平。

黄鑫龙说谢谢，说他确实不需要值班费，说他现在在外面租房子住，如果天天值班，还省了房租，也算是为他节省开支了，所以，他真的不要值班费。

大概是那位大姐被黄鑫龙的真诚感动了，或者为了表示她确实不是对黄鑫龙不放心，所以，黄鑫龙这样解释之后，大姐第一个表示同意。

这时候，经理用眼光扫视大家，问还有没有不同意见。见没有什么意见，就开始布置大家腾出一间办公室，用作营业部小仓库和黄鑫龙的值班室。从此，黄鑫龙就做起了仓管兼运输兼值班的工作。后来据黄鑫龙自己对肖仲明说，累是累一点，但越累心里越踏实，越累越说明他在营业部的工作没有人可以替代，说明他越安全。

“再说，”黄鑫龙说，“我跟他们不一样，营业部要是垮了，他们由政府安排，我怎么办？我上哪里再找一个做外贸的单位干？”

肖仲明去营业部看过，很羡慕，觉得黄鑫龙一个人住那么大一个营业部比肖仲明他们那么多人住一个大工棚强多了。后来，肖仲明主动把自己用的三轮车借给黄鑫龙，让他在营业部和仓库之间搬运货品用。肖仲明说他这个三轮车也就是每天早上买菜的时候用一下，其他时候反正闲着也是闲着，不如每天借给黄鑫龙用，用完之后不用他送回去，肖仲明每天晚饭后自己来取，顺便还能在营业部的卫生间里痛痛快快冲个澡，然后高高兴兴干干净净地骑着三轮车回到工地去。

许多年之后，当黄鑫龙成为上市公司的董事局主席，而肖仲明也成为集团公司下属的物业管理公司总经理之后，两个人在一起谈论过去，谈论什么是真正的幸福，肖仲明说，这要看什么时候，现在，是看见公司的股票天天往上涨最幸福，而当年，在一个干净的地方冲个澡就是幸福，甚至比现在看着股票涨还要幸福。

5

春节，黄鑫龙回老家，为老父亲带了一整条三五牌香烟。但正因为是一整条，老父亲舍不得拆，说拆了可惜，还是留着给你叔吧，叔帮过你，做人不要忘恩负义。

黄鑫龙回到深圳后，对肖仲明说起这件事情的时候流了眼泪，说他很后悔没有多带几条烟。

肖仲明说，你带十条他也舍不得拆。

黄鑫龙说，这就是父亲呀！

父亲虽然没有多少文化，却教给了黄鑫龙许多关于做人的基本道理。比如父亲说做人不要忘恩负义，要与人为善，能帮人时且帮人，做人要勤快，不要偷懒，不要怕吃亏，吃亏就是福等等。黄鑫龙当上上市公司董事局主席之后，也上过西方关于企业管理的课程，从这些课程上，他学到一条最基本最简单也是最实用的定理——天下没有免费的午餐。黄鑫龙惊呼，这不就是父亲吃亏是福的另一种表述嘛！既然天下没有免费的午餐，那么反过来，天下也就没有白吃的亏，是父亲的理论，吃亏是福啊！

正是父亲的教诲，让黄鑫龙树立了甘愿吃亏的精神。所以，他才能主动不要值班费，主动承担仓库里面一切重体力劳动，主动既当仓管又当搬运还兼义务值班，这一切看来都是主动吃亏的事情，但是，天下没有白吃的亏，正是他吃了这些亏，所以他才在供销进出口营业部站稳了脚，所以他才最终赢得了大家的信任，所以他一个临时工，在一个适当的机会来临的时候，才顺利地当上了营业部的经理，主持营业部全面工作。这是黄鑫龙后来能成为一家上市公司董事局主席最关键的一步。

在营业部内储存少量货品后，一定程度上改善了营业部的服务，提高了营业部的营业额，但是，并没有从根本上改变营业部的状况。当时营业部的基本状况是人心浮动。不仅职工人心浮动，就是经理甚至作为上级主管部门的供销社领导都人心浮动。他们总认为供销社早晚要撤销，与其等到将来被遣散，不如趁早自己寻出路。所以，当时整个营业部包括经理在内，几乎没有一个人有长期打算，也没有一个人真正把心思放在业务发展上，而是得过且过，能过就过，糊弄着能发出工资维持营业部不倒闭就行了，私下里，几乎人人都把心思放在如何寻找一个更好的单位去混一个更好的位置上。事实上，在黄鑫龙来营业部之前，营业部乃至整个供销社系统内一些工作能力强的、活动能力大的、有背景的，早已经自谋出路调到更有发展前景工作稳定的好单位去了，而且这些人到了别的单位之后，果然经济收入提高，前途光明，心情愉快，又起到了示范作用，使那些留在原单位上班的人心态更加不稳定，更希望早日离开这个前途未卜朝不保夕的狗屁单位。半年之后，机会再次来临。这一次，深圳市政府机构做出重大调整，特区内一分为四，由原来的一个罗湖区变成四个管理区，每个管理区都按一级政府的标准配备班子和各职能管理部门，一时间，深圳的干部形成青黄不接的局面，市人事局和各管理区及蛇口工业区人事部门打破常规，一改干部调动要先发商调函，再发调档函，最后才发调令的烦琐做法，直接带上调令到内地省市，见到合适的，当场阅档案，如果没原则问题，就地签发调令，办理干部人事关系和户口迁移手续。在这种情况下，作为本来就在深圳特区内的供销社系统干部，根本不需要托关系走后门了，握着单位介绍信就可以直接到自己中意的单位报到。可以这么说，当时整个供销营业部甚至整个供销社系统几乎所有的干部全部都为自己寻得了理想位置，包括营业部经理和供销社主任副主任，留下来的，不是没有干部身份的普通职工就是家属工或临时工。如此，新的问题出现了，营业部怎么办？剩下的职工怎么办？

这时候，一个人物浮现了，这个人就是黄鑫龙。

首先，由于黄鑫龙甘愿多做工作多吃亏的精神赢得了营业部内全体工作人员的一致信任；其次，在大家人心浮动纷纷为自己找出路的时候，只有黄鑫龙一个人全心全意地为营业部踏实工作，或者说，只有他一个人把全部的心思放在工作上，放在营业部的业务发展上，因为他十分清楚，营业部是他的全部希望，营业部垮了，他就流落街头，所以，只有他最希望营业部好；第三，有干部身份的或虽然没有干部身份但稍微有点能力的人都另谋出路去了，留下的不是老弱病残就是家属工临时工，相对来说，还就是黄鑫龙这个曾经在供销系统干过售货员的退伍军人相对出众了。于是，历史非常偶然但也包含着某种必然地把黄鑫龙推上了营业部实际负责人的位置。

事实上，早在营业部经理正式调走之前，他就把一部分管理性工作交给黄鑫龙了。比如考勤，以前有一个当会计的女同志代管考勤，后来该会计调到更好的单位去了，经理就让黄鑫龙负责考勤。或许经理这样安排仅仅是从方便工作考虑的，因为黄鑫龙住在营业部里面，自己绝对不会迟到或早退，由他负责考勤最方便最少出差错，但考勤的人也负责核对病假事假条，直接与每个人的工资和奖金挂钩，所以考勤员的职位虽然不大，但权力不小，黄鑫龙实际上已经参与管理了。后来，当经理要正式调走的时候，上面要他推荐一个临时负责人，经理想都没想就推荐了黄鑫龙，因为除了黄鑫龙，经理实在找不出还有其他更合适的人。用经理当时的话说，现在一棵树的枣子就黄鑫龙一个是红的，再没有其他人能比了。就这样，在经理正式调离之后，黄鑫龙成了这个供销进出口营业部的临时负责人。至于从临时负责人转成正式负责人，则更与他老父亲的教诲有直接的关系。

在黄鑫龙担任临时负责人的时候，仓库里一名家属工生孩子，本来作为家属工，在营业部效益不是很好的情况下，产假是可以停发工资的，但黄鑫龙想着父亲教诲的要与人为善，能帮人时且帮人，所以就照样给这名家属工发放了工资，而且，当有人对此提意见的时候，他还做工作，说如今城市人只生一个孩子，一辈子就请一次产假，不容易，她的那份工作我替她做了就是。这话传到女工的耳朵里，自然感动得要死，没想到该女工的一个亲戚是主管部门领导，听了女工的念叨之后，对黄鑫龙的印象相当不错，又从其他途径打听了一下，更是一片赞誉，在不可能从外面再调一名干部来营业部的情况下，有意任命黄鑫龙为营业部正式经理。不过，也提出了一个条件，黄鑫龙原工作单位必须做一些配合工作，至少要放档案，而且还要有一个鉴定。

黄鑫龙认为这是不可能的事情。他本来就是一个小售货员，自动辞职后，不销毁档案就天大人情了，哪里还能为他出具调动手续和写鉴定？

不过，那个被他关照过的女工态度积极，有心要帮一帮黄鑫龙，所以极力劝他回去看看，实在不行再另想办法。

黄鑫龙不好意思辜负人家的一片好心，于是就回去了，就当是回去看看父母。

当然，也带了三五香烟，并且还特意把其中的一条拆散了，免得老父亲又舍不得拆。

父亲抽着烟，听黄鑫龙把这次回来的意思讲了。

“找你叔。”父亲说。

这时候，人民公社已经撤销，恢复乡政府，原公社领导一个被查出是“批邓反击右倾翻案风”的时候提拔上来的，属于“三种人”，下台了，另一个不是“三种人”，而且有背景，所以趁人民公社恢复乡的机会挪个好位置，调到县里当交通局长去了。这样，本家叔叔就意外地当上了副乡长，不再是“光头干部”了。父亲带着黄鑫龙去见本家叔叔。不用说，带了两条三五香烟。如果仅仅是这次带两条三五香烟，那么已经是副乡长的本家叔叔还真不一定看得上，问题是，在父亲的教诲下，前几次黄鑫龙从深圳回来的时候，每次都孝敬过本家叔叔一整条三五烟，而当时本家叔叔的干部前面还没有带“长”，还是“光头干部”，黄鑫龙也没有任何事情求他，所以，本家叔叔相当高兴，不但自己抽了，而且还把三五香烟拿到公社大院到处散，或者说是到处炫耀，炫耀自己的本家侄子黄鑫龙在深圳出息了，不仅能买得起三五香烟，而且还知道拿三五香烟孝敬他。抽烟的人当然抽得好说得好，说有其父必有其子，你那个本家哥哥忠厚，他儿子也孬不了。所以，这次黄鑫龙父子来了把情况一说，本家叔叔想都没想，一口答应。

“这是好事情呀！”本家叔叔说，“你也不占乡里指标，不就是说两句好话做个顺水人情嘛。我看问题不大，周书记的侄子去当兵，临走的时候抓紧填写了入党志愿书，是我给办的。”

既然副乡长说问题不大，那就真问题不大，供销社和乡政府的关系是鞋拔子和鞋刷子的关系，出个证明写个鉴定发个档案并不需要花费多少成本，真正属于举手之劳，谁都愿意做顺水人情而不愿意得罪人。

当然，如果认真审核起来，黄鑫龙的档案和身份肯定多少都有些问题，但当时全国都在摸着石头过河，深圳作为中国改革开放的前沿阵地和实验区，更是摸不到石头也敢过河，特殊情况下，没有档案的在深圳重新建立档案的情况也有，何况黄鑫龙这样有档案有证明有组织鉴定的，自然也就特事特办调到深圳来了。如此，黄鑫龙就被正式任命为营业部经理，完成了成长道路上具有里程碑意义的关键一步。

6

黄鑫龙正式上任之后，做了两件事情。一是成立公司，二是推行新的经营管理模式。

成立公司没有费多少周折，随着改革的深入，这时候成立公司已经变得非常简单和容易了，再说，当时主管部门虽然没有明说，但肯定早就把原供销社系统这个不合时宜的摊子当成了包袱，现在“包袱”自己要成立公司，相对独立，当然支持，所以，黄鑫龙很顺利地在“供销进出口营业部”的基础上成立了公司。在注册公司的时候，工商部门要求加花名，也就是要在进出口公司前面至少要加上两个字，黄鑫龙不想继续沿用“供销”这两个字，不好听，而且意思不通，但一时间又想象不出更合适的名字。

“就叫‘鑫龙’。”肖仲明在一旁建议。

黄鑫龙听了没作声，但他显然意识到这样不好。虽然他现在是营业部经理，成立公司后，他就是公司法人代表，他说了算，但是，公司的性质仍然是国营单位，不是他黄鑫龙私人的企业，用他自己的名字命名公司的名字不妥当。

黄鑫龙对肖仲明笑笑，表示理解，但并不表示按他的意见做。肖仲明现在虽然还没有进入营业部，但已经说好了，一旦成立具有独立法人地位的公司，黄鑫龙就会安排他进公司上班，所以，现在肖仲明还只是黄鑫龙的朋友，而不是黄鑫龙的部下，黄鑫龙对肖仲明还比较客气，即便不同意他的提议，也仍然笑笑。可肖仲明不知道，他以为黄鑫龙笑笑就是表示欣赏和赞同的意思，于是又继续说了这名字的一大堆好处。说“鑫”是三个金字加在一起，比“金”还富贵，“龙”表示权力和地位，真龙天子，龙的传人，等等，就差没有说黄鑫龙正是因为叫了这个名字才当上经理的。

黄鑫龙继续笑，但仍然没有接受肖仲明这个建议的意思。不过，经肖仲明这么一唠叨，黄鑫龙自己也觉得“鑫龙”这个名字确实不错，如果自己不叫“黄鑫龙”，还真可以考虑新成立的公司用这个名字，但现在自己已经叫这个名字了，公司就绝对不能再叫这个名字。那么，黄鑫龙想，是不是可以取其义呢？变一个说法呢？比如说“鑫”，是不是可以用一个同音字代替？再比如说“龙”，是不是可以考虑用另外一个意思接近的字代替呢？这么想着，黄鑫龙就想到了“新天地”这个名字。道理嘛，非常简单，“新”和“鑫”同音，听起来一样，看上去也不俗气，而“龙”表示权力和地位，表示真龙天子，表示威力无比，而“天地”可以包容一切，比单独一个“天”字大，比“龙”更大，所以，用“天地”替代“鑫龙”不仅完全可以表达相同的意思，而且几乎一点看不出个人色彩，也比较好听，与“新东方”“新鸿基”相媲美。于是，黄鑫龙决定用“新天地”做公司的花名。报请主管部门之后，也没有提出任何意义，如此，“深圳新天地进出口公司”就正式成立了。成立之后，黄鑫龙没有食言，把肖仲明安排进来，接替他自己当年的工作，管仓库。从此，肖仲明也不用睡工棚了，而是一个人享受一个比营业部更大的大仓库。

公司成立后，黄鑫龙接着就推行了一种新的经营管理模式。

要说这个新的经营管理模式，也是被硬逼出来的。

前面说过，当时经营部有点能力的人早就另谋出路了，要不然也轮不到黄鑫龙当经理，那么，公司靠什么生存？做业务，尤其是做进出口业务，光靠工作态度和工作热情是不够的，必须掌握一些基本的业务知识，比如外语知识和报关知识，还必须有一定的业务渠道，尤其是海外的业务渠道，而且黄鑫龙通过长时期与进出口接触已经了解到，海外的业务渠道是认人的，不认单位，以前的业务员走了，业务关系也就跟着走了，而新的业务关系建立不是一朝一夕的事情，所以，当时黄鑫龙第一个想到的就是招聘人才。可真正掌握进出口业务渠道的人才谁愿意到他这里来呢？黄鑫龙说破了嘴皮，除了招聘到一个学英语的、两个学外贸的和一个学会计的人之外，并没有招聘到一个真正有业务渠道的人。当然，这些学外语的、学外贸的和学会计的人也是公司需要的，可毕竟只是辅助人员，并不能直接为公司创造经济效益，而黄鑫龙当时最需要的，恰恰就是那种能立刻为公司创造经济效益的人。怎么办？当时黄鑫龙急得团团转。他不希望自己一成立公司就发不出工资，更害怕公司刚一成立就倒闭。说实话，黄鑫龙甚至有些后悔了，后悔自己不知深浅就接手了一个烂摊子，后悔自己成立了公司。如果不成立公司，营业部不独立，实在发不出工资的时候还有一个哭爹喊娘的地方，现在成立公司了，独立了，就得完全依靠自己了，连哭爹喊娘的权利都没有。只有在这个时候，黄鑫龙才第一次清醒地意识到权力和责任的对等，才感受到一种自己从来没有体味过的巨大压力。

黄鑫龙是要脸的人，自己饿肚子还好说，让整个公司的人一起陪着自己饿肚子，不如自己找个地缝钻下去算了。说实话，最困难的时候，黄鑫龙连死的念头都有。能动用的社会关系都动用了，可他一个乡下人，哪里有多少能帮他解决实际问题的社会关系呢？肖仲明倒愿意为他两肋插刀，可解决公司的生存与发展不是打架，光靠两肋插刀没用。最后，在实在没有办法的情况下，经肖仲明提醒，黄鑫龙再次求助远房舅舅赖散之。

“你舅舅不是做进出口生意的吗？干吗不去找他？说不定他能帮

帮你呢?”肖仲明说。

黄鑫龙听了先是一愣，然后是苦笑。他有苦说不出。那年黄鑫龙找肖仲明借手表的时候，对肖仲明说过他有一个舅舅在深圳做进出口生意，并说自己是向舅舅借钱才剃头洗澡换衣服的，但不知道是多少有些虚荣心的原因还是觉得没必要讲那么清楚的原因，当时黄鑫龙并没有说所谓的舅舅是远房舅舅，所谓的进出口生意是走私勾当，现在肖仲明提醒他去找做进出口生意的舅舅，黄鑫龙确实有些有苦说不出。

不过，肖仲明的话多少还有些启发作用，虽然只是远房舅舅，虽然所从事的是非法进出口业务，但远房舅舅也是舅舅，非法的进出口生意也是进出口生意，人在被逼无奈的情况下胆子比平常大，脸皮也比平常厚。最后，黄鑫龙还是决定试试，抱着死马当成活马医的态度去求三癞子了。

黄鑫龙安慰自己，这样做不是为了我自己，而是为了整个公司。一想到是为整个公司，就感觉没那么丢脸了。

虽然平常来往不多，虽然自打黄鑫龙把欠三癞子的钱还了之后就几乎没有再来过，但毕竟是亲戚，毕竟是一个地方来深圳的人，这中间还有许多其他亲戚和同乡在两边串着，所以，赖散之对黄鑫龙的情况还基本了解的。三癞子知道黄鑫龙如今成了一家国营进出口公司的经理，很自豪，也很得意，经常把黄鑫龙当成香烟，叼在嘴边上，以此说明他自己很讲义气，也很有眼力，早看出这个远房外甥有出息，所以当年才把他从老家带到深圳来，所以来了之后才一直关照他等等。因此，今天黄鑫龙一来看望他，赖散之简直有些受宠若惊，立刻放下手中的一切，专门接待，异常热情。

两个人先是说了一些家常话，说黄鑫龙老父亲命苦，没有熬到今天，否则，见到黄鑫龙今天的成就，一定非常开心等等，说得黄鑫龙眼睛湿湿的，差点就忘记自己是来干什么的了。当然，最后黄鑫龙还是想起来了，把自己当前的处境对远房舅舅说了，并虚心讨教解决公司当前问题的办法。

赖散之一听，马上说："你这不是捧着金饭碗要饭吃吗?"

黄鑫龙不解地看着这个远房舅舅。

"你不是有进出口许可证嘛，"赖散之继续说，"还有一定的外汇指标吗?"

黄鑫龙点点头，承认是。

"这是什么?"赖散之问。

黄鑫龙回答不出来，继续看着赖散之。

"这就是钱。"赖散之说。

黄鑫龙脑袋稍微往边上侧了一点，似乎明白了一些，但显然没有明白透。

"你把这些东西给我，我保证把你们的人全养了。"赖散之进一步说。

黄鑫龙当然不能把这些东西全给三瘌子，再说这些东西也不是他说给就能给的，不过，他似乎更加明白一些，明白这些东西是值钱的，或者说，这些东西是能带来钱的。

"给您当然不行，"黄鑫龙说，"合作可以。"

"怎么合作?"赖散之问。

"我不懂，"黄鑫龙说，"听舅舅的。"

"我用你的这间公司做生意，赚了钱两个人分，怎么样?"赖散之开条件了。

黄鑫龙听了心里一惊，像是乡村土中医突然读到了《黄帝内经》，但是，他并没有立刻答应，怕三瘌子拿了他的许可证做违法生意，如果那样，那他就吃不了兜着走了，于是眼珠子一转，说事关重大，容我回去考虑考虑。

还没有回到公司，在路上，黄鑫龙就考虑出眉目来了。

既然三癞子看好我手中的进出口许可证和外汇额度，说明这东西一定有用，至于怎么用，黄鑫龙想，我不了解，但可以问呀，可以请教内行呀，可以边干边学习呀。

回到公司，黄鑫龙马上就想好了三套策略。第一，立刻召集几个新招聘的大学生开会，听取他们对公司发展的意见和建议，从中学习一些有益的东西。第二，先与三癞子小合作一笔，公章和合同专用章坚决掌握在自己手里，资金往来也走公司账号，赚钱不是主要目的，主要目的是看他们怎么操作，偷着学点东西。第三，继续招聘，条件是利润分成，三七开，公司七，业务员三；如果业务员自己能调剂外汇，五五开；如果业务员不但能调剂到外汇指标，而且还能自己解决资金问题，则倒三七开，业务员七，公司三。

如此三招一出，情况马上改变，不仅黄鑫龙基本上从外行变成了内行，而且公司业务突飞猛进，好多有业务渠道的业务员不请自到，纷纷跳槽到他这里来，甚至有直接从他们楼上跳到楼下来的。

黄鑫龙也越做越精，边干边学，制度也越来越完善。还学会了不用资金也能做出口业务的办法，比如让对方开信用证，然后拿信用证到这边的银行抵押贷款，行话叫“贴现”，这样，公司只要动用很少一点资金，就能开展很大一笔业务。还利用当时特区出口退税与内地出口退税的差异，吸引内地做进出口业务的单位在他们这里做业务，赚代理费，等等，生意做得红红火火。最后，以前从这里出去的业务员也找上门来，要求调回来。

由于采用了新的经营方式，自然也就带来了新的管理模式。黄鑫龙说自己根本不懂管理，这话当然是谦虚，但也是事实。事实上，黄鑫龙确实不懂管理理论，但懂得管理实践。这个实践就是，怎么做有利于业务的开展，他就采纳什么样的管理方式。有时候他自己问业务人员，你们想怎么管理？业务员说为了便于核算和开展业务方便，每个人对外都称“经理”，黄鑫龙说行，只要能赚钱，你们称自己皇帝都行。于是，公司就有了“业务一部”“业务二部”一直到业务十几部和几十部。每个部都独立核算，每个部的负责人都是“经理”。自然，黄鑫龙自己就成了“总经理”。要不然，跟下面怎么区别？再后来，业务部实在太多了，黄鑫龙又听取业务员自己的意见，分成大类，如“机电产品进出口业务部”“农产品进出口业务部”等等，每个大类的负责人叫“总经理”，黄鑫龙自己只好称“总裁”了，其业务发展和公司规模由此可见一斑。

多年之后，当黄鑫龙当选为深圳市十大杰出青年时，被媒体报道成改革先锋。当记者为此采访黄鑫龙时，黄鑫龙侃侃而谈。说新天地公司的发展壮大主要靠政策，一靠国家改革开放的大政策，二靠国家给深圳的中政策，第三才靠他自己给业务员的小政策，而他个人的作用相当小。讲得既顺口，也实事求是，还把自己“谦虚”地表扬了一番。记者一走，黄鑫龙马上对身边的人说：“屁！现在说老子是改革先锋了，当初差点抓老子坐监！”

黄鑫龙这样说当然是气话，但也不是无中生有。当初他那样做的时候，确实受到质疑。有人说他是打着社会主义的旗号搞资本主义，还有人说他公私不分，甚至有一阵子还被当作经济领域犯罪审查，黄鑫龙本人也差点被抓进去。好在查来查去，他本人没有任何贪污受贿行为，加上后来大趋势变了，邓小平公开表示不要在姓“社”还是姓“资”的问题上纠缠，黄鑫龙才涉险过关。

到 1988 年，深圳正式试行国营企业股份制改造的时候，黄鑫龙的“深圳新天地进出口公司”已经发展成为深圳贸易额最大的进出口公司。

7

1988年，国家正式推行股份制，以深圳做试点。但是，试验差点失败。当时的情况和现在不一样，现在为了公司上市，请客送礼给顾问费咨询费在所不惜，可以说是不惜一切代价，但当时的情况相反，当时是政府积极动员企业参与股份制改造，但企业并不积极。当然，当时也有条件限制，必须是国营企业，那时候还没有相关的法律，只有暂行规定，《深圳经济特区国营企业股份化试点暂行规定》中就明确规定是“国营企业”，而国营企业的领导当时都是标准的国家干部，而且还是领导干部，他们中的每一个人都能在政府各级领导职位当中找到自己相应的“级别”，事实上，他们中的有些人也确实在企业领导或地方党政领导之间来回地调动，所以，他们基本上并不热心去改变现状，吃饱了撑的去改变现有国营企业的性质。因此，文件下发之后，整个深圳没有一家正宗的国营企业按程序要求向政府有关部门提出申请。如此，这项争论了几年最终可以正式开展的重大改革举措就几乎进行不下去了。而且一旦在深圳推行不下去，就不能在全国推广，那么，今天的中国和中国经济会是一种什么样子呢？当然，这种情况并没有发生，国家肯定有办法让试点工作进行下去。为了保证进行下去，政府有关部门专门从香港和北京请来专家，给国营企业的老总们上课，洗脑筋。第一批是请深圳特区发展公司和深圳物资总公司这样正宗的国营企业老总们去听，结果，人是去了，课也听了，但没效果。第二批只好扩大，扩大到新天地进出口这样挂着国营招牌但实际上国家并没有往里面投资的名义上的国营企业老总去听课，于是，也就把黄鑫龙也扩大进来了。

说实话，黄鑫龙一开始并没有当回事，也根本就没有听懂，但是，这些年做企业，黄鑫龙知道自己基础差，所以比较爱学习，特别注意学习有关改革和企业发展方面的一些新名词、新知识和新政策。因此，那天他就特别注意听，听不懂的地方还专门做了记号，准备有机会的时候向别人讨教。这样，听着听着，黄鑫龙就听明白了。明白一旦实行股份制改造，他这个企业就更加独立了，他自己作为企业老板的地位也就更加巩固了。在此之前，他虽然也是企业的法定代表人，是企业的一把手，但企业的性质是国家的，他必须时时事事看主管部门领导的脸色行事，否则，惹得上面不高兴，主管部门只要一个任命，就可以另外派一个一把手来。给领导的亲戚安排个工作或拉个赞助已经不算什么事情了，就是调用企业资金甚至是外汇这样的事情，往往也就是一个电话，连解释的时间都不给，就把电话撂了，黄鑫龙明明心里一肚子气，还必须照办。所以，他这个老板其实当得并不踏实，没有安全感，甚至有些窝囊。有时候，黄鑫龙甚至处于矛盾之中，一方面，作为企业的老板，本能地追求利润最大化，追求企业规模的发展；另一方面，发现这种发展对他个人并没有好处，甚至越发展他越感到自己不安全，因此，他也一直希望能有机会改变现状。但怎样改变？能不能改变？他并不知道。现在，通过本次政府组织的学习，他知道，完成改造之后，按照《暂行规定》，企业的最高权力归股东大会，企业没有“上级”了，因此，也就没有任何组织和个人可以随便任免他了，或者说，他不需要看别人的脸色行事了，他自己的个人权利也可以通过内部职工持股的方式得到一定程度的兑现和保障。

黄鑫龙决定干。

当他把申请提交到体制改革办公室的时候，工作人员欣喜若狂，主动推荐专家帮他们准备文件和进行资产核定。可是，正当工作进展顺利之际，主管部门领导又节外生枝，给他们出难题，要求黄鑫龙不但把特区之内原供销系统的全体职工包括进去，而且还要把原粮食系统的职工也包括进去。对于前者，黄鑫龙还好接受，可把粮食系统的职工包括进来就实在没有道理了。

黄鑫龙不接受，主管部门领导施加压力，不接受就不给他签字。

这时候，最着急的还不是黄鑫龙，而是特区体制改革办公室。如果双方坚持不下，那么，他们好不容易找到的一个试点单位又要泡汤了。为了不让试点泡汤，体改办两边做工作。他们在主管部门那边是怎么做工作的黄鑫龙并不清楚，在黄鑫龙这边怎么做工作的他清楚。工作的基本方法是补偿。补偿方式是：原粮食系统的一切资产全部划给新天地公司，包括好几个粮站和粮食仓库。做工作的人对黄鑫龙说：不要小瞧这几个破粮站和破仓库，它们不是挂在天上的，而是立在地上的，尽占着好地方呢。果然，这些粮站和仓库所占的地方为后来黄鑫龙进军房地产发挥了相当大的作用。甚至可以说，如果不是因为有这些地皮，他甚至都想不起来做房地产。不过，黄鑫龙本人却不这么说，他说这就叫善有善报。

黄鑫龙说，当初他接受粮食系统烂摊子的时候，并没有想到那几个粮站和仓库能有那么大的用途，而只是出于同情。

这里面还有一个小故事。

有一次黄鑫龙出差到上海，差点饿肚子。原来，当时深圳这边已经取消粮油计划供应了，而上海没有，所以，黄鑫龙出差去的时候就只带了人民币而没有带粮票。事实上，当时深圳人也没有粮票。都取消粮油计划供应了，哪里还有粮票？头两天是对方吃请，问题还没有暴露，最后一天，黄鑫龙想自由活动一下，就主动与对方告辞了，并要求对方不要陪了，他想办点私事，结果，当天晚上就没有饭吃。因为他身上只有钱，没有粮票，而上海的饭店当时还全部是国营饭店，上海人也喜欢认死理，没有粮票，再多的钱也不卖饭给他。他跑到商店，想凑合着买两个面包填肚子，结果商店也坚持原则，没有粮票连面包也不卖给他。最后，他没有办法，也实在不好意思为这点小事情回头给客户单位打电话求救，只好买了一只三黄鸡对付过去。这件事情对黄鑫龙影响非常深刻，他甚至能从另一个角度考虑问题，想到既然粮票都取消了，粮食的计划供应取消了，那么，原来粮食系统的职工靠什么生存呢？他们不是比我们供销系统的职工更艰难吗？黄鑫龙因此动了同情心，最后同意接受原粮食系统的整个烂摊子。

全盘接收粮食系统的另外一个好处是给公司带来一个好名字。公司实行股份制改造的时候，必须重新起名字，比如“新天地进出口公司”就应该重新注册为“新天地进出口股份有限公司”，但因为额外接收一个粮食系统进来，光用“进出口”名字就不全面了，因为随粮食系统一起并进来的那些粮站和仓库显然与进出口没有关系。另外，体改办的同志一再强调，不能搞歧视，如果新的股份有限公司当中只包含进出口而不包含粮食，那不意味着厚此薄彼嘛。所以，必须要重新起一个名字。最先考虑的方案是合二为一，干脆叫“新天地进出口粮食股份有限公司”，但怎么看怎么别扭，怎么听都觉得不合情理。又想到把位置调整一下，叫“新天地粮食进出口股份有限公司”，意思虽然通了，但更容易让人产生误解，从名字看，别人还以为该公司专门做粮食进出口业务的呢，这不是明摆着要限制公司将来的发展空间嘛。不行，更加不行。最后，还是体改办的同志建议，叫实业公司，因为“实业”包罗万象，符合股份公司将来走集团化多元化的广阔发展道路。黄鑫龙也觉得不错，他从小就从电影和小说中听说过“实业救国”，但当初不懂是什么意思，现在懂了，自然同意体改办同志的意见，而且，他认为这个名字比原来单纯的进出口更好。在黄鑫龙的观念中，做企业当然大比小好，多比少好，既然体改办的同志主动提到了集团化和多元化，那么还不如现在就把“集团”两个字也包括进来，况且，这样做也比较符合实际，不是已经包括供销和粮食两个系统了嘛，叫“集团”也是实事求是。如此，最后的名称定为“新天地实业（集团）股份有限公司”，率先在深圳挂牌上市，黄鑫龙成为中国最早一批上市公司的董事长。后来，由于天时地利钱多，募集来的资金不用利息也不用还本，多得花不完，公司实现超常规发展，集团下面立刻派生出五花八门的公司甚至总公司，这些公司或总公司的一把手也都叫董事长，跟黄鑫龙没有区别，他的助理李惟诚建议，集团设立董事局，黄鑫龙叫董事局主席。并且说香港的一些大公司也都是这么搞的。

李惟诚是当年公司搞股份制改造的时候由特区体改办推荐来的指导专家，新天地实业成功上市之后，其他专家回北京了，或被别的公司请去继续当指导了，而李惟诚却被黄鑫龙盛情挽留下来了，留下来给他当助理，其实是专门处理与股份制有关的事情。

黄鑫龙这样做是有远见的。既然公司上市了，那么就必须有一个这方面的专家，否则，别说实际运作了，就是回答股民或记者的问题也吃不准。后来的实践进一步证明，黄鑫龙留下李惟诚是英明正确的，套用一句领袖的话，公司成功上市只是万里长征走完了第一步，今后还有很多路要走，没有一个懂行的怎么行。比如增发，比如在大陆 A 股上市之后再在香港发行 B 股，还比如后来的收购兼并资产重组等等，哪一项都不是黄鑫龙或肖仲明这样的人能干得了的。因此，黄鑫龙非常信任李惟诚，在很多重大问题上都尊重李惟诚的意见。这次自然也不能例外，既然李惟诚建议设立集团董事局，黄鑫龙由集团董事长改称董事局主席，黄鑫龙也就欣然接受，成了“主席”，这才有了后来吴晓春称黄鑫龙“主席”的事件发生。

8

李惟诚虽然建议黄鑫龙成为主席了，但他自己却从来没有这么叫过。主要是习惯。李惟诚作为股份制改造的专家刚来公司的时候，称黄鑫龙为“黄总”，公司成功上市之后，他自己留下来当黄鑫龙的助理，发觉大家都叫黄鑫龙老板，只有他一个人叫“黄总”，似有不够尊敬之嫌，于是入乡随俗，也跟着大家一起叫黄鑫龙老板。时间一长，习惯成自然，要突然改口叫主席还有些不好意思，所以就继续叫老板。好在老板和主席是一个意思，至少在新天地集团内部，不会有人发生误解，因为新天地集团只有一个老板，这个老板不是别人，就是黄鑫龙。可吴晓春没有这个习惯，他是新近加盟新天地集团的，所以他可以上来就叫黄鑫龙“主席”。

吴晓春虽然没有习惯，可他也不是聋子，当然知道全公司的人都叫黄鑫龙老板，按常理，他也应该入乡随俗，随大家一起叫老板，但是，他没有随大溜，而是逮着机会标新立异地叫黄鑫龙“主席”。

吴晓春这样做是有考虑的。

吴晓春跟李惟诚是同龄人，而且经历相似。他们都是“文革”接近尾期的时候中学毕业，搭末班车上山下乡，不久赶上粉碎“四人帮”，招生制度改革，1977 年参加首次高考离开广阔天地。可是，他们俩现在在公司的地位却相差悬殊。此时的李惟诚除了是黄鑫龙的助理外，还是集团董事，集团发展委主任，而吴晓春虽然学历更高，大学毕业后，在八十年代考上了中科院系统的研究生，获得了理学硕士学位，但由于“下海”晚，进入新天地集团的时间更晚，所以，目前只是在李惟诚手下担任一个小经理。之所以说“小”，是因为发展委在集团公司的地位高，李惟诚的手下几乎人人都是经理，就好比党政大机关一般工作人员也是正科级一样，集团发展委下面的人也都是“经理级”，而且也都有名头，比如调研部经理、开发部经理、项目部经理、资本运营部经理等等，具体到吴晓春这里，正式的头衔是投资部经理。但是，他们这些所谓的经理下面并没有兵，其实就是他一个人，说“经理”显然名不副实，加上“小”才贴切。因此，吴晓春就不甘心，就比较着急，就不得不只争朝夕。

一开始，吴晓春的目标是李惟诚。觉得自己与李惟诚是同一时代人，年龄一样，经历也差不多，比较容易相互理解与沟通，只要关系处理得不错，应该可以得到他的赏识和提携，比如提拔为发展委副主任或主任助理。为此，吴晓春也做过不少努力，包括把自己在兰州冰川冻土研究所工作期间保存的野生藏红花送给李惟诚的夫人等等。可是，没有效果。不知道是此时集团公司的高学历人才实在太多的缘故，还是李惟诚对这个蠢蠢欲动的同龄人抱有一丝戒心，总之，吴晓春越是表现，李惟诚越是对他熟视无睹，吴晓春越是想当副主任，越是感觉离这个位置越来越远。最后，吴晓春终于相信，正因为是同龄人，正因为有着类似的经历，正因为自己的学历比李惟诚高，所以才更不会得到他的提携，不打击压制就算不错的了。

有那么一段时间，吴晓春非常失望，甚至绝望，他发觉自己根本就是走错了道路，而且一步走错步步错。第一步错在当年不该为考上研究生而报考相对冷门的中科院兰州冰川冻土研究所，冷门自然有冷门的道理，相对容易录取也自然有相对容易录取的道理，结果，学历是有了，却耽误了这么多年时间。第二步错是既然已经走上科研这条道路，就不该受外面世界的诱惑而“下海”，坚持到底，熬成学术带头人，也不一定比现在差。第三错是既然已经“下海”了，就应该争取当老板而不要想着在大公司混一个闲差，如果从将来自己当老板的角度考虑，那么还不如在关外的小企业好好当总经理，不必费那么大劲跳槽到上市公司来。如果不来新天地集团，继续当关外那家私人企业的所谓的总经理，虽然也是给老板打工的，但在一个几百人的企业里，自己是一人之下百人之上，哪个也不敢小瞧他，不像现在，老板就不用说了，连个和自己一般大的同样也是给老板打工的发展委主任都攀不上，自己这不是自寻其辱吗？

吴晓春想到了再次跳槽，这次不是从关外往关内跳，也不是从小企业往大公司跳，而是相反，是从关内往关外跳，从上市公司往私人企业跳。他已经想好了，这次再到私人企业干，不要求当总经理，只要求当分管销售的副总，只要掌握了企业的销售渠道，就等于掌握了客户资源，这样，也就抓住了老板的命脉，老板对自己好，就继续为他卖命，老板对自己不好，对不起，找准机会自己在外面重新开一个工厂，专门挖老板的墙角，不出几年，自己也成为一个老板了。

这也不是吴晓春的妄想，而是确有先例的。当初他在关外那家私人工厂当总经理的时候，手下一个管销售的副总就是这么做的，而且现在已经成功了。吴晓春相信自己的智商和能力都不在当年那个销售副总之下，副总能做到的，他吴晓春也一定能够做到。

这么想着，吴晓春振奋一些，信手拨了那个副总的手机。

副总姓孙，叫孙凯，吴晓春这时候一半调侃一半讨好地称对方“孙老板”，搞得孙凯半天没有想起来吴晓春是谁。吴晓春有些扫兴，差点把电话撂了。想了想，还是自报家门，说自己是吴晓春。

“哎呀，是吴总呀，您好您好！”孙凯连忙抱歉，矫枉过正地说了不少客气话，最后，不知道是表示歉意还是诚心叙旧，热情地提出请吴晓春吃饭。

吃饭不吃饭无所谓，但吴晓春确实想见一下他。

“行，我请你吧。”吴晓春说。

“不不不，我请你，我请你！”孙凯说。

吴晓春又略微想了一下，说：“行。你当老板了，是该请客。”

说着，两个人就约好了时间地点，见面吃饭。

吃饭少不了喝酒，喝酒少不了说话，喝着说着，吴晓春把自己的苦恼说了，并表现出对孙凯的羡慕。

“这你就错了，”孙凯说，“其实我还羡慕你呢。”

吴晓春疑惑，看着孙凯，不确定孙凯是开玩笑还是说真话。你一个老板，反而羡慕起我一个打工的？

孙凯说，当小老板不如在大公司当白领，并列举了他现在遭遇的各种麻烦。比如现在产品更新换代快，他天天感到跟不上，精神高度紧张，自己搞研发没有实力，而跟在别人屁股后面又不是长久之计。再比如产品不能按时生产出来急得要死，生产出来卖不掉更急，卖出去了收不回资金还是急，总之，一天到晚都是急，长此以往，不被急死也得急出病来。又比如工厂刚刚有一点起色，工商税务红道黑道不知道从哪里冒出那么多人出来找麻烦，黑道就不说了，就说红道，昨天辖区民警还捎来话，说快年终了，出来一起坐坐，“坐坐”是什么意思？辖区治安那么差，工厂的保卫工作单靠人已经不行了，还必须依靠狗，不得不养了两条大狼狗，才能保障工厂不被偷盗，他一个片区警察怎么就那么清闲，有时间“坐坐”？就算有空，你一个民警没事找辖区企业的老板出来“坐坐”干什么？另外，前天劳动监管大队来查工厂为工人办社保的事情，理由冠冕堂皇，振振有词，可工厂刚刚开张，我当老板的自己都还没有办社保呢，怎么可能为工人办社保？最后，解决问题的方法千篇一律，罚款，感觉他们来查的目的本来就不是保障工人的权利，而是专门收罚款的。还有，孙凯接着说，前天晚上下夜班，路上一辆泥头车把一名女工轧死，虽然事情发生在工厂之外，并不是工厂的责任，但工厂也不能完全不管呀，要管，一花精力二花钱。再比如……

孙凯还没有说完，吴晓春就赶快摆手，不让他说了，就这他听了头都大，再说还不把脑袋给涨破了？吴晓春想，看来这老板也不是好当的。

两个人继续喝酒，吴晓春突然同情起孙凯来，竟然打算他买这个单了。

孙凯这时候也喝了不少，说话的欲望比较强，既然已经打开了话匣子，不说完难受，所以要继续说。

孙凯说，现在是知识经济时代了，你一个大知识分子，就是想当老板，也要当知识经济类型的老板，千万不要像我这样当小工厂的小老板。

吴晓春微微点点头，承认孙凯说得有道理，自己或许确实不是当一个小工厂老板的料，但转念一想，既然一个小工厂的小老板都当不了，上哪能当知识经济类型的大老板呢？

孙凯给他举例，说他认识一个老板，以前是一家上市公司下属工厂的主管，现在出来自己做了，专门生产为原来那家工厂配套的电子产品，销路不成问题，生意当然好做。

吴晓春听了有些启发，但没有启发透，因为他现在说起来是新天地集团发展委的投资经理，听起来确实蛮吓人，其实就是一个具体办事的，主要工作是写各种各样看上去很有价值的投资报告，或在别人的投资报告上写意见，并没有实际管理一家工厂，一点实权没有，所以，孙凯说的机会对他不存在。

“机会要自己争取，”孙凯最后说，“关键要取得老板信任，只要老板信任，机会大把。你们老板黄鑫龙有名得很，我也听说过，很多人跟着他发了财，你只要跟准他，亏不了。”

这话吴晓春信，无论在哪里做，关键是要取得老板信任，新天地集团这么大一个上市公司，只要老板信任了，机会总会有的。可是，他现在连单独见老板的机会都没有，怎么能取得黄鑫龙的信任呢？

跟孙凯吃过饭之后，吴晓春暂时打消了跳槽的念头。他需要思考，考虑好了再说。

吴晓春发觉孙凯能当老板不是偶然的。以前在一起工作的时候，吴晓春多少有些小瞧孙凯，觉得这个人表面上能说会道，实际上肚子里面并没有多少货。吴晓春是正儿八经的硕士研究生，而孙凯只是一个大专生，并且在吴晓春看来，他那个大专文凭是不是能得到国家承认都说不定，可是，通过这次两个人一起喝酒一番长谈，他发觉孙凯并不是一个简单人物，虽然学历不高，但人并不笨，可能正因为在读书上精力花得少，看人看社会的精力才更加充足，而对于当老板来说，这些看人看社会的能力比书本知识更实用。这样一分析，孙凯成为老板也就并不奇怪了。

吴晓春决定向孙凯学习，多把一些精力放在看人看社会上。他相信，只要认识对头，用心，看人看社会的本领并不一定比理学硕士研究生的课程难学。

作为这种学习的第一步，吴晓春决定先不跳槽，先把眼前的事情做好，如果眼前的事情都做不好，怎么能保证跳槽之后就一定能取得老板的信任，一定有机会自己当老板？又怎么能保证当小老板之后一定能处理好那么复杂的社会关系？

那么，什么是眼前最需要做的事情呢？吴晓春又进一步分析了一下，得出的结论是绕开李惟诚，直接接近黄鑫龙。因为新天地集团老板是黄鑫龙，不是李惟诚，既然李惟诚既不能提携自己，也不能成为自己接近黄鑫龙的跳板，那么至少也不能让他成为横在自己和老板之间的拦路石。

思路是想通了，可操作起来并不简单。首先要有这样的机会，其次还要冒一定的风险，万一事情还没有办成，就让李惟诚察觉了，更加麻烦。所以，吴晓春十分谨慎，耐心等待，终于等到了那次当面喊黄鑫龙“主席”的机会。

9

吴晓春是在边防局会议室里第一次称黄鑫龙主席的。

那一天是正月初三，是党政机关领导对港澳台同胞进行团拜的日子。黄鑫龙不是党政机关领导，没有资格对港澳台同胞搞团拜，但也以党政机关领导为榜样，学习他们的工作作风，也搞团拜，对集团公司生意上的合作伙伴搞团拜。黄鑫龙第一个拜会的就是边防局领导，因为边防局是集团公司最大的合作伙伴。此时集团公司已经从多元化战略一系列失败中总结出教训来，打算把主要精力集中在房地产开发上，而房地产开发离不开土地。黄鑫龙脑子活，会选地段，所以就跟边防局搞起了合作。

按照黄鑫龙的理解，深圳之所以能够撤县建市成立特区，最大的原因是挨着香港，否则，为什么全国那么多地方不选，偏偏选深圳呢？当初，黄鑫龙基于这个认识才坚决地从脚手架施工队出来寻找做进出口生意的机会，现在，同样基于这个认识，黄鑫龙认为深圳的地段离香港越近的地方越金贵，而离香港最近的地方几乎全部掌握在边防局手里。于是，在他用粮食系统留下来的粮站和粮食仓库学会了做房地产开发之后，就坚持与边防局合作，占了一大片与香港接壤的地段，使新天地公司拥有的土地在五家上市公司中排名第一，股票价格也一路领先。

黄鑫龙与边防局合作的另一个原因是这些土地游离于土地局的

管理之外，用这样的地不花钱，至少刚开始的时候不花钱。合作的方式是分房产，具体地说，就是边防局出土地，新天地集团出钱，开发成功之后，双方按事先约定的比例分房产。这种做法的最大好处是事先不用支付地价款，集团公司前期费用少，同样的资金，可以开发更多的楼盘，所以，当时新天地集团不仅土地储备在所有的上市公司中排名第一，而且所开发的楼盘建筑面积也排名第一，不用说，账面资产也是第一。因此，不但黄鑫龙本人当选为优秀企业家，而且新天地集团也被香港某权威周刊评为中国最具竞争力的十大上市公司之一。

为了占更多的地，黄鑫龙灵活应用了当年自己师傅的策略。参军之前，黄鑫龙学过木匠，由于时间不长，所以并没有学到真正的木工手艺，但师傅做木工活的策略黄鑫龙学会了。别的木匠做活一年之中有淡季和旺季，而黄鑫龙的师傅是一年到头都是旺季。师傅的策略是无论多忙，只要有活，马上就去，去了之后先画线，只要在木料上把线一画，这活就是师傅的了，别的木匠抢不去，也不好意思去抢，只能留给黄鑫龙的师傅慢慢做，一家一家地做，一年做到头，总有活做。现在黄鑫龙也这样，恨不能一口气把边防局所管辖的土地都签下来，然后立刻围上围墙，通知桩基工程公司进场，摆出一副正式开工的架势，而私底下，他把主要精力和资金又转移到新的圈地运动上去了。如此，同样的资金和精力，新天地集团就能占更多的地，铺更大的摊子，慢慢做，长期有得做，与师傅当年一年到头有木匠活做一样。

黄鑫龙这样做当然对集团公司有利，但是对边防局不利，因为边防局把地交给新天地集团了，并且被新天地集团围起来了，到处在开工，到处是工地，却始终也见不到按合同兑现的房产。刚开始，这些保卫边防的人民卫士对日新月异的经济活动方式不懂，没有明白是怎么回事，被黄鑫龙唬住了，可后来有一阵子国家允许部队系统和公安系统办公司，许多部队都成立了专门的企业局，部队企业局的领导不抓军事，专抓经济，很快从外行变成了内行，发现了其中的猫腻，就对集团公司的做法有意见，对黄鑫龙本人有意见。于是，那天黄鑫龙来向边防局有关领导拜年的时候，支队长就对他没有好脸色，说话也不够客气，搞得黄鑫龙一个上市公司的大老板多少有些下不来台。而吴晓春就是在这个时候第一次张口喊黄鑫龙“主席”的。

其实，吴晓春早就想喊黄鑫龙主席，但一直没有机会，平常连单独与黄鑫龙见面的机会都没有，哪里能有机会喊“主席”？这次机会，当然是等来的，但更是吴晓春努力争取来的。

首先，吴晓春留在深圳过年。他知道黄鑫龙在深圳过年，而且知道集团总部大部分员工都回内地过年，比如李惟诚就带着全家回天津过年了，这样，留在深圳的吴晓春与黄鑫龙单独见面的可能性就大增。其次，他尽量多值班，只有多值班，才能进一步增大与黄鑫龙单独见面的机会，因为吴晓春相信，春节期间老板肯定要来公司看望值班人员的。第三，一旦获得与黄鑫龙单独见面的机会，他就一定要有所作为，目的只有一个，引起黄鑫龙的注意，给黄鑫龙留下深刻印象，最好还能留下活扣，使下次单独见老板还有理由。为达此目的，吴晓春设想了好几种可能性，并针对各种可能发生的情景做相应的反应。称黄鑫龙主席就是方式之一。

吴晓春认为黄鑫龙本来就是“主席”，集团公司董事局主席嘛。他不明白为什么别人不喊黄鑫龙主席，而喊黄鑫龙老板，而现在连公司门口开报摊的都可以称“老板”，喊黄鑫龙老板不是对他的一种贬低吗？吴晓春将心比心，相信黄鑫龙也一定希望别人喊他主席，而不希望被人称作老板，只不过他自己不好意思这么说罢了。

吴晓春做这样的判断也不是想当然。通过仔细观察，他已经看出黄鑫龙脑子里有帝王思想，别的不说，单说黄鑫龙的大班台上，插着一对小旗子，一面是国旗，另一面是党旗，他黄鑫龙连党员都不是，桌子上插党旗是什么意思？不用说，一定是拜会党政领导的时候看见别人是这么做的，他也学着做。吴晓春由此判断，虽然新天地公司是一个公众股占百分之八十以上的上市公司，企业的性质与国营扯不上关系，但黄鑫龙骨子里还是希望自己和同等规模的国营大型企业领导享受同样的政治待遇。说白了，还是希望自己也是“官”，最好还是大官。在这种情况下，被部下称为“主席”不是比称作“老板”更受用吗？

吴晓春还联想到自己的一个同学，曾经是中国民用航空总局的一名副处长，一直对自己处长前面的“副”字耿耿于怀，但做了很多努力也没有把“副”字去掉，后来，逮到一个机会到某边远省份组建一家航空公司，所做的第一件事情就是把公司下属的各部门全部都叫处，这样，每次对“处长”们训话的时候，都能找到自己作为“司局级”领导的感觉。吴晓春因此认为，帝王思想和官本位思想是一脉相承的，在许多中国人大脑里是根深蒂固的，一旦有机会，就会开花结果。黄鑫龙刚刚担任公司负责人的时候，还不具备开花结果的条件，现在有这个条件了，不让绽放肯定难受。所以，吴晓春相信由他带头改变对黄鑫龙的称呼，一定能引起黄鑫龙的注意和好感。

那天本来是没有这个机会的。不错，自从黄鑫龙成了“主席”之后，不知道是从安全考虑还是从派头考虑，从来不单独出门，每次外出，一定前呼后拥，但是，并不是所有的人都可以加入呼拥行列的，比如吴晓春，就从来没有这样的机会。像这样黄鑫龙到边防局搞团拜，集团公司办公室下面有专门的公关部，由公关部负责与对方联系，并派遣俊男靓女前呼后拥一同前往，假如黄鑫龙觉得这些俊男靓女分量不够，需要带上几个年纪大一些级别高一些的，那也通常是总裁副总裁或李惟诚这样级别的高管陪同前往，而绝对不会轮到吴晓春头上。事实上，那天吴晓春也确实没有资格跟随黄鑫龙一起去，而是继续留在集团总部值班。但是，黄鑫龙一行刚刚走，吴晓春就接到一个电话，说分管工业的副市长可能要来公司走访。吴晓春一听，觉得事关重大，必须立刻通知主席。虽然电话里面只说是可能，但如果可能变成现实，而公司领导又全部不在公司，那不是闹笑话了嘛。

按程序，吴晓春先做电话记录，然后立刻给黄鑫龙的秘书打电话。电话打通后，秘书说自己不在深圳，要他给老板的司机打电话。吴晓春放下秘书的电话，又开始给司机打电话。可是，刚刚拨到一半，他突然停下了，心里有些不平衡。

怎么搞得我连一个司机都不如了?

吴晓春长长地呼出一口气，强迫自己平静一些。又喝了一口水，确实平静了许多。

他感觉这可能是一次机会，一次直接面对老板的机会。

事不宜迟，吴晓春立刻采取行动。

紧急思考了一下，吴晓春再次给老板的司机打电话，但电话的内容不是转告电话记录，而是问他在什么位置，吴晓春要立刻赶过来，有急事。

司机毕竟是司机，见是集团总部值班室的电话，就没有多问，立刻报出自己的位置。

吴晓春一分钟没有耽误，马上跟旁边的人打了个招呼，连车都没要，直接夹上电话记录本打出租车前往边防局。

10

吴晓春赶到那里的时候，见到的气氛与他想象的不一样。按照吴晓春的想象，那里的气氛应该很热烈，无论从军民团结的大关系考虑，还是从双方合作的小关系考虑，此时双方都应该满面笑容谈笑风生，但是，他看到的情况不是这样。吴晓春看到大家脸上确实挂着笑容，但笑得不是很热烈，甚至不是很自然，仿佛是那种不得不笑的笑。吴晓春脑子一转，马上就想到是怎么回事了。关于公司和边防局合作的事情，以及对方对公司有看法的事情，在集团内部早已经不是什么秘密，有很多议论，甚至在今天早上，吴晓春还听人议论说老板今天去拜访边防局可能会碰一鼻子灰等等。当时吴晓春听了没有在意，现在一见这气氛，马上就明白是怎么回事情了。吴晓春略微犹豫了一下，当机立断。他保持一路急切赶来的表情和姿态，绕过总裁和公司其他人员，径直走到黄鑫龙身边，弯下腰，低下头，非常恭敬但很严肃地递上已经展开的电话记录，说："主席，市长要来公司，请您马上回去。"

吴晓春声音不大。不但不大，而且好像怕妨碍其他人，故意压低了一点。但是，在那个场合和气氛下，所有在场的人包括对方首长肯定都清楚地听见了吴晓春所说的每个字，包括"主席"二字和"市长"二字。

吴晓春要的就是这个效果。他觉得自己很聪明。在这个场合以这样的称呼直接对老板说话，不仅能解老板之围，而且还向对方暗示：我们老板是有身份的人，是“主席”，连市长都给他三分面子，你们不要做得太过分。

吴晓春这时候多少有些得意，他相信在这样公开场合称黄鑫龙主席，如果黄鑫龙欣然接受了，就等于是黄鑫龙亲自号召了，那么其他人就会效仿，就会发现叫“主席”比叫“老板”更准确、更正式、更能显示黄鑫龙的身份和更能表达大家对黄鑫龙的尊重，不久之后，大家都会称黄鑫龙“主席”，而不是称黄鑫龙老板，而且大家都知道，这个新称呼是他吴晓春引领的，如此，黄鑫龙能不注意他吴晓春吗？能不留下好印象吗？

这么想着，吴晓春心里就有些怦怦跳。不是害怕，而是激动，期待着黄鑫龙看他一眼，一个点头，然后给他一个殷切的笑脸。然而，黄鑫龙的反应是他绝对没有想到的。

不错，黄鑫龙确实是看了吴晓春一眼，又看了一眼电话记录，但并没有点头，更没有给他一个亲切的笑脸，而是略微沉寂了一下，或者说是略微思考了一下，然后把电话记录本一推，说：“市长有什么了不起？没看见我在给政委和支队长拜年吗？”

黄鑫龙的声音很大，好像很生气，生吴晓春打断他与部队首长亲切交谈的气。

由于声音特别大，大到完全出乎所有人的预料，以至于把大家都给震傻了，尤其是吴晓春，是哭也不是笑也不得，走也不行留也不好。

这时候，总裁站起来，走到吴晓春身边，伸手要过电话记录本，认真看一遍，然后问：“要不然我先回去？”

问得不是很肯定，像是征求意见，既征求黄鑫龙的意见，也征求支队长和政委的意见。

黄鑫龙没有说话，好像还在生气，生吴晓春的气，生市长的气，但实际上大家心里都明白，他是生支队长的气，因为就在刚才，支队长说话非常不客气。至于怎么样不客气，吴晓春没听见，但肯定与合作上的不愉快有关。

这时候，政委绷不住了，笑着站起来，挽住黄鑫龙的胳膊往起拉，说："还是先回去吧，今天我们就不留你们吃饭了，改日我们去你那里，我们好好喝一杯。"

黄鑫龙的脸上缓和一些，但仍然没有完全缓和过来，仿佛这脸色也有惯性，不能说变阴就变阴，说放晴就放晴，中间还必须有一个过程。

政委的情绪没有受黄鑫龙的影响，依然灿烂，继续说："怎么？舍不得一瓶酒呀？我让人扛一箱茅台去。"

政委这样一说，在场的人都笑了，连支队长都笑了。既然如此，黄鑫龙也就只好笑了，站起来，摇着政委的手，说："那我就恭敬不如从命，先回去，改日再请你和队长喝酒？"

话是对政委说的，音却是给支队长听的。

这时候，总裁走到支队长身边，握手，告别，说着欢迎边防局领导到新天地集团检查指导一类的话，搞得支队长也只好站起来，笑，与总裁握手，然后夸张地转身与黄鑫龙握手，还故意使劲摇了摇，大声说："对不起呀，黄主席，我也有压力，检举信都捅到上面去了，说我和你穿一条裤子，乱七八糟的难听话多着呢。所以，刚才的话如果有冒犯，还望谅解。"

"谅解可以，罚酒三杯！"

说完，黄鑫龙自己哈哈大笑起来。

既然黄鑫龙都哈哈大笑了，那么总裁、其他高管以及新天地集团这边所有的人自然都哈哈大笑，唯恐笑轻了就不与老板保持一致了。

笑是能互相传染的，既然大家都哈哈大笑了，支队长当然也跟着哈哈大笑，而且支队长到底是现役军人，声音比别人爽朗。最后，大家就是在这一片爽朗的笑声中握手话别。支队长和政委以及对方的大小军官还一直把黄鑫龙一行送下楼，送上车，直到车出大门，拐弯了，他们热情挥舞的手才放下。不过，据说刚刚放下，支队长就朝地上呸了一口唾沫。

当然，这只是传说，并没有人真的看到，特别是吴晓春更没有看到。吴晓春一直在回味支队长的话，因为支队长刚才称呼黄鑫龙为“黄主席”了。他相信，支队长以前一定不是这么称呼黄鑫龙的。以前没有这样称呼，今天才这样称呼，是故意讽刺黄鑫龙还是不知不觉受了他刚才称呼黄鑫龙“主席”的影响呢？不管是故意讽刺还是不知不觉受影响，反正支队长称呼黄鑫龙“黄主席”的事情与他吴晓春喊黄鑫龙“主席”有关。这是不是意味着自己的计划已经产生效果了呢？

吴晓春那天回来的路上就一直这么想着，直到总裁和他说话才打断了他的思路。

“你今天表现不错。”总裁说。

总裁是正宗的官员，正厅级领导，不知道是什么原因放弃仕途跑到深圳来当新天地集团的总裁。总裁的最大特点是会搞平衡，会做思想工作，像部队的政委。刚才黄鑫龙那么大声音对吴晓春说话，相当于对吴晓春发火，总裁当然知道黄鑫龙并不是冲着吴晓春的，但也担心吴晓春挂不住面子，所以，刚才走的时候，总裁特意把吴晓春叫到自己的车上，算是给一点安慰和补偿。现在车子拐弯之后，总裁又特意向吴晓春解释一下，解释的方式当然不是替黄鑫龙道歉，而是对吴晓春表扬。

吴晓春大概是好长时间没有听表扬话了，今天猛地听总裁这样一说，显然不是很适应，感觉自己脸上热了一下，笑着摇摇头，说：“没事，我知道主席的意思。谢谢您呀，总裁。”

这是吴晓春第二次称黄鑫龙“主席”。假如第一次总裁还没有注意到的话，那么这一次他一定注意到了，因为吴晓春说完之后，总裁愣了一下。

总裁或许还想说点什么，可惜没有时间了。路程很近，车已回到公司，主席和总裁一行上楼，吴晓春则回到值班位置上，继续值班。

一整天，吴晓春都生活在一种微微兴奋的状态中。他努力克制这种兴奋，但还是显得比以往更精神。坐在那里，腰杆笔直，站起来的时候，小腿肌肉绷紧，就连去厕所的时候，一路也脖子绷硬。他相信人性是相同的，刚才主席那么大声音对他说话，连总裁都觉得过意不去，主席自己也一定意识到了。吴晓春将心比心，相信主席一定会像总裁一样以某种方式对刚才的行为进行弥补。果然，没过几天，吴晓春的猜想得到了证实。

11

春节还没有完全过去，吴晓春还在继续值班，这一天突然接到老板秘书的电话，让他上来一下。

吴晓春心里一惊，知道上来就是老板召见的意思。他按捺住内心的激动，以最快的速度从底楼上到顶楼，证实果然是老板召见。

黄鑫龙没有提那天的事情，而是指着茶几上的一张报纸，让吴晓春看看。

吴晓春一看，更加激动，因为这篇文章恰好他也看了，而且看完之后还很有感触，打算写一篇文章投给《深圳商报》，所以，这时候黄鑫龙叫吴晓春看这篇文章，他马上就知道意味着什么。

这是一篇专门论述上市公司当前所面临种种问题的文章，署名是国务院战略发展研究中心。当时吴晓春看这篇文章的时候，马上就联想到了本公司。因为这篇文章特意提到了上市公司盲目扩张的问题，而在此之前集团公司刚刚提出了一个战略口号，叫作“低成本扩张”，具体做法是通过收购兼并内地的国有企业而使集团公司的资产得到迅速的扩张。这个计划是发展委主任李惟诚领头搞的，又得到总裁的大力支持，黄鑫龙也就认可了，但吴晓春一直觉得这个计划有问题，无奈人微言轻，诉说无门，所以，当他看到这篇文章的时候，立刻就像见到了知音，产生很多想法。现在老板叫他看，是不是意味着老板也有类似的感觉呢？

不管有没有，吴晓春必须说出自己的想法。吴晓春到底是读书出身，爱学习，当初打算“下海”的时候，就看了许多金融、经济和管理方面的书，打算投奔上市公司之后，又看了几乎所有关于上市公司和资本运作方面的书，对照这些知识，他早感觉李惟诚他们提出的口号有问题，他觉得集团公司刚刚从多元化的泥潭中拔出一只脚，还没有完全摆脱呢，难道又要陷入盲目扩张这个更深的泥潭？吴晓春看了许多关于资本运作方面的书，知道盲目扩张比多元化危害性更大，却苦于没有途径表达，所以才一度打算离开这里，现在好不容易轮到自己与老板直接交谈，当然不能放过机会。

“这篇文章我已经看了，”吴晓春说，“很好，有些问题好像就是专门针对我们新天地集团写的。事实上，对于我们这样一个老牌上市公司来说，缺的是现金，而不是资产，我们现在要做的，不是通过收购兼并来扩张我们的资产，恰恰相反，我们的重点应该尽可能地盘活我们现有的资产存量。从国家对上市公司的监管来说，资产规模大了不一定是好事情，因为资产规模一大，分母就大，净资产收益率反而降低，而收益率是衡量一个上市公司业绩好坏的最重要的指标，证监会是不是批准股票增发，关键就是看净资产收益率。再说，内地那些拿出来请我们收购兼并的国有企业，哪一个不是负债累累？如果要是好过，也不会让我们收购兼并的。所以，真要是把它们收购过来，我们的资产负债率不但不会降低，反而会升高，另外，还要承担诸如退休职工安置和职工下岗这样一类敏感问题，这不是找麻烦嘛。”

黄鑫龙单独召见吴晓春，或许并没有打算真想听取他的意见，只是做个样子，毕竟，只有他自己知道，那天在边防局会议室里，当着那么多人的面，他那样大声地呵斥，确实是委屈吴晓春了，但是，作为老板，尤其是大老板，是不能直接向下面的一个小经理认错或道歉的，最好的方式就是给点阳光，让他自己灿烂，可黄鑫龙没想到吴晓春竟然这样灿烂，这么有想法，所以多少有些让黄鑫龙吃惊。不过，他应该高兴，这么一个小经理就能说出这么一番道理，说明他的新天地集团人才济济呀。当然，也有另外一种可能，就是黄鑫龙真想听听吴晓春的意见，因为毕竟是春节，李惟诚他们还没有回来，黄鑫龙从报纸上看到一篇有针对性的文章后，产生一些想法，需要找个人交流，但肯定不能找肖仲明这样的人谈，因为跟肖仲明这样的人谈了等于是白谈，与对牛弹琴相差不远。也不能找总裁谈，因为如果跟总裁谈了，那么总裁一定会猜测黄鑫龙的想法，私下里给李惟诚打个电话也说不定。在这样的情况下，黄鑫龙直接找下面的小经理谈谈也未尝不可。还有一种可能是黄鑫龙那天从边防局回来之后，已经向下面的人了解了一些吴晓春个人的情况，知道吴晓春是80年代中科院系统的研究生，来新天地之前又在关外当过总经理，从那天在边防局的表现看，也似乎颇有心计，黄鑫龙意在培养，所以特意找个机会单独交谈一下，看看该人是不是可用之才。总之，不管是上述哪一种情况，那天吴晓春的表现都大大超出黄鑫龙的期望。不过，黄鑫龙就是黄鑫龙，他此时不会轻易表现出对一个人的真实看法。

“怎么盘活资产存量?”黄鑫龙脸上没有表情地问。

“另外组建上市公司，”吴晓春说，“然后通过关联交易，进行资产置换，把优质资产集中在一个公司，甚至把业绩也做到某一个公司里面去，这样，该公司就能获得配股资格。由于业绩好，资产优良，我们完全可以来一个十送十配八，一下子就可以从证券市场上圈几个亿。如果我们跟证券公司或有关机构配合，在二级市场上再做一把，那收益更是不得了。比如我们在资产置换之前先悄悄地在二级市场吸纳该股票，等公布消息之后再慢慢吐出去，价格翻一番应该是不成问题的。”

说到这里，吴晓春停顿了一下，因为他发现自己说得过于兴奋了，他知道，过于兴奋不是好事，因为他已经了解到老板有一个特点，就是看自己的部下当中哪个人太得意了就要找机会打压打压。

果然，这时候黄鑫龙眉头皱了一下，问："以后呢?"

"什么以后?"吴晓春问。虽然问得有点蠢，但是也不得不问，因为他确实不知道老板所说的"以后"是指哪个以后。根据吴晓春的经验，宁可被老板误认为你反应慢，也不能让老板认为你自作聪明或做事情不稳，而没有弄懂老板的问题就瞎回答，不是自作聪明就是做事情不稳。

"你把好资产都集中在这个公司了，那么别的公司怎么办?"黄鑫龙问。

"好办，"吴晓春说，"第二年，同样的办法或者是稍微变一点的办法再用到另外一个上市公司上，又可以圈几个亿，只要每年都圈几个亿，日子自然好过。"

"再以后呢?"黄鑫龙又问。并且这一次问的声音比上一次大，皱眉头的幅度也大一点，仿佛吴晓春的这番表现非但没有引起老板的好感，反而惹老板生气了。不过，吴晓春已经顾不得那么多了，来新天地集团快一年了，被李惟诚压抑得够呛，天天装孙子，今天好不容易逮到一个机会，哪怕是见光死，也要闪烁一下。

"关键是要多有几个上市公司，"吴晓春说，"只要手中的上市公司多，就能不断地圈钱，运作起来也才保险。另外就是圈来的这些钱可以投资一些好项目，逐步改变整个集团的资产状况。手中的钱多了，甚至可以壮士断臂，把一些实在不好的企业关停并转。"

黄鑫龙不说话了，他在思考。他在思考的时候没人敢打扰。

黄鑫龙这样思考了一会儿之后，说："问题是上哪里搞那么多上市公司呢?"

吴晓春这时候注视着黄鑫龙，没有立刻说话，因为他不知道黄鑫龙这句话是自言自语还是问他。

“问你呢，”黄鑫龙说，“上哪里搞几个上市公司？”

“肯定不能在深圳，”吴晓春说，“深圳要想上市的公司太多，挤破头，不可能再给我们一个上市指标。”

黄鑫龙没有说话，也没有看吴晓春，这时候见吴晓春停下，便将脸对着吴晓春。虽然脸上的表情没有变，更没有出声，但吴晓春已经知道，这是黄鑫龙催他继续往下说。于是，吴晓春就继续往下说。

吴晓春说：“眼下上市指标实行的是总量控制条块配额。如果单纯从申请上市指标考虑，当然是去边远的省份和国家部委比较好。比如西藏，比如国家体委，比如国家民委，估计他们这些地方上市指标会好申请一些，因为竞争不会那么激烈。但是如果从长远的发展考虑，还是选择一些经济基础比较好，而现在的发展又相对滞后的地方，比如沈阳，比如武汉，比如西安，老工业基地，就是动作慢了半拍，如果我们去那里开辟阵地，首先在观念和操作手段上就占了便宜，发展得好，可以就地上市，即使最后没有申请到上市指标，也可以建立成为集团公司新的基地和利润增长点。可以说是万无一失。”

吴晓春最后这一句话黄鑫龙爱听，黄鑫龙要的就是万无一失。

黄鑫龙终于笑了，尽管笑的幅度不是很大，具体地说只是眼睛笑，而嘴巴并没有笑，如果不注意看，甚至就看不出来他是在笑，但是吴晓春还是看出来了。黄鑫龙就是这样微微透露一点笑意说：“好，你尽快整理出一个报告，直接送到我这里来。”

吴晓春感觉自己的机会真的来了，说：“是，我现在就去准备。”

12

其实，吴晓春根本就不用“准备”，报告早就写好了，就等现在这样的机会呢。但是，吴晓春没有说报告已经有了，而是说要去准备，这说明吴晓春这段时间思考看人看社会已经有了收获。他这样做至少有三个好处：第一，将来李惟诚他们知道的时候，可以解释为是主席自己看了报纸上的文章之后吩咐吴晓春写的报告，而不是他吴晓春事先写好了就等着这个机会的；第二，说现在去准备，并且很快就“准备”出来了，可以在老板面前显示自己的实际工作能力；第三，报告要是得到肯定，还可以乘机给老板戴高帽子，说是按照老板的意思整理的。当然，报告上没有写“老板”，而是写“主席”，可见，吴晓春喊黄鑫龙主席是早有计划的。

第二天中午，当吴晓春把报告交到黄鑫龙手上的时候，黄鑫龙确实是吃了一惊。

“这么快?”黄鑫龙问。

“现在是电脑写作，比手写的快。”吴晓春说。

吴晓春这样说听起来是谦虚，其实暗中向黄鑫龙说明：我是懂电脑的。而在黄鑫龙看来，懂电脑就是懂高科技，印象自然要加分。

等李惟诚他们从老家回来的时候，黄鑫龙的决定已经形成，集团在武汉成立华中公司，由集团投资部经理吴晓春担任华中公司董事长兼总经理。

当然，按照程序，这样大的决定需要经过集团高层会议讨论，形成决议之后，再报董事会批准。但事实上，这些程序仅仅就是“程序”，在集团公司，只要黄鑫龙认准的事情，哪有通不过的？况且，在当时看来，这个方案确实比盲目收购内地的国营企业更好更全面，特别是报告还专门为李惟诚他们的低成本扩张计划保留了面子和空间，说在内地区域经济中心城市成立分公司与集团公司前段时期制定的低成本扩张战略不谋而合，今后收购内地国营企业的计划就由设在内地的分公司具体执行，这样做既便于操作，节省成本，又可以保证在万一操作失败的情况下，也不至于把火烧到集团总部来。

报告这样写，既给了李惟诚等人的面子，也封住了他们的嘴，让他们无话可说。

报告是吴晓春起草的，自然也就由他宣读。吴晓春在宣读的时候，始终把老板的作用放在第一位，仿佛报告的始作俑者并不是他吴晓春，而是黄鑫龙，他吴晓春只不过春节没回内地，留在公司值班，偶然被老板临时抓了一个差而已。吴晓春这样做，当然有谦虚的意思，但更大的考虑是争取决议顺利通过，并顺便获得老板的进一步好感。

值得一提的是，吴晓春在报告中始终都没有出现一次“老板”的字样，当然，更没有出现“黄鑫龙”三个字，自始至终都用“主席”或“黄主席”。由于这两个称呼出现的频率比较大，于是就形成了一个语言氛围，所以，在后来的讨论中，发言的人除了一片赞扬老板的英明果断高瞻远瞩之外，在说到黄鑫龙的时候，也都自觉或不自觉地使用了“主席”和“黄主席”。李惟诚听着自己的部下在上面宣读报告，心里多少有些酸酸的，他对报告的内容并没有多在意，但是，对“主席”和“黄主席”这个称呼在意了。虽然觉得酸，但也不得不承认，在这样一个正式的场合，使用这样的称呼确实更加贴切、更加正规和更加有档次，所以，在后来的发言中，他也一改以前的“老板”称呼，使用了“主席”和“黄主席”，比如说“我同意主席的观点”“黄主席早就有过这方面的考虑”等等。从此，集团公司对黄鑫龙的称呼就改了，不用“老板”了，而一律改用“主席”或“黄主席”。

不用说，报告获得一致通过，董事会也全票批准。尤其是李惟诚，不知道是诚心还是假意，无论在集团高层管理会上还是在董事会上，都积极支持主席的提议，还为这个提议做了许多解释、说明和论证工作，仿佛在向人们灌输一个印象，主席的提议事先征求过他的意见，甚至就是他先向主席建议的。另外还有一个可能，就是想以此证明他李惟诚从来都不嫉贤妒能，毫无私心地培养集团新一代管理团队，为部下的提升创造机会。

为了把戏演得像，吴晓春离开深圳去武汉之前，李惟诚还专门设宴为他饯行。

推杯换盏之间，李惟诚还对吴晓春表示祝福，半开玩笑半诚心地说：“过去在皇上身边做事，最好的结果就是做一名封疆大臣，你现在就算是我们新天地集团在华中的封疆大臣了。”

“不敢，不敢。”吴晓春小心地回应，“您一直是我的老上司，这次能有这样的机会，也是您李主任提携的结果，这里我先谢了。我干，先干为敬。”

说完，吴晓春真的就一口先干了。干完了之后，还特意把酒杯倒过来，主动接受李惟诚的检查，证明他确实是干了。

吴晓春相信，在酒席上，也要少说多干。只要他多喝酒了，不管是诚心祝贺他的人还是存心嫉妒他的人，都达到了目的，那么，该开心的开心，该解气的解气，吴晓春自己也就达到目的了。

其实李惟诚刚才那番话也不完全是嫉妒，在集团公司做，做的职位再高，比如像李惟诚这样，做到了新天地集团董事，董事局主席助理、集团发展委员会主任，其实还是给老板打工的。而出了深圳就不一样了，比如现在像吴晓春这样，被派到武汉市去组建华中公司，虽然从整个集团的角度看，他还是一个打工的，为集团公司打工，为黄鑫龙打工，但是在武汉市，他就是老板，名副其实的老板，天高皇帝远，在武汉就是他说了算，所以他就是集团公司在武汉的老板。由打工的变成老板了，还不该祝贺呀。

由于那天像李惟诚这样对吴晓春表示祝贺的人比较多，有些年轻一点的甚至说出“发达之后不要忘记老弟”这样的话，听得吴晓春相当受用，酒比平常多喝了不少。喝到最后，吴晓春都有些飘飘然了，不禁自我得意起来。吴晓春忽然发现，做什么事情都要讲一个时机，好事情只有配合恰当的时机才能做成。好比买卖股票，选择买哪只股票固然重要，但更重要的是在什么时机买，又在什么时候卖，否则，再好的股票，买进和卖出的时机不对，也能让投资人血本无归。眼下自己能被派到武汉组建华中公司这件事情更是这样，设想一下，同样这份报告，如果不是吴晓春耐心等待到一个恰当的时机直接给黄鑫龙，而是按照正常的程序在报告写成之后交给李惟诚，那么，在李惟诚那里轻则被耽误时间，重则干脆把计划压下。吴晓春知道，发展委这帮人做计划不行，但是否定别人的计划或者是在别人的计划里面挑毛病的能力还是非常强的。话再说回来，即便是李惟诚没有压他，也没有拖延时间，但只要计划经过他的手，那么这个计划如果得到通过，功劳也首先变成他的了，如此，派到武汉去的可能就不是他吴晓春，而是李惟诚。

当然，吴晓春只是在心里得意，嘴上并没有说，毕竟和李惟诚是同龄人，虽然出道晚一点，但只要用心，城府并不比李惟诚差，所以，那天李惟诚为吴晓春设的饯行宴在亲切友好的气氛中结束。宴会之后，吴晓春就离开深圳去了武汉。

13

孙凯说得没错，上市公司确实有许多优越性，别的不说，单说知名度，就是其他公司无法相比的。吴晓春到武汉的时候，正赶上当地的一家公司花了六千万当了当年的标王，获得每天晚上在央视一套《新闻联播》节目之前几秒钟的露脸机会，可知名度还是远远赶不上新天地集团。新天地公司没有在央视上做露脸广告，却天天在股市上露脸，不是每天只露几秒钟，而是从早露到晚，晚上收市之后，关心股票的人还照样可以在电脑上看到“新天地”的字样。关键是，标王公司在电视出现与观众没有直接关系，而新天地的股价却直接关系到炒股人的切身利益，所以，人们是真正地关注“新天地”，新天地公司的知名度当然比标王公司大。吴晓春一到武汉，就立刻感受到这种知名度所带来的好处。刚开始，吴晓春以为是武汉人天性热情，时间长了之后，才逐步体味到人们对他的热情除了武汉人的天性之外，还与自己作为上市公司二级企业的董事长身份有关。比如银行，在吴晓春的印象中，企业要贷款都是求银行的，没想到到武汉之后，银行信贷部主动与吴晓春接洽，希望吴晓春的华中公司在他们那里开户，办理结算，并考虑给他贷款。

吴晓春感受到武汉人的热情，但并没有滥用这种热情，而是巧妙地把这种热情用在公司的发展上。他首先是在汉口火车站附近买了块地，然后又从银行贷到款，并且在贷款到账后，即刻将集团公司投入的三千万还了。提前还款的主要原因是集团对华中公司的投入不是无偿的，按照主席的说法，集团在武汉组建华中公司是只给政策不给钱，集团公司对武汉公司的投入其实是借款，是要支付利息的，并且利率比银行还高，在吴晓春能够从当地银行贷到款的情况下，他当然觉得提前偿还集团公司的借款更合算。另外，吴晓春觉得只要他把集团公司的投入还了，他就真的成了武汉公司的老板了。最后，当然也是最关键的，是吴晓春发现搞房地产开发似乎也用不着那么多钱。地价款只需缴首期，然后是把有关部门的有关人员马屁拍好，余款就可以无限期地拖欠下去。税款情况也大同小异，吴晓春只要花很少一点代价把该打点的打点好，款子先欠着并无大碍。至于工程建设嘛，更不需要他担心，大把的建筑施工单位抢着垫资干。吴晓春豁然发觉有上市公司做靠山的房地产开发公司可以是地道的皮包公司，从规划设计到土建装修，从施工监理到楼盘销售，都有人代劳。既然如此，吴晓春当然先把集团公司的投入还了，使自己成为武汉华中公司真正的老板。

当然，吴晓春也没有把武汉人的热情全部用在公司上，他多少也挪用了一部分用，正是这部分，使他在武汉重新获得了爱情。

由于工作的需要，吴晓春经常要拍别人的马屁和被别人拍马屁，被他拍马屁的是哪些就不用说了，拍他马屁的是那些想从他这里接到订单或工程的人，如此，他就经常出入娱乐场所。吴晓春最喜欢去的地方叫恺撒世界，因为恺撒世界是一个集餐饮娱乐为一体的综合娱乐城，用武汉当地人的话说，就是一条龙，吃喝玩乐全包了。大约是经常出入的缘故，恺撒的女老总对吴晓春格外热情，正是这种热情，后来演变成了爱情。

女老总叫余曼丽，三十多岁，实际年龄三十挂底，看上去却只有三十出头。据说十三岁就进了部队文工团，武汉军区撤销之后，转业到汉口群众艺术馆。由于正好赶上群众性交谊舞热潮，跟在后面学跳舞的人多，渐渐在武汉三镇有了名气。后来群众艺术馆事业单位企业化，很多吃惯了事业饭的人骂娘，但余曼丽却因祸得福，成了群艺馆下属歌舞厅的经理，再后来歌舞厅扩大成娱乐城，余曼丽就从经理升格为总经理，正儿八经的副科级，相当于部队的营级干部，跟副馆长平级，反而春风得意了。

由于是科班出身，舞跳得好，并且从小在部队生活养成了做事雷厉风行的习惯和相对廉洁的作风，使她在新的岗位上如鱼得水，越干越有劲。比如娱乐城请歌手，按照武汉的规矩，歌手从娱乐城所得到的报酬当中有一部分是要反过来“孝敬”娱乐城经理或总经理的，但余曼丽不搞这一套，她觉得自己的工资加上娱乐城职务津贴和夜班补助已经够多的了，不需要再拿这份“外快”，因此，在同等条件下，恺撒世界的歌手水平就比其他娱乐城高，歌手在她这里唱歌的时候也格外卖力。如此，自从余曼丽当上恺撒世界的总经理之后，娱乐城的生意明显比以前好。按说这是好事，在填饱少数领导的胃口之后，还可以全面提高馆里面职工的福利，但事实情况并非如此。随着娱乐城的生意日益红火，以及余曼丽为馆里面创造的收入日益增多，馆里面的闲话也多起来。闲话之一说她之所以受顾客欢迎，主要是因为她离婚了，没有老公，一个漂亮的女人没有老公，而且是一个娱乐场所的老总，并且这个女老总经常陪一些男性客人跳舞，这种情况要想让事业单位这些吃了饭没有任何事情可做的人不说闲话是相当困难的。

其实吃闲饭的人说的也没有错，余曼丽确实是离婚了，确实是没有老公，而且确实是经常陪男性客人跳舞。这些都是事实，只不过这些事实到了同事的嘴里面打了一个滚之后，出来的时候味道就变了，变得让人具有无限的想象空间了。

关于余曼丽离婚的事，她很少对别人说。毕竟，离婚对女人是一场灾难，哪怕是这个女人自己主动提出离婚的，那种经历也不是一段令她愉快的回忆。

余曼丽的离婚与她的家庭出身有关。

前面说过，余曼丽天资不错，这主要是遗传的，准确地说是遗传她父亲的，要是像她姐姐余曼华那样遗传母亲的，肯定逊色许多。

余曼丽的父亲也算是一个老革命，新中国成立前参加了中国人民解放军，是部队上的文工团员，武汉解放时，父亲作为军代表留在武汉市，是当时武汉铁路局的三人班子之一。五十年代初，看了一部苏联电影，一下子被苏联集体农庄火热的生活和农业机械化热烈场面所吸引，坚决要求去国营农场，正好赶上国家在监利县建设国营农场，遂了心愿。最后，居然还真的与一个女拖拉机手结为伉俪。这个女拖拉机手就是余曼丽的母亲，也是从武汉来到农场的，但她与父亲不一样，父亲只是武汉的过客，而母亲却是地道的武汉人。

据说余曼丽能够十三岁就进入部队文工团，除了天生丽质之外，还得益于父亲当年在部队文工团的一些老关系。

余曼丽的前夫是区文化局的干部，却住在群众艺术馆，与余曼丽也算得上是同事。由于都是来自监利县，以同乡相处，来往较多，逢年过节回监利，自然是两人同行，如果不能同行，比如这个假日余曼丽没有回监利农场，那么也会托同乡带点东西。一来二往，不是恋爱关系也被同事说成是恋爱关系了。

余曼丽和前夫在谈恋爱的阶段一直蛮好的，但是从结婚的那一天开始就不行了。知道内情的人说，他们的离婚其实是从结婚那一天开始的。

婚礼在监利县举行。既然双方的父母都在监利，那么婚礼当然要在监利县举行。余曼丽的父母在监利农场，前夫的家在监利县城。虽然余曼丽和前夫在武汉住同一个院子，而且在他们即将结婚的那段时间，其实前夫是上半夜住在她这里，下半夜才回到自己的宿舍，但是在举行正式婚礼的时候还要走一个过场，就是按规矩搞一个过门的仪式，具体地说就是前夫必须从监利农场把余曼丽“接”到监利县城。就是这一个“接”字，拉开了他们离婚的序幕。

按照监利县的规矩，“接”的任务只能由前夫家的弟弟和哥哥带着一帮人开着车放着鞭炮来完成，新郎官必须在新房这边等着。新郎官在等的时候，男方这边的亲朋好友都已经来了，在这里等着看新娘喝喜酒闹新房。前夫家兄弟姐妹七八个，在监利县城也算是大户，有头有脸的，所以那天来的人不少。接新娘是上午的事，但是这些客人一直等到中午还没有见到新娘，而新娘不来就不能开餐，于是一种不祥之兆已经涌上大家的心头。当初不像现在，不但没有手机，就是电话也是个稀罕物。于是公公派人骑上摩托车去打探。从县城到农场来回大约有四十里路，那时候路不如现在好走，等打探的人回来，已经是午饭之后了。打探的人说：新娘的娘家人一定要新郎自己去接，否则坚决不来。

“这是什么规矩?!”公公问。

“她们说是武汉人的规矩。”打探的人说。

“屁话!”公公说，“老子也不是没去过武汉，哪个说武汉人是这规矩了？这里是监利，就是武汉有这个规矩，也要按监利的规矩办嘛。”

公公很生气，觉得非常没有面子，再看看表，已经下午一点了，于是当机立断，一方面委曲求全，让儿子马上去农场，无论如何先把儿媳妇接回来再说，另一方面宣布开饭，反正规矩已经破了，要破破到底，总不能让客人饿肚子。

后来的发展证明，公公的决定是英明正确的，如果死守老规矩，一定要等见到新娘才开饭，说不定那天就要饿晕人，因为新娘进门的时候，都已经是下午五点了，从一大早等到晚上五点，年轻人或许还能顶得住，老弱病残的饿晕一两个不是没有可能。事实上，前夫破了规矩委曲求全赶到余曼丽家里时，姐姐余曼华还是不依不饶，最后差不多新郎官快下跪了，迎亲的一行才上路。如此，当新人进门的时候，大家的脸色自然都不好看。姐姐余曼华不傻，马上就看出了苗头，随后就找碴儿，说婆家人破坏了规矩，为什么新娘还没有进门就先开席？这个日子到底还想不想过？公公在气头上，差点上去扇她两巴掌，但是好男不跟女斗，公公再生气也不能当众跟余曼华接嘴。这时候，只能由新郎的嫂子出面了。嫂子说：要说破坏规矩，那也是你们先破坏的，如果我们等新娘进门才开席，那不是把人饿死了。

“那也不行！”余曼华说，“这是规矩。”

“哪里的规矩？”嫂子问。

“武汉的规矩！”余曼华说。说的声音很大，唯恐整条街上的人不知道她是武汉人，更仿佛武汉人就是人上人，嫁给他们监利人算是“下嫁”了。

“了不起呀，”嫂子用地道的武汉话说，“你出生在武汉的哪条街上？上的是武汉的哪个小学？哪个中学？你知道武汉一共有多少小学多少所中学吗？你也配说自己是武汉人？”

嫂子这样一说，周围的人都哄堂大笑起来，因为嫂子自己就是正宗的武汉人，武汉生，武汉长，现在全家还都在武汉，她自己也在武汉，这次是专门从武汉赶到监利来参加小叔子婚礼的。这些情况其他人都知道，余曼丽也知道，就是姐姐余曼华不知道，余曼华在嫂子面前摆武汉人的谱，不是让人讥笑吗？不但别人笑了，连余曼丽都忍不住笑了。

大家这样一笑，余曼华就待不住了，拉上妹妹就要回去。余曼丽当然不会跟她回去，一家出一个二百五就够了，要是出两个二百五，那不成了二百五公司了？

“你不走?!”余曼华说，“行，你不走你就不是余家的人，以后被人家欺负死了也不要回来找我们!”

说实话，当时余曼丽是真的想跟余曼华走，但是她又实在不能走。今天是她大喜的日子呀！她跟丈夫已经结婚了，结婚证都已经领了，事实上也“婚”过了，今天的婚礼仅仅是一个仪式而已，摆一摆威风，耍一耍“武汉人”的派头也就够了，何必真要闹得不可收场呢?

余曼丽到底是工作多年的人，虽然当时从感情上认为姐姐这是为她好，但是她还是识大体的，所以最后仍然坚持没有跟着余曼华回去。

妹妹没有跟着她回去，这让余曼华觉得更加无地自容，于是振臂一挥，“我们走!”结果，娘家来的人全部走了。不但人走了，连娘家的陪嫁也带走了，包括一台电视机和一对高脚痰盂。那时候流行用高脚痰盂，那时候的高脚痰盂也不是真的用来吐痰的，而是用来小便的，其功能相当于现在的抽水马桶，与性事有关。姐姐余曼华这时候把一对高脚痰盂拿走，不知道是打算不让妹妹从事性活动，还是打算拿回去让自己从事这方面的活动。

如此，两家人算是结了仇。前夫对余曼丽还可以，毕竟，一切丈夫对漂亮的老婆都是还可以的，那些得不到丈夫恩爱的女人，基本上都不是很漂亮的，像余曼丽这样漂亮的女人，任何男人都不会对她太差。但是，前夫给余曼丽定了一个规矩：不准再跟娘家人来往，特别是不能再跟那个二百五的姐姐来往。

事有凑巧，此后不久，武汉有单位来监利农场招工，对象当然是武汉上山下乡来的知识青年，但农场有本位主义思想，说不管是武汉上山下乡来的知青，还是农场本地的知青，当一视同仁，享受同等待遇，否则，所有的知青一个也别想调走。不知道是农场方面说得有道理，还是武汉的招工办斗不过监利的地头蛇，反正最后双方达成了协议，每上调两个武汉上山下乡知青，就搭配一个农场本地知青，如此，余曼华就被“搭配”到了武汉，成了真正的武汉人。这一下，余曼华扬眉吐气了，不仅在自己家里扬眉吐气，而且还跑到妹妹家来扬眉吐气，仿佛是特意来证明自己确实是武汉人似的。如果余曼华来妹妹家仅仅是玩玩，前夫可能也就睁一只眼闭一只眼认了，毕竟，哪有真的不让亲姐妹来往的道理呢。但是，这个余曼华显然不光是玩玩，而是不断地教唆妹妹怎样制服丈夫。当时余曼丽就觉得奇怪，姐姐自己还没有结婚，怎么会有这么多制服丈夫的锦囊妙计呢？最后，不但姐姐一直没有嫁出去，而且妹妹的丈夫也成了前夫。

离婚之后，余曼丽也交往过一些男朋友，但每次交往她姐姐都要积极参与，理由是帮妹妹把关。后来这样的经历多了，余曼丽也就发现了其中的规律：如果余曼丽交往的男朋友条件不好，姐姐就坚决反对，而且常常是反对有效，因为反对的理由充分；如果是条件蛮好，则姐姐马上找对方谈话，内容是说她自己，说她自己多好多好，好到还是一个未婚的姑娘，而妹妹肯定不如她，因为妹妹是离婚的等等。当然，姐姐还是有分寸的，只说自己是未婚的姑娘，并没有强调自己是处女，不知道是谦虚还是确实已经不是处女了。

最先余曼丽交往的男朋友向她反映这个问题的时候，余曼丽还不相信，想着不管怎么说余曼华是我的姐姐，姐姐总是为我好的。后来这样的反映多了，并且同样的事情也发生在小妹妹的身上了，余曼丽才不得不承认这个痛苦的事实。这之后，就正好认识了吴晓春，所以后来余曼丽常常想，一切都像是苍天安排好的一样。

14

认识吴晓春之前，余曼丽曾经给自己定下一个规矩：二次终身绝对不能托付给娱乐城的客人。

余曼丽承认，娱乐城的客人不是有钱就是有权，其实有钱就等于有权，有权也就等于有钱，钱和权是亲戚，而且是近亲，所以大多数有点姿色的女人在选择二次婚姻的时候，比她们第一次婚姻的时候考虑得要成熟，成熟的标志是她们的择偶标准主要不是看男人的外貌，甚至不是看男人的激情，而是看条件。所谓“条件”，当然不是指身高长相这样的硬条件，甚至也不是激情和学历这样的软条件，而仅仅是指看经济条件，比如看对方是不是有权或者是有钱。余曼丽现在也是二婚，也比当初考虑问题成熟，成熟到不会一感动或者一冲动就嫁给某个人，成熟到不会再坚信“姐姐总是为我好的”。但是，余曼丽有自己的原则，这个原则就是坚决不会在娱乐城的客人中选择。余曼丽自己就相对有权，也相对有钱，所以她不缺这两样东西，因此也就不稀罕这些东西。更为重要的，是余曼丽对娱乐城的这些客人太了解了。

通过这些年在娱乐城当总经理的实践，余曼丽发现娱乐城是最容易暴露人性丑恶面的场所。这一点余曼丽知道，但是客人不知道。客人还以为娱乐城是个最可以放松的场所，所以他们来娱乐城潇洒常常被说成是来“放松放松”，不但口袋放松，荷尔蒙控制系统放松，而且思想上也放松。但事实上，他们并不知道自己在娱乐城所说的每一句话，所做的每一件事，都可能被小姐们到处传播。不但可以横向传播，而且可以纵向传播。所谓横向传播，就是小姐与小姐之间互相传播，所谓纵向传播，就是小姐向“妈咪”传播，“妈咪”再向娱乐城经理或总经理传播。纵向传播得多了，余曼丽对这些客人就了解了，于是，余曼丽就得出了结论：大多数客人不但色，而且贪。余曼丽是绝对不会找一个“贪”或“色”的男人做老公的。因此，她是不会在客人中选择对象的。但是，凡事都有例外，在余曼丽认识吴晓春之后，就发生了这种例外。

吴晓春由于被别人拍马屁和拍别人马屁的次数比较多，所以成了恺撒世界的常客，跟娱乐城的人也就慢慢熟悉。刚开始是跟小姐熟悉，后来是跟“妈咪”熟悉，最后就跟总经理余曼丽熟悉了。这种熟悉最先只是停留在表面层次的，就是见面的时候点个头，笑一下，算是打了一个招呼而已，最多就是碰上吴晓春拍别人马屁的时候，并且正好赶上那天吴晓春跟余曼丽打了招呼，那么在买单的时候，余曼丽主动给吴晓春打一个折而已。这里所以要强调“主动”，是因为吴晓春从来都不会要求娱乐城为他打折。别人拍他马屁的时候，他当然不会要求娱乐城打折，他拍别人马屁的时候，更不会要求打折，如果要求打折，不是很没有面子嘛。当然，对于余曼丽主动打折的举动，吴晓春还是持欢迎态度的。娱乐城老总主动给客人打折，主要目的不是为了给客人省钱，而是给客人面子，吴晓春不在乎这点小钱，但却在乎自己的面子。

说吴晓春为了自己的面子还不公平，他考虑更多的是公司的面子，或者说是在乎他们上市公司的面子。吴晓春在上市公司总部担任投资部经理的时候就知道这种“面子”。吴晓春那时候经常出差，每次出差都必须住三星级以上的宾馆，这是公司的规定。公司做出这样的规定，首先是因为当时从股市上圈钱太容易了，容易到不花白不花的程度；其次也是顾及上市公司的面子。按照黄鑫龙当时的解释，顾及上市公司的面子就是顾及股民的面子，既然我们是为股民打工的，那么就必须顾及股民的面子，我们自己可以不要面子，但是上市公司不能不要面子，广大的股民不能不要面子。吴晓春当时就懂了，大把地花股民的钱就是给股民面子。可见，面子比钱重要，特别是广大股民，他们可能更在乎面子，而不在乎投资收益。

余曼丽与吴晓春熟悉了之后，就经常听见一些关于吴晓春的传说。这些传说余曼丽以前就听说了，只是当时没注意罢了。

从这些传说余曼丽知道，吴晓春是深圳一家大的上市公司在武汉的老板，并且这个老板还是一个硕士，另外还有一些乱七八糟的传说。传说中精彩的，当然还是关于小姐试探吴晓春是不是“太监”的故事。

故事说由于吴晓春看上去比较有学问，也比较干净，又是大老板，所以小姐们都希望能坐他的台，并且坐过了之后还要相互交流，以便让其他姐妹们来分享一下其中的喜悦，交流多了她们才发现：这个表面上男子汉味很重的吴老板很可能是“太监”，因为他从来都不带小姐出钟。就是在娱乐城里面活动的时候，也规规矩矩的。这种传说多了，就必然引起一部分小姐的好奇，甚至于小姐们为此还分成了两派，一派坚持认为吴晓春确实是“太监”，理由是：根据她们的实践经验，没有猫不沾腥的，男人见到女人不动心就是“太监”。另一派则持相反的观点，她们认为，这个吴老板一看就是有学问的人，与那些土老板当然不一样，土老板们可能认为既然花了钱，不玩白不玩，所以一定要玩，而像吴老板这样知识分子出身的老板，可能并不认为与小姐做这些事情是他玩小姐，而有可能认为他自己被小姐“玩”了，他一个大老板，干吗要把自己给娱乐城小姐“玩”呢？所以他才不带小姐出钟，也不在娱乐城做出格的事。双方各执己见，争执不下，最后吵到“妈咪”这里。“妈咪”显然比这些小姐们有主见。

“这有什么好争的?”“妈咪”说,“试一下不就知道了吗?”

对呀!小姐们茅塞顿开,佩服“妈咪”,说还是妈咪有水平,一下就出了一个行之有效的好主意。

然而,主意是想出来了,但是问题并没有解决。到底怎么试呢?谁来试呢?小姐们议论了半天,最后一致推荐卡美拉来担当这一重要的测试任务。

卡美拉当然不是真名,其实娱乐城的小姐没有几个用真名的。这个自称叫卡美拉的小姐据说刚来娱乐城的时候不叫卡美拉,而是叫喀秋莎,说自己是俄罗斯姑娘,所以提供同样的服务,得到的小费比一般的小姐高许多,后来在接待省外贸系统的一批客人时露馅了,因为这个“俄罗斯姑娘”竟然连一句最简单的俄语也听不懂,于是为了避免这样的尴尬再次发生,又把名字从喀秋莎改成了卡美拉,自此“俄罗斯姑娘”的事便绝口不提。

卡美拉小姐的主要特点是胸部大,与胸部配套的是胆子也大。小姐们之所以一致推荐她,估计主要看上的也就是这“两大”。

这一天是吴晓春拍规划局长的马屁,为了使商住楼的容积率进一步提升,使同样的地皮能建更大的面积,吴晓春不得不拍局长的马屁。为了拍好马屁,吴晓春特意要了一间包房。卡美拉被“妈咪”安排进了这个包房,目的就是为了试探吴晓春到底是不是“太监”。

试探从讲故事开始,是讲那种色彩非常重的故事。讲了几个故事之后,卡美拉又主动拉着吴晓春跳舞,跳那种节奏很慢灯光很暗的费司舞。本来吴晓春是不想跳的,但是他又不想让局长觉得他假正经,如果局长觉得他假正经,那么局长就装得比他还要正经,如果那样,他就达不到请局长的目的了,甚至可能还要起相反的效果。所以,吴晓春就跟着卡美拉跳了。

卡美拉在跟吴晓春跳舞的时候,并不仅仅是跳,而且还要小声地说话，说她其实早就认识吴老板了，她知道吴老板是有学问的人，她其实最喜欢有学问的男人，她是一个有原则的小姐，只跳舞，不卖身，她从来都没有跟任何男人做过这种事情，又说她已经二十四岁了，心里真想做一次，要做就跟吴老板这样有学问的大哥做，她说跟吴老板做的目的不是为了钱，还说她从书上知道，其实男人和女人做这种事情的时候男人和女人都快活，既然都快活那么女人就不该向男人要钱，还说如果吴老板跟她做，她一定会觉得很幸福，她还问："吴老板你不会觉得我是一个很傻的女孩吧？"

卡美拉的这些话是贴着吴晓春的耳根说的，所以她能感觉到吴晓春此时耳根发热并且心跳加速。于是，为了言行一致，卡美拉在一边说的时候，一边把自己胸脯不断地在吴晓春的身上来回地蹭，不是那种使劲挤蹭，而是轻轻地点到为止地蹭，表面上看起来是卡美拉情不自禁，甚至以此来证明她确实是一个正派的女人，其实这种轻轻地点到为止的蹭比压在身上的蹭更具有杀伤力，因为这样能保证好钢用在刀刃上，让男人很难不起生理反应。事实上，吴晓春早就有反应了，只不过一直控制住自己罢了。等到舞曲结束的时候，趁着最后一步的一个转身，卡美拉"不经意"地将自己的手背碰到吴晓春的敏感部位，马上就得到了第一手科学结论：吴老板不是"太监"！

15

吴晓春当然不是“太监”。前几天一个做土石方工程的老板把吴晓春带去洗桑拿，洗完了之后要做全身按摩，当那个按摩小姐坐在他的屁股上为他推背的时候，吴晓春明显地感觉到从小姐身上最隐蔽部位散发出来的热量，并且这种热量很快就从吴晓春的屁股传遍他的全身，包括通过中枢神经传递到吴晓春的大脑，于是吴晓春大脑一热，马上就有了强烈的反应。那一刻，在大脑热度的指挥下，吴晓春已经翻过身来，并且迅速地将小姐翻到他的身下，准备反过来向小姐输送热量，但临门一脚的时候，他的内心还是发生了一些思想斗争，心里一乱，身体就蔫了。

由此可见，吴晓春并不是“太监”。事实上，吴晓春不仅不是太监，而且还曾经风流，并且为此付出过惨重代价。两年前，吴晓春不得不与前妻离婚就是该代价的直接体现。

深圳是个讲究学历的城市，无论是进户口还是找工作，首先要看的就是学历。曾经有一段时间，深圳流行假学历，但随着网上验证技术的推广，假学历逐渐失去了市场，于是，就开始流行半真半假的学历。所谓半真半假的学历，简单地讲，就是学历是经得起网上验证的，但取得学历的方式不严肃。比如读在职研究生，一般的人只要想读书并舍得出钱就可以读。只要按时足额地交钱，考试的时候随便自己查书还是请教别人，最后总能通过。如此，取得的学历比完全造假强，因为能顺利通过网上验证。但有一项比较难，就是硕士论文。硕士论文不是一般人查资料或“请教”一下就能完成的，于是，根据市场经济发展的自然规律，就有了专门替人写毕业论文的行当。吴晓春当时还没有进上市公司，经济收入还不稳定，并且还没有离婚，还想把老婆孩子接到深圳来，所以非常需要钱，加上他是正儿八经的硕士，写论文有实践经验，于是也加入了替人写论文的行列。

有一次委托人是位女士。女士为证明自己是真材实料，反复强调她只不过是请吴晓春提点建议，论文仍由她自己写，但是钱照付。

吴晓春一听就知道麻烦，吴晓春帮别人写论文不是第一次了，知道套路，根据题目找几本相关的书籍来抄抄就是一篇“论文”，而且是一篇好论文，因为吴晓春替别人抄的“论文”常常被评为“优秀论文”，但是，他最怕委托人太有主意，一旦委托人自己太有主意了，反而搞得吴晓春没有主意了。说实话，吴晓春当时就想推掉不做了，但是又怕驳了朋友的面子，如果驳了朋友的面子，那么下次再接业务就比较困难了。因为毕竟，吴晓春私下从事的这项个人创收工程是见不得阳光的，不能打广告，只能靠朋友介绍，既然靠朋友介绍，就不能挑三拣四，不能好做的业务就做，不好做的业务就不做，如果那样，下次别人就不把业务介绍到他这里来了，所以，尽管吴晓春明明知道这个论文要耽误更多的时间，还是接了。

接了之后，女士果然就表现出了与众不同的一面，主要是她非常有水平，具体表现在吴晓春完成“论文”之后，女士又提出了许多宝贵意见。吴晓春真想说：这不是真的做学问，只要能唬一张文凭就行了。但是吴晓春不能说，吴晓春要是这样说，就极大地刺伤了女士的自尊心。女士现在是吴晓春的客户，吴晓春是没有权利刺伤客户自尊心的，吴晓春宁可刺伤自己的自尊心，也不能刺伤客户的自尊心，这也是职业道德。于是吴晓春就照着女士的意思对论文进行了修改。修改了之后，再给女士看，女士看了之后，又提出了许多意见。这一次的意见倒是对的，因为吴晓春自己也知道，改过的论文还不如上次没有修改的。于是，吴晓春再次“修改”。这样七改八改，改到最后吴晓春自己也不知道哪里该改哪里不该改了。

女士见吴晓春如此谦虚如此认真，自己也觉得不好意思，于是就要对吴晓春严谨治学的精神给予鼓励，鼓励方式是请吴晓春吃饭。由于改的次数比较多，因此他们在一起吃饭的次数就比较多，最后，为了修改方便，女士干脆把吴晓春约到自己家里来，家里上电脑方便，甚至可以直接在电脑上修改。谁知道孤男寡女时间一长，他们就从电脑上改到了床上。这时候，女士提出要结婚，否则没完。

吴晓春当然不能跟女士结婚，因为他已经有老婆了。不但有老婆，而且有儿子，所以吴晓春不可能跟女士结婚。但女士显然不是等闲之辈，知道哪里是吴晓春的软肋，并且专门往那里打。女士竟然千里迢迢从深圳闹到兰州，闹到了吴晓春原来的工作单位，闹到了吴晓春妻子那里，闹到吴晓春岳父那里。离婚是唯一的结果，而且离得很惨，儿子房子加全部存款都归前妻。吴晓春直接就是被扫地出门，并且还在原单位臭了。同事们说，吴晓春在深圳混了这么多年，如果混一个年轻漂亮的女人，也值，可这个闹上门的女人既不年轻也不漂亮，更没教养，各方面还不如吴晓春原来的老婆，这不是让同事笑话吗？于是，吴晓春就十分憎恨那个女士，就觉得这个女士太毒，就觉得她太阴险，就觉得她太虚伪，就觉得曾经跟她上过床是一种耻辱，总之，就再也不跟女士来往了。所以，吴晓春现在是单身，标准的单身，身边不但没有老婆，而且也没有女朋友。如果按照现在社会上流行的一个观点，认为男人只要三个月没有碰过女人就倒退成为童男子的话，那么吴晓春在跟余曼丽相识的时候就是童男子。

16

火车站旁边四千平方米地计划建商住楼。由于吴晓春方方面面马屁拍得到位，楼盘容积率争取到了七比一，也就是说，建筑面积允许达到二万八千平方米，等到竣工时再稍微动点脑筋，三万平方米没问题。

将深圳的商住楼概念引入武汉市，也算是吴晓春对江城人民的一大贡献。这种商住楼一般底下是几层裙楼，上面是十几或几十层的塔楼。裙楼可用作银行、证券营业部或商场，塔楼可以做住宅，也可以做写字楼，但最适合做连住带办公的场所，“商住”二字可能正源于此。当年国家在深圳办特区，深圳成为全中国的窗口，因此，全国各地纷纷在深圳建立办事处，所以深圳的商住楼很有市场。现在内地经济发展也很快，作为区域中心城市，各地在武汉市的“汉办”也不少，再加上武汉人要面子，这些年几个人或十几个人搞的总公司甚至于集团公司不在少数，这些总公司或集团公司付不起佳丽广场这类写字楼的租金，又不能太掉价，找个商住楼办公最合适。想一想如今一个地区师专也可改称某某大学，几个人或十几个人的小公司称为集团公司也不算过分。可见，吴晓春的商住楼定位是符合潮流的。

余曼丽能够做这个总经理，除了自己是科班出身之外，还有一个重要的原因，那就是她做事情有分寸。其实做事情有分寸这句话说起来容易，真要做得好并不是一件容易的事。比如在娱乐城做老总，不跟客人跳舞肯定是不行的，不跟客人跳舞就是不给客人的面子，如今客人是上帝，不给上帝的面子不是等于不要做生意了吗？但是也不能随便跟客人跳舞，一个娱乐城老总，如果随便跟客人跳舞，那还要那么多小姐干什么？这里面就有一个分寸的问题。余曼丽在掌握这个分寸的时候，主要是控制自己只跳快节奏的舞。娱乐城的舞曲节奏与舞池灯光是成正比的，舞曲节奏越快，舞池灯光就越亮，舞曲节奏越慢，舞池灯光就越暗，所以余曼丽接受客人的邀请跳舞的时候只跳快节奏的。跳快节奏舞时，舞伴之间距离明显，而且灯光较亮，不影响她作为总经理的形象。如果恰好在慢曲时遇到客人邀请，她也能礼貌地“转嫁”给公关经理。久而久之，客人们都知道她的规矩，所以客人都喜欢请她跳舞，但只请她跳华尔兹之类的。

这天又是吴晓春拍有关部门的马屁，被拍的人兴致很高，其中有人鼓动吴晓春去请余曼丽跳舞，其他几个人也都跟着起哄。吴晓春磨不开面子，就去请。当时正好是一首《真的好想你》，典型的慢四舞曲，于是几个人等着看吴晓春遭拒绝的笑话，没想到余曼丽大大方方起身随吴晓春翩翩起舞。弄得几位打算看热闹的人你看看我，我看看你，不知道是扫兴还是高兴，倒是本准备起身替老总保驾的公关经理顿时感到了什么。

余曼丽的同事大都十分羡慕甚至于有几分嫉妒她这份工作，连馆长都说她是既有面子又有里子。从面子上说，虽然娱乐城总经理只相当于副馆长，但群艺馆已名存实亡，娱乐城后来居上，局长来了不问馆长在哪里，首先要见见娱乐城总经理。再说，馆长只知道向局长诉苦要钱，而娱乐城老总可一条龙招待，你说谁的面子大？从里子上说，余曼丽虽然拿副馆长级工资，但娱乐城那边另有一份职务津贴，外加天天有夜班补助，明收入就好几千，更不用说天知道的其他好处了。于是就引起了一些人的不满，就有人暗中使绊子。尤其是余曼丽得罪了馆长之后，余曼丽的麻烦来了。

馆长的外甥在娱乐城搞采购。这年头凡是往外面花钱的地方多少就有回扣，所以谁都知道搞采购是个肥缺，正因为是个肥缺，所以只能是馆长的人来做。馆长在推荐他的外甥来的时候，对余曼丽说：我只是推荐一下，用不用还是由你说了算。于是余曼丽就说了，说她正好需要一个采购，正着急没有合适的人选呢，所以非常感谢馆长对她工作的支持等等。

正因为是馆长的外甥，所以余曼丽对采购这一块一直是睁一只眼闭一只眼，有时候甚至是两只眼睛全部都闭了。比如采购西瓜，余曼丽自己在家里也要吃西瓜，所以她当然知道市面上西瓜五毛钱一斤，见到馆长外甥拿来的白条上面写着八毛钱一斤，也就照样签了字给报销了。不仅如此，如果其他人有意见，余曼丽还帮着遮着，比如说他这个西瓜品种不一样，做娱乐城赚的是环境钱，赚的是气氛钱，赚的是服务钱，不能在采购方面省钱等等。但是，最后连余曼丽也遮不住了，因为馆长外甥做得也太过分了一点，有一次二楼餐饮部经理向余曼丽反映：进来的海鲜是死的。

“这不是价格的问题了，”餐饮部经理说，“这样的东西根本就不能出品，如果再这样，我没办法做了。”

余曼丽知道遮不住了，如果再这样下去，不但餐饮部经理没有办法做了，她这个总经理也没有办法做了，于是，带着餐饮部经理一起去向馆长汇报。

“我说过，”馆长说，“我不干预你的日常管理，用人也是这样，你看着办，该怎么办就怎么办。”

“我是实在没有办法了，才向您汇报的。”余曼丽说。

“不用向我汇报，”馆长说，“你该怎么办就怎么办。”

“您能不能另外帮我们推荐一个采购的来？”余曼丽问。问得非常诚恳，非常无可奈何。

馆长愣了一下，看看余曼丽，再看看餐饮部经理，说："不用了，我推荐不好。做采购这一行实在不容易推荐到合适的人。生手容易出差错，比如像小军这样被供货商哄了，买来了不合格的海鲜，给娱乐城造成损失；熟手更麻烦，会在里面做手脚，娱乐城损失更大。"

余曼丽听出来了，如果再这样请示下去，说不定馆长就能说出"还是让小军先做着吧"这样的话来，于是当机立断，把话封死。

"也是，"余曼丽说，"要不然双管齐下，这边我找小军谈谈，让他注意一点，先做着，那边我们打广告，面向社会，公开招聘采购员，如果没有招聘到比王小军更合适的，就让他先顶着。您看怎么样？"

馆长脸上明显舒展了一些，说："好，好，就按你自己的意见办，我说过，你自己做主，不用向我汇报了。要是一个采购员的事情你都向我汇报，那你还是什么总经理呀？"

"好，"余曼丽说，"那就先让王小军做着，我就不跟您汇报了。"

"对，不用汇报了。"馆长说。

后来，余曼丽就真的不向馆长汇报了，连把他外甥王小军换了也没有向他汇报。但是，余曼丽心里知道，无论采取什么样高明的手段把王小军换了，换了就是换了，只要是换了，她就把馆长得罪了，那么她就必然有麻烦。

这次余曼丽的女儿过生日，余曼丽从前夫那边将女儿接过来，晚上又不放心恺撒世界的生意，只好把女儿带着上班。当然，也顺便让女儿来娱乐城玩玩。"妈咪"觉得应该表示表示，但是表示少了拿不出手，表示多了又心疼，于是灵机一动，私下招呼小姐们表示，小姐们更不是省油的灯，嗲声嗲气鼓动各自的服务对象表示，结果临收场时女儿收到一万多元礼金。余曼丽没办法，激情之下干脆给全场的客人打八折并免费送果拼一盘。这件事经值班会计汇报到了馆长那里，立刻就变成一桩假公济私甚至是变相贪污案了。这还了得?!

这一天余曼丽找吴晓春。余曼丽有吴晓春的名片，找吴晓春非常方便。吴晓春没想到余曼丽会主动约他，有点意外，也有点想入非非。其实余曼丽只是心里烦，觉得吴晓春素质蛮高，又是局外人，想和他聊聊。

吴晓春听了余曼丽的讲述之后，认为余曼丽没有什么错。打八折送拼盘是总经理权限之内的事，别人找不出什么硬茬，不用怕。

“再说,”吴晓春接着说，“大不了就是不干了，我正打算开个歌舞厅，你到我这边来做，我这边是上市公司，保证没有你们国营单位那么些弯弯绕绕，下次你女儿过生日，客人送十万我都不管，送得越多，说明你工作越好，客人服你，我再给你加一万。”

听得余曼丽当场多云转晴，顿时亮堂了，不但脸上亮堂，连心里也亮堂了。

其实，吴晓春说这番话既不是纯粹安慰余曼丽，也不光是让她心里亮堂，更不是信口开河，他确实想到过要开歌舞厅。

吴晓春算了一笔账，他手里那个商住楼项目是怎么做怎么赚钱。房子卖了不用说，肯定赚钱；房子卖不掉，抵押给银行可以套现；房子万一卖不掉也抵押不成，做成账，报表上还是赢利！这就是上市公司的妙处。要不然为什么中国所有的企业都打破头争着上市?在中国，上市公司只对报表负责。报表实在没法再包装了，就来一个资产重组。君不见中国的许多上市公司都遵循“一年绩优，二年业平，三年ST，四年重组”的发展规律吗?

吴晓春虽然是学理的，但80年代研究生的功底使他学习“时髦经济学”不费劲。“下海”之前，按照理论先行的规则，他就认真阅读过大量经济管理方面的书籍，加盟新天地集团之后，更是注意学习现代资本运作理论和实践，前些年为了替别人写硕士论文，自觉和被迫看过的甚至是抄过的经济理论著作不少。吴晓春甚至发现，凡是这种靠他写论文才能获得硕士学位的专业基本上都是经济管理类的，几乎没有碰到过理工科的，也幸亏没有，如果有，吴晓春还不一定能写得了，比如医学方面的硕士论文，吴晓春能写得了吗？敢写吗？因此，吴晓春就有点看不起经济学，认为经济学硕士没有什么了不起，还不如他，他随便帮人家抄点东西就能获得优秀论文，可见经济学硕士不过如此。吴晓春甚至公开说过，计划经济时代的经济学硕士所学的东西全部过时了，没有用，新一代经济学硕士所看过的著作他基本上全部看过了，甚至还抄过了，所以他在经济学上的认识不比任何一个经济学硕士差。

人一旦有了这种想法，自然容易头脑发热。其实没有这个想法也会发热，人只要一当上老板，基本上就要头脑发热。君不见前几年一些公司获得配股资格而圈一大笔巨款后，简直不知怎样花才好，于是一哄而起搞起了多元化；几年后，一些上市公司的董事长或总经理无可奈何地说：要是当初把钱买国库券多好！但当初确实也没有人这么做，要说配股是为了买国库券，证监会也不会批，批了也没法向股东交代，谁当初要真在股东大会上讲这项提案，还不把台下人笑死？这大概就是所谓的人在江湖身不由己吧。

吴晓春现在也是老板了，虽然只是上市公司二级公司的老板，却也有资格头脑发热。不过，吴晓春想搞歌舞厅也不完全是头脑发热。当时吴晓春的华中公司的账上确实有现金不知做什么，那时候香港的百富勤还没倒闭，人们还没有听说梁伯韬那句“现金是王”的千古绝唱。况且报纸杂志上天天宣扬一个观点：钱放在银行吃利息是最蠢的人。吴晓春不是最蠢的人。吴晓春会算账。吴晓春又算了一笔账：照现在这样拍马屁或被拍马屁，加上集团公司那边迎来送往，每年吃喝玩乐的费用差不多一百万，如果自己搞个娱乐城，就算不赚钱，起码这一百万省了；再想一想请行长局长所长或集团公司来人在自己的娱乐城潇洒，那种形象和感觉，是钱能买来的吗？

吴晓春到底在集团公司泡了一段时间，加上公司老板黄主席是潮州人，于是集团公司及其下属企业当中就有许多潮州人，如集团进出口公司的老总赖散之，外号三癞子，就是老板黄鑫龙的那个远房舅舅，潮州人，还有集团物业管理公司老总肖仲明，普宁人，也属于潮州人，所以，耳闻目睹，使吴晓春深谙潮汕商人“不熟不做”的信条。因此，吴晓春虽然想到了要做娱乐城，但他并未急于动作，他似乎在等待着什么。到底等什么他自己也不清楚。今天与余曼丽的一番交谈使他豁然开朗。等什么？等人才呀！

回到公司之后，吴晓春立即就起草了一份报告。吴晓春是做投资部经理出身的，写这样的报告轻车熟路，从经济分析和对集团公司进军华中的战略意义两个方面论述了在武汉投资建设一个综合娱乐城的可行性，在可行性分析中，还专门安排了一个“人才篇”，强调了以人为本的思想，并着重介绍了余曼丽的情况。

17

华中公司给集团公司的报告原本就是走形式。既然集团公司实质上并未向华中公司投钱，那么对于华中公司正常的经营活动就不会干预。因此，集团公司很快批复了华中公司的报告。

收到批复，吴晓春立刻动手，制订了具体方案。第一，报集团公司批准，任命余曼丽为华中公司副总经理，具体负责娱乐城项目；第二，着眼于大发展，不搞则已，要搞就搞大型综合娱乐城；第三，根据武汉三镇的具体情况，结合华中公司现有项目在武汉的位置，选定娱乐城位置在汉口。

余曼丽领着吴晓春沿着最具武汉特色的沿江大道一家一家地认真考察。东方红、大都会、帝苑、拉斯维加等较大的娱乐城自然是多次考察的重点对象。他们又考察解放大道上的未来世界，新华路上的正银和五星城。总之，他们不厌其烦地差不多把汉口的所有娱乐场所都认真看了几遍，最后还是没有确定。

“我看大都会不错。”余曼丽说。

吴晓春看看余曼丽，然后说：“说说看。”

“这还用说嘛，”余曼丽说，“位置好，挨着武汉关，是武汉三镇人口最密集的地方，外地来人也无一例外地要去看看。做娱乐城关键是要人气，凡是人气旺的地方就是好地方。而且大都会场面大，最适合做综合娱乐城。”

余曼丽在这样说的时候，还注意观察吴晓春的表情。余曼丽发觉人的一切内心活动都会从面部表情表现出来，关键是要会看。余曼丽认为她自己就比较会看。会看也就是会察言观色，如果不会察言观色，她一个群艺馆的一般干部，是不会轻易当上娱乐城总经理的。为人处世，“为人”在前，如果不会“为人”，再会“处世”也难得到重用。会“为人”的前提是会看人，如果连看人都不会，怎么会“为人”呢？而看人的第一步就是察言观色。当然，这些只是余曼丽的理解，但对她来说确实屡试不爽。

通过观察余曼丽发现，吴晓春是在认真听她讲的，并且是在一边听一边思考。

“说完了？”吴晓春问。

“说完了。”余曼丽说，“不对吗？”

“对，”吴晓春说，“你讲得很对。但是你想过没有，正因为大都会挨着武汉关，所以每年的夏季在娱乐城生意最好的时候，那里都要封关防汛，而一封关防汛，娱乐城就必须关门。一关门就是个把月的时间，这段时间，客人可能跑到其他地方去消费了，而消费是有惯性的，在一个地方消费惯了，人也熟悉了，一般是不会轻易换地方的。到那时候，我们要费多大的劲才能把客人再请回来？即使请回来了，明年同样的问题又出现了，我们总不敢对抗防汛这样的大事吧？另外，大都会是个老场子，如果我们接过来，肯定要重新装修，否则没有新意是不会吸引顾客的，但是一旦投入装修，就必须签订长期合同。据我了解，大都会的产权关系复杂，地皮属于航运公司的，而物业是一个私人老板出钱建的，这个私人老板最近又出了一点问题，自身难保，我们敢跟他签订长期合同吗？”

吴晓春说完，余曼丽傻了。她没想到吴晓春对情况这么了解，考虑问题这么仔细。关于第一个情况，她是知道的，但是她显然没有把问题想得那么深。关于第二个情况，她根本就不知道，因此她就比较惭愧，毕竟，与吴晓春比较起来，她算是武汉本地人；毕竟，吴晓春打算上这个项目起因还与她有关；毕竟，跟吴晓春比起来自己算是内行，现在自己掌握的情况竟然不如吴晓春全面，不惭愧吗？

余曼丽是个要强的女人，正因为要强，所以她这时候才感到惭愧，并且将这种惭愧反映到了脸上。当惭愧反映到脸上的时候，就表现为难堪。好在吴晓春没有让她的难堪保持太长的时间。

“要不然这样，”吴晓春说，“我们的思路再开阔一点，看看除了现有的娱乐城外，有没有其他地方适合改造成娱乐城的。”

“改造成娱乐城？”余曼丽问。余曼丽这样一问，脸上的难看果然就消除不少。她不知道吴晓春这个时候这样说的目的是不是有意消除她的难堪，如果是，那么吴晓春这个人也太心细了，做人也太滴水不漏了。

“是啊，”吴晓春说，“反正准备投钱装修，不如找一个新场子，说不定找一个新场子更能吸引顾客。人不都是图新鲜嘛，你说呢？”

说完，吴晓春又觉得这话有问题，特别是当一个男人对一个女人这样说的时候，更加有问题，但是既已出口，想往回收是不可能的了，只好寄希望于余曼丽不在意。

余曼丽果然没有在意，余曼丽现在接受正面的东西还来不及呢，哪有多余的心事往歪门邪道上想。余曼丽这时候并没有说话，而是点头，或者是因为点头而来不及说话，也有可能回答这样的问题点头就够了，不用说话。其实点头也是一种说话，是一种不发出声响的说话，属于形体语言。余曼丽这时候就用自己的形体语言表达了她的意思：是。

余曼丽虽然使用了形体语言，但是吴晓春必须用有声的语言，或许吴晓春非常希望自己也能够使用自己的形体语言来与余曼丽交流，但是眼下还不是时候，眼下他只能用有声的语言表达他的意思。

吴晓春说：“你对武汉的情况比我熟悉，这个事情就交给你。你先去找，等找好了之后，我们俩再一起研究。”

余曼丽并不是真的满武汉市地去找，如果那样，也显得她太没有水平了。事实上，余曼丽所谓的“找”主要是在家里面打电话。打电话给她以前的同事，打电话给她的同学，打电话给她以前认识的那些三教九流的朋友。余曼丽在电话里面告诉对方她已经从群艺馆内退了，现在受聘于深圳的一家上市公司，她是这家上市公司在武汉的华中公司副总经理，他们公司想在武汉的汉口区开一家综合娱乐城，问对方有没有合适的建筑可以合作。但是，她只打了两天电话，就不能再打了，因为她家的电话一天到晚响个不停，连接电话都来不及，哪里还有时间往外面打。

余曼丽没有想到武汉市有这么多的企业想对外合作，特别是当对方知道合作方是来自于深圳的一家上市公司的时候，积极性又得到进一步的高涨。余曼丽没有想到她一时间竟然成了香饽饽，好像她自己就是上市公司的大老板了。别人不说，就是她姐姐余曼华，都一口气向她推荐了三个意向合作单位。更让她始料不及的，是局长都亲自打来电话。局长认定她就是深圳的大老板了，或者她已经嫁给了深圳的大老板了，按照武汉的规矩，如果嫁给了大老板，并且是刚刚嫁，那么她至少就是百分之六十的大老板，投资一个娱乐城这样的小主还是可以做的。于是，局长说：我早就看出来你是个人才，如果你不这么急着内退我就准备提拔你当馆长了。接到这样的电话，余曼丽除了哭笑不得之外，就只能说谢谢，连解释的机会都没有。局长进一步说：我看你也不用跟其他单位合作了，干脆让你老公把我们那个娱乐城买过去算了。

听着这样的电话，余曼丽并没有头脑发热，她知道自己并不是老板，不但她自己不是老板，并且她的老板也不是真正的老板，甚至她老板的老板都不是真正的老板，因为对于上市公司来说，真正的老板是股民，股民才是真正的老板，所以余曼丽清醒着呢。

余曼丽并没有考虑人情的因素，特别是没有考虑她姐姐余曼华那边的人情因素，甚至也没有考虑局长的建议，而是真正从未来娱乐城经营和目前合作的方式的可能性角度认真地选择最合适的场所。经仔细比较，余曼丽初步选定位于汉口区青年路的玩具厂综合大楼。选择好了之后，她就向吴晓春汇报。

“去看看。”吴晓春说。

18

吴晓春对玩具厂综合大楼十分满意。首先是位置，比较隐蔽，但是离市中心非常近，根据吴晓春自己的消费经验，这样的位置最好，如果太暴露于闹市中心，也不是好事，因为很多客人进娱乐场所的时候既不希望自己被熟人看见，也不希望自己的车被熟人看见，所以像玩具厂这样稍微偏僻一点但是又不是很远的地方最好。其次是产权关系明确并且简单，只要认准了玩具厂就行了，不会发生多头管理的事情，只要不发生多头管理，吴晓春就不怕，因为吴晓春知道，所谓多头管理其实就是“多方插手”，喂饱一个人总比喂饱一群人容易。最后是大小合适，总共六层楼，与大都会大小差不多，做综合娱乐城大小正好，太大了浪费，太小了不够用，关键是新楼，玩具厂盖好了之后一天都没有用过，仿佛他们盖这栋综合楼就是专门准备对外合作的。吴晓春知道，新楼好，装修起来容易，而且不会发生与旧装修旧设备扯皮的事情。只是他不理解，玩具厂为什么要将新建的综合楼急于出手。既然刚建好就要出手，那干吗要建呢？他问余曼丽，余曼丽也说不清。

“你打听一下，”吴晓春说，“看看这中间有没有什么猫腻。”

第二天，余曼丽将打听到的情况告诉吴晓春：没什么猫腻，就是厂里效益不好，欠银行的钱付不起利息，工人三个月没发工资。吴晓春觉得很奇怪，面前的这个厂无论是规模、厂房、设备、技术力量、职工素质还是背景，都远远强于深圳的那些老板厂，吴晓春在进新天地集团之前，曾在关外的老板厂当过所谓的总经理，亲眼看着只有十万八万的所谓“港商”“台商”伴随着特区的发展而成长，不用几年就真变成大老板了，而眼下这个厂怎么恰恰相反了。

余曼丽经过一晚上调整，已经恢复灵气，她好像是专门等着吴晓春提这个问题。

“这有什么不好理解的?”余曼丽说，“你昨天问为什么新建的大楼就要卖，因为建大楼个人能捞好处，卖大楼个人还要捞好处，吃亏的是工厂，赚钱的是个人。”

吴晓春从来没想过工厂可能会有这种操作，他不禁陷入了沉思。

余曼丽见自己说得吴晓春发愣，刚开始蛮得意，后来又觉得自己跑题了，不太好，想收回来，于是对吴晓春说：“你看玩具厂那边……”

“厂里是什么意见?”吴晓春问。

“都行。”余曼丽说。

“什么叫‘都行’?”吴晓春问。

“租也行，合作经营行，买也行，”余曼丽说，“只买综合大楼行，将整个玩具厂整体一锅端过来也行。”

吴晓春想了一下，觉得从长远的发展来看，当然是一锅端合算，综合楼后面的整个工厂面积不小，而且这里地段好，完全可以开发成一个高档小区。吴晓春知道，要想在武汉的房地产界有一席之地，光靠一两个商住楼是不行的，肯定要成片开发，上规模，上档次，上配套设施，如果那样，眼前的这个玩具总厂倒是一个不错的选择，但眼下时机不成熟，下岗职工安置和银行贷款的偿还都是无底洞，还是等国家有明确的优惠政策再说。双方合作经营看起来最省钱，其实风险更大，将来扯皮的事少不了，没法正规管理，将来万一双方出现了不愉快，怎么说人家都是地头蛇，吃亏的肯定是华中公司。

所以，最佳的方案只能是先租赁，等以后时机成熟再考虑“一锅端”的整体收购方案。

吴晓春分析完了之后，余曼丽补充自己的看法。她认为从综合楼大门到青年路之间这十几米宽的绿化带既妨碍视线又影响停车，最好能由厂方出面将其改成一个小广场，既能停车，又醒目。吴晓春很是赞同，他马上就想起了深圳的世界之窗和香蜜湖游乐场，世界之窗的门口就是一个广场，所以一天到晚车水马龙，生意极好；而香蜜湖的正门往里面拐进去几百米，从深南大道上根本看不到游乐场的正门，不要说外地人了，就是深圳的本地人也很少知道里面的风景。所以说，娱乐场所的门面非常重要，其重要程度不亚于女人的脸面。

谈判很顺利，出人意料的顺利，顺利到双方好像并不是合作的关系，倒是像施舍与被施舍的关系。吴晓春来武汉之前，曾经有人告诫他，说武汉人很难打交道，现在给吴晓春的印象是武汉人一点都不难打交道。本来明明是吴晓春想做娱乐城，要找一个合适的场子，没想到厂里面居然把他当作了救星，那样子与吴晓春的合作就像是一个穷困潦倒的人突然攀上了一个阔亲戚一般，合作的条件几乎是由吴晓春他们这边说了算。

最后的合同书是余曼丽代表华中公司签的字。吴晓春觉得余曼丽是当地人，将来万一遇到什么麻烦她也能摆平，另外，还能在甲方面前树立余曼丽的威信，在娱乐城内部树立她的权威，便于她今后工作。因为在很多人看来，谁能代表公司签字谁就是“老板”，吴晓春现在就是要余曼丽来当这个“老板”，这样才能够最大限度地调动余曼丽工作的主动性与积极性，最大限度地发挥她的作用。当然，合同的内容都是经过吴晓春反复推敲的。内容包括：一、每月租金十万元人民币，另外甲方在娱乐城每月享有一万元免费签单权，附上有权免费签单的人员名单一二三四；二、签订合同七天内付订金二十万，免费三个月装修期，从第四个月开始每月 5 日之前付当月租金；三、甲方负责在三个月内完成门前绿化带该广场审批手续，乙方承担费用完成改造工程；四、甲方无偿提供水电指标和设备，乙方自理水电费及其他各种经营税费；五、甲乙双方都谋求进一步合作的可能性，在同等条件下，乙方有优先收购合同标的背后整个厂区的权利。

合同是比较公正的，吴晓春并没有因为自己掌握主动权加上不利于对方的不合理条款。吴晓春认为，不公正的合同是不能维持长久的，在对方地盘上更是这样。例如，余曼丽已经说服对方接受由甲方负责将门前绿化带改造成广场的条款，吴晓春主动建议将此款加上“费用由乙方承担”。余曼丽不理解，吴晓春解释说，如果让对方出钱，准会无限期拖下去。

租赁合同签订之后，立即投入装修。吴晓春继续放权，娱乐城的装修工作也交由余曼丽全权负责，而吴晓春自己则把主要精力放在火车站旁边的那个商住楼上，毕竟，相对于一个租用别人物业的娱乐城来说，商住楼才是华中公司真正的大项目。

19

在这边工作顺利开展的同时，吴晓春在集团总部那边也“红”了起来。

集团公司有一个内部刊物《集团快讯》，报道的全部是集团内部的一些事情。以前吴晓春在集团总部的时候清闲，还经常为《集团快讯》写写稿，来武汉当“封疆大臣”后，忙了，考虑的问题多了，有压力了，也就没有时间和精力写了，甚至基本上没时间看了。他不知道，正是由于这个《集团快讯》，使他成了整个集团的大“红”人。

原来，由于武汉位于交通枢纽的中心，集团总部来内地出差的人往往都要经过这里，而吴晓春对集团总部来的人都热情招待，集团领导还好说，觉得是应该的，可对于一般员工来说，就觉得欠了吴晓春的人情，就想着找机会报答。比如等吴晓春回深圳的时候回请他一顿。可吴晓春回深圳的机会少，就是偶尔回去了，应付老板和公司高层都来不及，哪里有机会给一般的员工，所以，对集团总部的一些普通工作人员来说，如何报答吴晓春竟成了问题。这时候，不知道是谁先带的头，在《集团快讯》写了一篇关于华中公司和吴晓春本人的通讯，既完成了投稿任务，也顺便补了吴晓春一个人情，一举两得，引得其他人纷纷效仿。于是，一时间关于华中公司及吴晓春本人的报道便接二连三地不断地出现在《集团快讯》上。这样的报道多了，吴晓春自然也就“红”了，于是，黄鑫龙在集团公司年终总结大会上就专门表扬了华中公司，说吴晓春没要集团公司一分钱就搞成一个像模像样的华中公司。如此，吴晓春的“红”就算是得到集团内部的“官方确认”，红得更加耀眼。

最能体现吴晓春“红”的标志莫过于主席亲自来武汉参加商住楼的开工典礼。

由于黄鑫龙亲自到场，吴晓春就不惜重金，尽可能将开工典礼搞得上规模上档次。余曼丽不仅利用自己的关系请来了各路媒体记者，还神通广大地邀请到一个省人大常委会副主任来剪彩，使专程赶来的集团董事局主席黄鑫龙情绪更加高涨，光彩更加照人。

黄鑫龙主席对省人大常委会副主任很亲热，人大副主任对黄鑫龙主席也很亲热，顷刻之间，两个以前根本就不认识的人一眨眼仿佛成了多年的老朋友。人大副主任口口声声欢迎黄鑫龙主席来武汉投资，黄鑫龙则更关心湖北省当年的几个上市指标落实情况。主席还乘兴邀请人大副主任一同去看看青年路上那座正在装修的综合娱乐城，副主任欣然前往。既然省人大常委会副主任都去了，贵宾中的副市长和区长当然不敢落后，于是，这一大群浩浩荡荡的阵势着实把玩具厂的厂长书记吓得不轻，就差没有下跪迎驾了。黄鑫龙主席对省人大常委会副主任比比画画，意思是打算将整个玩具厂整体收购，搞成一个一流的住宅小区，条件是省里给上市指标，让新天地武汉公司就地上市。副主任也不知听懂没有，反正又是点头又是笑。这样一来主席就更加高兴，恨不能当场召开新闻发布会。

回到深圳，黄鑫龙立即召开董事会，向大家通报此次武汉之行的巨大成就。专程送他回深圳的吴晓春被黄鑫龙点名列席参加。

“我们在武汉已经搞到上市指标了！”刚一开场，黄鑫龙就一语惊人。

黄鑫龙的一句话不仅语惊四座，连吴晓春也吓一跳。

“吴晓春功不可没!”黄鑫龙继续放炸弹。董事们齐刷刷全部看着吴晓春。吴晓春张口结舌，大脑一片空白。

“你,”黄鑫龙伸手一指李惟诚，“要亲自去武汉，协助吴晓春完成这件事。”

让我的顶头上司来协助我?!吴晓春还没有来得及疑问，黄鑫龙又发话了:“为了便于工作，我提议，增补吴晓春为集团董事。”

什么?!让我当董事?!一家上市公司的董事?

吴晓春认定自己在做梦。

后面主席又说了什么吴晓春根本就没有听见，但有一条是肯定的，那就是他果真成了董事。

反正这是一家上市公司，上市公司也称公众公司，意思就是大家的公司，并且新天地实业（集团）股份有限公司是真正意义上的公众公司，百分之八十几是公众股份。既然是公众的，那就等于说是没有主的，或者说那就没有人能否定主席的决定，因为中国的股民买股票的目的是低买高卖赚差价，没有哪个股民会想到自己买了股票其实就成了上市公司的老板，更没有散户想到自己买股票是为了对公司管理或决策发表自己的意见或起到监督作用，即便真有这样的股民，那也是少数中的极少数，根本起不到任何作用，这就是说，集团董事局主席想要谁当董事谁就当董事，管他事实上是懂事还是不懂事。

吴晓春就自己在没有弄懂是怎么回事的情况下，成了这家排在中国上市公司五十强之列的新天地实业（集团）股份有限公司的董事。

吴晓春还算有一点懂事。在接受主席单独召见谈话后，即刻来到李惟诚的办公室，毕恭毕敬地讨教工作。

办公室门是开的，已经有人在汇报工作。吴晓春像往常一样立在门口先敲空门，李惟诚一见是吴晓春，赶紧起身迎接。两个正在汇报的人也跟着站起来，回头望着吴晓春。吴晓春竟愣在门口不知怎么办好。于是，李惟诚走到门边把吴晓春拉进来，又对另外两个人说："你们先回去，我过会儿再找你们。"

李惟诚并没有回到大班台后面的大班椅上，而是在沙发上与吴晓春并排侧身面对面坐下。这种情况吴晓春没有经历过，吴晓春以前来见李惟诚的时候都是李惟诚说"进来"，他就进来，进来之后，先站在大班台的这边，立着不动，等李惟诚将眼睛从桌子上的文件上离开，抬眼看一下吴晓春，说"坐，坐"之后，吴晓春才坐下，并且不是坐在长沙发上，而是坐在刚才那两个人坐的围椅上，等候主任的发落或吩咐，像今天这样李惟诚亲自起身到门口迎接，并且与他一起并排侧身面对面地坐在长沙发上的情景，吴晓春还是第一次碰到。既然是第一次碰到，所以吴晓春就有点不习惯，甚至有点不知所措。

吴晓春不知从何说起，欲言又止。李惟诚一摆手，说："不用讲了，我对主席比你了解。你先回去，我这边处理点事，过两天就来，到时候再慢慢聊。总之，尽量照主席的意思去做，做成做不成是天意。"

吴晓春突然发觉李惟诚比他想象的有水平，短短几句话，该说的全部说得清清楚楚，不该说的一个字也没吐。既善解人意，又很有分寸。自己以前怎么没发现呢？当然，他也注意到李惟诚对黄鑫龙的称呼，就两个字：主席。既亲切，又正式，还能显示出他自己与黄鑫龙关系并不一般。于是，吴晓春就又添了一份自信，因为毕竟，黄鑫龙"主席"的称呼是他吴晓春发起的，说明自己不但对集团公司的物质发展有贡献，对集团公司的文化发展也是有贡献的，当上董事不能说一点道理没有。

但是，当天晚上，几个相对贴心一点的老同事请吴晓春吃饭的时候，他听到的却是另外一种声音。这些同事不管以前在集团公司的时候与吴晓春个人关系怎么样，至少在吴晓春去了武汉之后他们都得到过吴晓春的关照，其中有几个就是在《集团快讯》上为吴晓春歌功颂德的人，今天吴晓春成集团董事了，没有去应酬李惟诚这样的集团高层，而接受他们的邀请一起喝酒，不贴心也变得贴心了。这些人在集团公司职位虽然不高，但知道的事情不一定比高层少，他们中的有些人甚至看问题的水平也不见得比李惟诚这样的高层差。关于这一点，别人是不是相信不敢说，但吴晓春相信。吴晓春将心比心，自己在去武汉之前，不是和他们一样嘛。水平不差，但职位差，这样的逮到机会往往最敢说真话。几瓶啤酒下肚，他们开始对吴晓春说真话。说集团公司眼下的状况相当不理想。公司以前一窝蜂地搞多元化，留下的大窟窿还没有来得及填补，主导产业房地产又遭遇了空前的危机。国家有了新政策，不允许部队、公安、武警办企业，边防局下属的企业局取消了，公司以前与企业局合作开发的项目要重新归顺，已经开发成功的项目要补缴地价，没有开发的项目要一律暂停建设。而补缴的地价不是按照当初开发时候的价格，而是按照现在的价格，现在的价格比当初的价格要高出许多倍，这就等于集团公司要额外承担一大笔费用，而集团公司为了回收资金，房子虽然还没有建设好，却早早地以“内部认购”的方式当楼花卖了，现在要业主额外承担费用是不可能的，但集团作为上市公司想不承担费用是更加不可能的。当时是什么价？现在是什么价？考虑到原材料价格上涨和按现行的价格补缴地价两个因素，本来以为能为公司带来巨大利润的房地产项目现在不但不赚钱，反而还要亏损，巨大的亏损！对于本来就存在巨大财务状况窟窿的集团公司来说，这不是雪上加霜嘛。

说实话，这段时间吴晓春在武汉，对深圳本部的事情还真不了解，现在听几个老同事一说，马上就沉重不少。这时候，另一个同事补充说，暂停的项目最后是不是还能重新开工存在很大的不确定性。如果不能开工了，那么收取的“内部认购”资金怎么办？已经花出去的钱怎么收回来？很多支出是灰色的，是见不得阳光的，因此也就是永远收不回来的。而如果重新开工，地价和规划报建费用肯定会大幅度提高，在集团公司现有的财务状况下，是不是有能力承担这些费用更加不好说。

还有一个同事说得更加可怕，说如果不能开工了，那么收取的“内部认购”资金怎么办？看吧，到时候打官司的事情不少。

这时候，吴晓春不是沉重了，而是有些心惊肉跳，仿佛看到集团公司山一样的大厦顷刻之间就要轰然倒塌的样子。他不得不佩服黄鑫龙的心理素质，集团公司都成这样了，他竟然还那么神采奕奕，把集团公司描述得那么形势大好。

晚上躺在床上，吴晓春睡不着，替集团公司担忧，替黄主席着急，也替他自己和他的华中公司担忧。毕竟，华中公司是集团下属的子公司，皮之不存，毛将焉附？集团公司万一出现财务危机，他就是再有能力，把华中公司经营得再好，也不可能扭转整个集团的乾坤，而且还要被集团公司拖死。同时，他也深深地感觉到作为集团董事局主席的黄鑫龙实在不容易，他甚至不理解都到这个份儿上了黄鑫龙为什么还要装，装得那样轻松和愉快，像集团公司的账上钱多得没办法用一样。吴晓春认真想了想，感觉主要原因还是主席不信任他，不信任参加集团高层会议的大多数人，包括不信任李惟诚和总裁，所以才在他们面前装，在集团高层会议上装。就像刚才在一起吃饭一个同事说的，主席真正信任的其实还是赖散之和肖仲明他们这帮人，而正是这帮人成事不足败事有余，既害了集团公司也害了黄鑫龙本人。

吴晓春现在有些理解黄主席的做法了。黄鑫龙在这个时候宣布在湖北搞到了上市指标和增补他吴晓春为集团董事，一是鼓舞大家的士气，继续演戏，继续装，二是给他一根胡萝卜，并狠狠抽他一鞭子，恩威并用，让他更加努力地为集团公司卖命。万一真搞成上市公司了，说不定就真像他当初给黄鑫龙描述的那样，把所有的优质资产和业绩都集中到华中公司，然后来一个十送十配八，一下子圈几个亿回来也不是没有可能的。

这么想着，吴晓春就多少感到了一丝安慰，终于渐渐地睡了。

20

吴晓春是睡着了，但李惟诚却无法入睡。

虽然都是董事，但李惟诚毕竟是老董事，而且还兼着董事局主席助理，在集团公司实际地位仍然比吴晓春高，或者说黄鑫龙对李惟诚更了解一些，更信任一些，因此，李惟诚在集团公司的位置比吴晓春重要。李惟诚让吴晓春一个人先回武汉，他自己过几天才来，说他在深圳要先处理点事，这样做并不是摆架子，也不是故弄玄虚，更不是矫情，而是他确实有事，有大事，是关系到黄鑫龙在新天地集团公司董事局主席宝座能不能保的大事情。

其实，当天晚上几个老职员对吴晓春说的那些话还只是冰山一角，实际情况远比他们描述的严重许多，也复杂许多。简单点说吧，当初黄鑫龙挑头组建上市公司的时候，绝大多数人对上市公司的优越性还没有充分认识，因此，当时整个深圳没有一家正经的国营大企业愿意挑这个头，所以才轮到黄鑫龙，可是现在，傻子也看出上市公司的妙处了，上市公司不仅可以从内地市场圈钱，而且还能到香港市场再圈钱，不仅能圈一次钱，而且能圈多次钱，关键是圈来的钱既不用付利息，还可以永远不用偿还，这样的好事情哪个不愿意沾？不仅如此，“上市”两个字本身就是招牌，别的不说，就说吴晓春，一到武汉，人生地不熟，可就是凭着上市公司这块招牌，不仅顺利地从当地银行贷到了款，而且还顺利地在汉口火车站这样的中心位置上批下了地。在武汉尚且如此，更何况在深圳当地了。所以，现在争上市指标真可以用“打破头”来形容。但无论怎么争，无论采用什么手段争甚至不择手段来争，每年的上市指标就那么多，争来争去最后能争到上市指标的总是少数，没有争到上市指标的占大多数。因此，也不知道从哪年哪月哪一天开始，一个新鲜名词在古老的中国诞生了，这个新名词有一个非常形象的名字——壳资源。“壳资源”名副其实。首先，它就剩一个“壳”，一个在证券市场拥有一席之地的“壳”，尽管里面的东西可能早已经被全部掏空了，但只要有了这个“壳”，经过适当的资产置换或债务重组，就照样能让它洗心革面，焕然一新，成为一家有“题材”的上市公司，就照样能继续发挥它的圈钱功能，达到圈钱效果；其次，它确实是资源，一种比金矿还要稀缺还要值钱的资源，因为再大的金矿也有开采枯竭的时候，而“上市公司”这个“壳”只要操作得当，不断变换花样地玩“资本运作”，就可能永葆圈钱的青春，成为永不枯竭的资金来源。如此，在人们通过正常的渠道什么手段都用尽也争取不到上市指标的情况下，把争夺的目标拓展到“壳”上来是自然的事情。

这样说不代表新天地公司就已经剩下一个“壳”，事实上，新天地公司虽然遭遇了一些麻烦和困难，但它还不至于沦为“壳”，它下面还有房地产公司，还有武汉的华中公司和上海的华东公司，还有下属的出租车公司和长途巴士公司，它还没有完全被掏空，没有完全脱变成“壳”，所以，别人要想打它的主意，不能简单地把它当作“壳”来对待，必须另辟蹊径。这个蹊径就是夺取黄鑫龙的主席宝座。

上市公司也叫公众公司，意思就是大家的公司，具体地说，就是凡是拥有该公司股票的人都是公司老板，因此，黄鑫龙的一个口头禅就是“我是为广大股民打工”的。话虽然这么说，但实际上并不是每个购买了新天地集团股票的人都要来参与公司的管理与决策，如果每个购买了上市公司股票的股民都来参与公司的管理与决策，那一定乱套，实际上，上市公司日常决策管理权归公司董事会，具体到新天地集团，这种权力归集团董事局。或许，喜欢较真的人并不认可这个说法，他们会说日常管理归集团总裁领导的管理团队，但考虑到总裁都是董事局任命的，而且总裁、副总裁和几乎所有的集团高层同时都是集团董事，因此，归根到底，权力还是在集团董事局。即便按照公司法，上市公司的最高权力也是归股东大会，但这种大会每年才召开一次，无法真正行使日常管理和决策权力，所以，日常权力仍然在董事局，而新天地集团的董事局主席是黄鑫龙，其他董事绝大多数都是由黄鑫龙一句话就任命的，比如像吴晓春，不就是凭黄鑫龙一句话，说当董事就当董事了吗？既然如此，那么这些董事根据做人做事的基本原理，就要与黄鑫龙本人保持一致，如果不保持一致，那么黄鑫龙再说一句话，说你不懂事，当场就能抹去你董事的头衔。其实也不仅是黄鑫龙，换成其他人都差不多，在任何一个机构或团体里，真正说了算的人只能是一个人，不能有两个人，否则该团体或机构就无法正常运转。于是，那些想把新天地集团当“壳”使的人，不约而同地把目标盯在了黄鑫龙屁股下面主席这个宝座上了。

这符合传统。可以毫不夸张地说，中华民族五千年的文明史，基本上就是一部改朝换代的历史，而哪一次改朝换代不是围绕着皇位的争夺？当然，新天地集团只是一个企业，不是一个王国，集团董事局主席也仅仅是一个企业的实际控制人，他的主席宝座也根本不同于皇位，但是，正如方腊造反的时候说的那样，天下国家本同一理，一个家庭的管理都能与国家的管理相比拟，何况一个集团规模的企业呢。虽然大小不一样，但道理差不多，对于芸芸众生来说，他们不可能直接参与到诸如改朝换代这样波澜壮阔的大事件当中来，可把一个大型企业想象成一个王国，把企业的最高负责人想象成这个王国的皇帝还是可以的。于是从缩小角度来看，在和平年代，围绕着争夺一家上市公司董事局主席位置而引发的斗争，也可以想象成争夺皇位的传统在现代社会条件下的一种表现了。

前面说过，新天地集团由于是新中国第一批试点上市企业，因此在股本结构上与后来大多数上市公司不一样，后来上市的绝大多数股份有限公司都是从国营大中型企业直接改制过来的，所以最大的股东是国家，而新天地集团不是，当初黄鑫龙组建新天地公司的时候，供销进出口公司几乎没有多少资产，用李惟诚的话说，当时是以小博大，四两拨千斤，就是以很小的资产作为发起人，绝大多数股本从社会上募集。这种股权结构曾经一度被学者推崇，说只有这样的上市公司才是真正意义上的上市公司，而像马钢股份那样直接由冶金部马鞍山钢铁公司改制过来的上市公司并不是真正意义上的上市公司。学者做这样的评判是有根据的，因为公司上市也被叫作“建立现代企业制度”，可绝大多数由国营大中型企业直接改制过来的上市公司虽然从市场上募集资金了，但管理制度并没有改变，还有“上级”，企业的最高权力并没有归股东大会，而是归各当地政府的主管委局，比如归当地的经济发展委员会等，企业的一把手也基本上是组织部门先确定好了，然后在股东大会上走过场宣布一下而已，而新天地集团不是，新天地集团没有“上级”，集团的董事局主席也根本不是上面选定的，而是由股东大会选举产生的，所以，得到专家的肯定有道理。

但是，正因为如此，才给那些垂涎于集团董事局主席宝座的人提供了想象空间。很多事情就是这么怪，明明是一种代表先进生产力的生产方式，但如果掌握得不好，或与之相适应的配套环境没有跟上，用不了几年，它的长处就会演变成短处。比如通过选举产生董事会，明明是一种先进的管理方式，但是这种方式具体用在新天地集团时，就会被某些团体或个人当成一种夺取主席宝座的手段。

这一次在黄鑫龙雄心勃勃打算在武汉再造一家上市公司的同时，已经有别的机构把他自己当成目标了。

最先发现异常情况的是集团证券部经理姜春平。姜春平最近正为本公司股票价格下跌发愁。受房地产宏观调控政策和军队不能办企业的政令的双重影响，新天地集团遭受重创，业绩直线下滑，股票价格也不断下跌，搞得黄鑫龙非常没有面子。不仅没面子，还产生其他更直接的负面效应。比如影响集团信用等级，比如造成职工内部股票的价值低估等等。所以，黄鑫龙非常在意本公司的股票在二级市场的表现。最近每次听姜春平的汇报他都恼火，甚至直接发火，仿佛集团公司的股票价格下滑完全是姜春平个人无能造成的。而事实上，姜春平手上的筹码并不多，除了当初进行股份制改造的时候以工会名义保留的一些职工内部股之外，就是为数极少的一点自营盘，两项加在一起，使出浑身解数，也无法阻止股价下滑的趋势。可是，命令如山，证券部经理不能违背老板的意志，即使是螳臂当车，也要拼命护盘，最后的结果当然是全部的资金都填进去了，也没有阻止新天地股票价格持续下跌。如此，姜春平当然又挨了黄鑫龙一顿臭骂。

姜春平原是财经大学的一名年轻有为的教师，因为幻想着外面的世界更精彩才“下海”来到新天地集团的。此人非常有自尊心，受不了黄鑫龙的辱骂，已经打算不做了。可大学教师这道门出来容易，出来之后再进去就比较困难了，加上当初“下海”的时候单位扣住档案不放，关系闹得非常僵，现在更是没脸回去求系主任和校长，以至于那段时间姜春平连死的念头都有了。然而，天无绝人之路，正当姜春平万念俱灰打算走上绝路的时刻，奇迹发生了。这一天，姜春平发现在他根本没有做任何动作的情况下，新天地的股价竟然逆市走高了！刚开始他不相信自己的眼睛，以为是自己天天晚上做梦，梦见本公司的股票突然上涨，梦多了，分不清楚白天和黑夜了，竟然大白天也做起美梦来。姜春平先闭上自己的眼睛，模仿睡着了一小会儿，然后才睁开眼睛，一个激灵，再盯在荧屏上，发现股票仍然是逆市上行的。他思考了一下，站起来，来到卫生间，小便。根据经验，如果真是做梦，梦见小便的时候要么小便不出来，要么被惊醒。然而，他不但没有被惊醒，而且小便还在哗哗地淌。突然，姜春平来不及收拢小便装置，大喊一声："涨了！涨了！真的涨了！"一路滴滴答答狂奔地去见黄鑫龙。

不用说，姜春平被集团公司上上下下当成了神经病。可是，有一个人不这么认为，这个人就是黄鑫龙。黄鑫龙认为这是姜春平工作太专注了的缘故，应该表扬，遂指示总裁，号召集团内部全部职工向姜春平同志学习。总裁不敢怠慢，立刻照办，于是，上上下下又重新统一了口径，按照黄鑫龙的指示，把姜春平当成了大家学习的典范。只可惜男员工照他这样做还可以，女员工即使照了葫芦也画不出瓢，当然只能在口头上学，在心里笑罢了。

李惟诚是男人，但也没有真的跟了学，倒是从这个笑话当中嗅出了别的味道，是那种有人想争夺主席宝座的味道。

前面说过，李惟诚当初是被当成股份制改造专家由政府体改办推荐到新天地集团来的，他对"股权"特别敏感，不仅比黄鑫龙敏感，而且比姜春平敏感，甚至比他们两个加起来还敏感。这时候，他敏锐地感觉到，在公司业绩下滑利空不断的前提下，二级市场上股票价格逆势走高，只能说明有人在暗中吸纳本公司的股票。那么，李惟诚想，是谁在这个时候大举吸纳本公司股票呢？为什么在这个时候吸纳这样一只普遍不被看好的股票呢？他们这样做的效果是什么？目的是什么？李惟诚首先想到的是有人坐庄，打算爆炒这只股票，但想法一出，立刻就自我否定了。无论从理论还是从实践经验看，在大行情不好的情况下，任何庄家在没有与目标公司达成合作的情况下，是绝对不会贸然炒作一家业绩明显下滑的公司股票的。

想到这里，李惟诚暗里一惊，莫非是有人想篡夺主席宝座？

李惟诚马上就联想到即将召开的股东大会。股东大会是广大股民唯一一次真正可以行使自己参与管理与决策权力的大会，在这次大会上，要选举产生新一届董事会，然后由董事会选举产生董事长，也就是董事局主席。本来，黄鑫龙最操心的是公司业绩下滑，公司股票下跌，这一关不好过，现在既然股票逆势走强了，说明天不灭他了，正在高兴着呢，而李惟诚却从这个反常的现象中看到了危机。李惟诚相信，天下没有拿钱打水漂的傻瓜，这个时候有人暗中吸纳新天地，如果不是为了坐庄，那么就只能是为了投票，为了在即将召开的股东大会上投票。投谁的票？当然不会投黄鑫龙的票，而是投他们自己的票！

作为专家，李惟诚当然知道，股东大会投票不是按人头计票，而是按股票数计票，如果对方直接或间接拥有的新天地公司的股票数量超过黄鑫龙掌握或控制的票数，那么，他们就能控制股东大会，选举产生代表他们自己利益的董事和董事长，换句话说，黄鑫龙就要下台，乖乖地把“主席”的宝座让给他人。

李惟诚感觉到了事态发展的严重性。

按照常理，李惟诚在发现这一严峻事态之后，应当在第一时间向黄鑫龙报告。可是，他对黄鑫龙太了解了，知道黄鑫龙爱面子，这个时候如果李惟诚向黄鑫龙汇报这一情况，黄鑫龙第一反应肯定是不相信，第二反应是相信之后死不承认，第三是承认之后仍然要装着满不在乎的样子。如果这样，弄不好会把事情搞砸。所以，这几天李惟诚确实不能去武汉，而是要留在深圳，他在深圳要做三件事情。一是要先想清楚对策，二是找适当的机会向黄鑫龙说明这件事情，三是在取得黄鑫龙理解和支持的情况下，用不损伤黄鑫龙面子的方法悄悄地摆平这件事情。但是，他现在还没有想好一个完整的对策，还必须继续想，所以他睡不着。

21

吴晓春在深圳的这些所见所闻和真实感受余曼丽他们不知道。吴晓春人还没回武汉，关于他增补为集团公司董事的消息已经传真到了华中公司。董事局办公室有一个不成文的惯例，凡是提拔任命的文件，一律在第一时间发至相关单位，具体做法是先发传真，后用特快专递寄原件；凡是降职免职的文件，一律是先用电话悄悄通知有关人员，后用挂号寄正式文件。

华中公司收到传真群情振奋。余曼丽在电话里听了三遍还觉得不过瘾，当即从工地赶回公司。从头到尾认真看了几遍，又打吴晓春手机，不知是太激动按错了号码还是那边关了机，没打通。余曼丽对大家说："这是集团公司对我们华中公司工作的肯定，也表明总部对我们华中很重视，希望大家继续努力，等吴总，不，等吴董事回来之后，我们一定要好好庆祝一下。"

余曼丽这么一说，大家竟然鼓起掌来，弄得余曼丽也很激动，差点掉了眼泪。

黄鑫龙在集团董事局会议上说吴晓春功不可没，其实，余曼丽才是功不可没。且不说省人大常委会副主任是她请来的，单就她负责的这个娱乐城项目，余曼丽首先做到坚决不吃回扣，然后和吴晓春一起逐一议标，将价格压降到最低。这还不算，她还别出心裁搞出一套"搭配消费券付款法"，具体来说就是根据供货商的大致利润率，确定除支付现金外，还必须搭配支付一定比例的消费券。供货商对此虽然意见很大，但由于余曼丽自己做得正，不再另外揩油，而且消费券是按增值百分之二十配付的，供货商觉得也没有吃亏，最终还是接受了。余曼丽私下对吴晓春说，这一招不但能减轻付款压力，而且能保证娱乐城新开张头几个月的“人气”。此时集团公司提拔吴晓春为集团董事，既是对吴晓春的肯定，对华中公司的肯定，也是对她余曼丽的肯定，所以，余曼丽的激动既是为吴晓春，为华中公司，也是为她自己。不知不觉间，余曼丽已经把自己的命运和华中公司的命运以及吴晓春的命运联系在一起了，所以，她激动，激动得几乎要流眼泪。

机场，气氛有些不协调，主要是余曼丽等人的情绪与吴晓春脸上的表情不协调。且不说集团公司的大状况令吴晓春担忧，就是眼下如何兑现主席宣布的“在湖北已经搞到上市指标了”的小处境也令吴晓春实在高兴不起来。所以，吴晓春没有表现出余曼丽想象的那种兴奋中带有得意的表情，相反，余曼丽看到的是吴晓春强颜欢笑的眼神背后隐藏着一丝忧虑。但是，当着这么多人的面，余曼丽不仅问不得，而且还不能让自己的疑问影响大家的情绪。于是，余曼丽以格外夸张的兴奋语调对吴晓春说：“大家都等你回来开庆功会哩！晚上去红色恋人，我们已经订了一个双台大包厢。”吴晓春这时才注意到，差不多华中公司的全体员工都来了。于是赶快调整情绪，大声地喊：“干吗要等晚上，现在赶去也差不多了。走，直奔红色恋人！”

员工们欢呼雀跃，一路欢笑。

华中公司总共有三辆车，一辆奔驰，算是吴晓春的专座，有时候是司机开，有时候是吴晓春自己开，别人是动不得的，还有一辆专门跑工地的三菱吉普和一辆接送员工上下班的依维柯，今天三辆车倾巢出动。但这并不算气派，上次主席来武汉时，余曼丽搬动了机场公安处长，一路警车呜呜叫地开道，那才称得上气派。想到此，余曼丽便随口问了句：“主席还好吧？”

“嗯，还好。”吴晓春说。

余曼丽从吴晓春的回答中又证实到了那丝忧虑。余曼丽估计不会是工作上的事，因为不管怎么说成为一家上市公司的董事总是一件值得庆幸的事。余曼丽猜想还是那个女人的事。吴晓春上次跟余曼丽说到那个让他代写论文的女人的事，说到那个女人让他妻离子散的事，余曼丽想，会不会是那个老姑婆从报上看到吴晓春当董事的消息，然后又找到集团公司去了？余曼丽知道，新天地实业作为一家上市公司，对增补董事这样的事情是一定要上报纸公开发布的。如果真是这样，余曼丽想，这次我一定要替吴总摆平。怎么摆平呢？余曼丽又想，最好先和他结婚，然后以他正式夫人的身份去找对方摊牌，这样才能名正言顺。想到这儿，余曼丽发觉脸颊微微一热，下意识地瞟了吴晓春一眼。

吴晓春是今晚理所当然的主角。吴晓春觉得这些日子同事们跟了他既有苦劳也有功劳，找个机会聚聚，犒赏犒赏大家理所应当；同事们都觉得吴总领导有方，劳苦功高，这次又受到集团总部的特别表彰与提拔，大家从心里想要为他们的老板庆祝一下。尽管想法不同，但效果是一致的，那就是吴晓春要向大家敬酒，大家也都要向吴晓春敬酒。这样一来，吴晓春那天晚上就喝了许多啤酒。余曼丽一看这阵势，心想糟了，今晚是谈不成正事了。

第二天一早，余曼丽直奔工地。她想上午就把当天的事处理完，中午约吴晓春一起吃饭。她觉得吴晓春肯定有事要和她谈，她甚至想到如果像她猜想的那样，是深圳那个老姑婆纠缠的事，那么她将义无反顾地为吴晓春两肋插刀。这么想着，余曼丽就体会到了什么叫悲壮，就想到女人原来也是可以悲壮的。

余曼丽刚忙了一会儿吴晓春就来了。余曼丽心想，这家伙有点酒量。吴晓春问了一些工程进度情况，又到现场转了一圈，然后对余曼丽说："走，去敦煌喝早茶。"

吴晓春发现如今的文化交流和相融速度非常快，吴晓春刚从深圳来武汉的时候，还有点不习惯，因为武汉早上没有地方喝早茶，当初给吴晓春的印象是武汉人重视夜宵而不重视早茶，晚上像老通城和国际俱乐部这些地方通宵达旦，而早上武汉人不喝早茶，就用热干面这样的东西随便对付一下，对付到喝早茶被称为"过早"。一个"过"字，足以说明对付的味道。然而，还不到一年，如今的武汉已经遍地都有喝早茶的地方了，密度甚至可以超过深圳，并且深圳的早茶只是周末才热闹，武汉是天天热闹，比如今天，比如现在的敦煌，就热闹非凡，其热闹程度丝毫不逊色于晚上的老通城和国际俱乐部。

喝着聊着，吴晓春把他如何列席集团董事会以及如何成为集团董事的事说了一遍。

吴晓春说这些的时候还有所保留，只说关于他自己的事情，而没有说到整个集团公司面临危机的事情。这倒不是他对余曼丽不信任，而是他说话的分寸。吴晓春以前在研究所工作的时候，说话并不注意分寸，但"下海"到了深圳之后，特别是在关外当上一个私营工厂总经理之后，就有意地培养自己说话的分寸，因为如果不注意说话的分寸，那么他就没有办法胜任新岗位的新工作。到了新天地公司之后，这种有意识的修炼又得到进一步发扬光大，比如现在，面对自己的副总，他就知道什么话该说，什么话不该说，什么话该说到什么份儿上。关于自己怎么样当选董事以及当选董事之后接下来遇到的麻烦事，他必须说，如果不说，不仅是明显地对余曼丽的不信任，而且他也没办法摆脱困境，因为毕竟，省人大常委副主任是余曼丽的关系，吴晓春不把"上市指标"的来龙去脉对余曼丽讲清楚，余曼丽怎么帮他去见人大副主任？而如果连人大副主任都见不上，那么又怎么样落实上市指标？怎么样回应黄主席的鞭策？所以，关于这个问题，吴晓春必须告诉余曼丽，而且还要毫无保留地讲得清清楚楚。但是，关于集团公司面临危机的事情，他就不需要告诉余曼丽，因为告诉她不但不能解决任何问题，反而会影响余曼丽的信心和工作热情，对余曼丽本人和对眼下华中公司的工作都不利。

余曼丽听了吴晓春的话多少有些失望，因为与她猜想的不一样。但短暂失望之后，仔细一想，吴晓春说的问题还真是一件麻烦事。她自己与那位省人大常委会副主任只是非常一般的关系，也就是跳过舞吧，上一次一半是为了将开工典礼搞得热闹点，造造声势，另一半多少是想在吴晓春和主席面前露一手，怎敢提上市指标的事？事到如今，余曼丽倒有一种自己闯了祸的感觉。

“这事怨不得你，”吴晓春安慰说，“别说是一般关系，就是你亲爹在省人大常委会当副主任，他也不能保证把上市指标给我们。你知道省里像他这样的领导有多少吗？五套班子，少说也有好几十。才几个指标，他能做这个主吗？”

“那怎么办？”余曼丽问。

“所以我才着急嘛。”吴晓春终于叹了口气。叹了口气就仿佛是出了一口气，舒服不少。看来人能够即时地把气叹出来也是非常有意义的。

“不过，”吴晓春接着说，“李主任的话给我一丝安慰。”

“他怎么说？”余曼丽问

吴晓春就将自己去见李惟诚的情况对余曼丽详细说了一遍。

“这不就没事了，”余曼丽如释重负地说，“过两天等那个李主任来，我再厚一次脸皮，带你们去见老头子一面，管他行还是不行，只要有一个答复，你和李主任一起回深圳向主席汇报不就得了。”

吴晓春想想也是，自己或许是太认真了。其实黄主席自己心里有数，黄主席也许正是用这种方法来逼一逼我们，说不准一逼还真成了呢？如果真成了集团公司不就有救了？如果真成了我吴晓春自己不就是一家上市公司的董事长或总裁了？这样想着，吴晓春就又高兴起来，余曼丽也才见到他那种“兴奋中带有得意”的神态。余曼丽于是就想笑。她笑男人其实都是孩子，她笑自己所做的种种猜想，她笑她自己居然想到要先嫁给吴晓春然后再以合法的身份去替他摆平老姑婆那件事。

“你笑什么？”吴晓春问。

吴晓春这样一问，余曼丽就笑得愈加厉害。吴晓春就再追问，余曼丽就愈加笑得厉害。余曼丽好长时间没有这样开心笑过了，而且笑确实能传染，此时吴晓春也被传染得笑起来。最后，余曼丽只好有保留地说：“在机场我见你眼神不对，还以为又是那个老姑婆找你麻烦哩。”

“怎么会呢？”吴晓春说，“她都害我那么惨了，还想怎么样？”

“不过，”吴晓春又好像自言自语地说，“我到今天也不明白她的动机是什么。要说讹钱，她其实比我有钱；要说想嫁给我，这样一来不是更不可能？”

“她长得怎么样？”余曼丽问。

“这还用问嘛，”吴晓春说，“她长得要是像你还用她闹？”

“那么你是不是一开始就不喜欢她，再后来简直就是厌恶她？”余曼丽问。

“对！”吴晓春说，“是这样的。你怎么知道？”

“这就对了，”余曼丽说，“这女人并不傻，她后来知道你并不喜欢她甚至厌恶她，所以她就认为自己受到了屈辱，她就非常恨你，就要报复你。她去你单位闹，甚至闹到你老婆和你岳父那里，既不是为了要钱也不是要跟你结婚，就是为了报复你。让你有单位不能回，有老婆要离婚。”

“原来如此！”吴晓春恍然大悟。

吴晓春心里想，余曼丽真了不得。困扰自己几天的问题和烦恼了自己几年的事，统统让她在一顿茶的工夫内搞定。现在一点思想负担都没有了，完全轻松了！

吴晓春这么想着就怔怔地看着余曼丽。余曼丽被吴晓春看着就觉得不自然，就低头喝茶。吴晓春突然发觉余曼丽其实还没长大，还像个小姑娘。吴晓春这么一想心里就一算：乖乖，我们都三十八了呀！吴晓春读研究生时曾看过一篇英文泛读材料，上面说男人性欲最强的年龄是十六岁，女人性欲最旺盛是三十八岁。吴晓春当时阅读这篇泛读教材的时候想，我们都过了最旺盛年龄了呀！而今天他却在想：余曼丽正好是这个最旺年龄呀！

吴晓春这么一想就有点想入非非了，就有了那种冲动。

受着这种冲动的鼓励，吴晓春认为今天是个机会，应当开诚布公地与余曼丽谈谈个人的事。机不可失。想到这儿，吴晓春低头喝了口茶，迅速调整一下思路，然后抬起头，专注地看着余曼丽，问：“余曼丽，你对个人问题最近有什么考虑？”

这么多天来，余曼丽好像一直期待着吴晓春主动对她谈这个话题，但今天吴晓春真的说起这个话时，她又觉得太突然，居然回了一句自己都莫名其妙的话：“考虑什么？都老菜薹了，谁要？”

“我要。”吴晓春脱口而出。刚一出口，吴晓春就后悔，这不等于承认别人是“老菜薹”了吗？他心里骂着自己，又赶紧补充说：“其实你一点都不老，看上去像个小姑娘。”说完，吴晓春又在心里骂自己：夸过分了！

好在余曼丽并不反感过分的夸奖。她明显地露出了开心，笑眯眯地问：“你会不会也让我将来报复你？”

“不会，永远不会，我是认真的。”吴晓春说。

余曼丽不再说什么，只是低头喝茶，好像是有意回避吴晓春的目光。吴晓春认定这就算是答应了。吴晓春看着余曼丽低头不语的样子，又想到了三十八这个旺盛的年龄，那种冲动又得到了加强。吴晓春自打认识余曼丽以来就没有过风流事，所以他现在特别渴望。

吴晓春相信余曼丽已经跟他确定关系了，于是就更加激动加冲动，几乎就要爆发。吴晓春说："中午应该休息一下，走吧，我顺便送你。"

今天是吴晓春自己开车，他们谁也没有说话，车到余曼丽楼下，吴晓春就像事先说好的一样，跟着余曼丽上楼，刚一进门，他一下子就把余曼丽抱住。尽管余曼丽已经有思想准备，尽管余曼丽心里其实也一直期望，但还是吃惊不小。吴晓春完全变成了另外一个人！所以后来余曼丽反复强调：那次算"强奸"。

"强奸"之后，吴晓春结结实实睡了个饱觉，好像一下午把这几个月的饥渴、几天来的忧虑、连同昨晚过量的酒精一起睡掉。一觉醒来已是暮时。余曼丽不知什么时候已经出去买了鸽子回来煨了汤。吴晓春从小就听说鸽子汤奇鲜无比，但从来没有喝过。只见余曼丽用两只鸽子煨得一小锅汤，清澈见底，微微泛黄，一口抿下沁人心脾，顿觉精神。许多日子之后，吴晓春还记得那种感觉，他问余曼丽怎想起来做鸽子汤的，是不是经常做，余曼丽说那是她第一次做，她不记得什么时候听人说鸽汤补肾，那天她见吴晓春"消耗"不少，就想着用鸽汤补补。吴晓春听着觉得有理，他记得那天喝完鸽子汤后又把余曼丽抱上了床，听着余曼丽的满足声，想着"三十八旺盛期"，充分体会到了男人在满足对方后给自己带来的从未有过的极大满足。

22

李惟诚说的“两天”并不是一个明确的时间概念。“两天”可以理解成准确数量上的“两天”，也可以理解成三四天甚至七八天，具体是几天，并不取决于吴晓春这边的心情，而是取决于李惟诚那边“主席保卫战”的布置情况。

就在吴晓春飞抵武汉的当天晚上，李惟诚终于理清了反击思路。

在向黄鑫龙汇报的时候，李惟诚故意把顺序颠倒了一下。这也是他事先想好的。

李惟诚说：“主席，马上就要召开股东大会了，是不是要先和周行长沟通一下？”

周行长是特区银行的行长，特区银行既是新天地集团的第一大股东，也是新天地集团的最大债权人。虽然所谓的第一大股东所持有的新天地集团公司股票总共不到总股本的百分之十，并且这不到百分之十的股票还是不能在二级市场正式流通的法人股，其实际价值远远低于同等数量的流通股，但有一条是肯定的，那就是在股东大会上的法人股的投票权与价格高出许多的流通股的投票权一模一样。因此，只要与周行长沟通好了，对于一个股权高度分散的上市公司来说，这不到百分之十的法人股常常能在关键时刻发挥关键作用。因此，新天地集团与特区银行一直保持非常密切的合作关系，换句话说，黄鑫龙与周行长一直保持非常良好的个人关系，至于他们是怎样保持这种良好关系的，只有他们俩自己知道了。不过，有一点是肯定的，他们经常沟通。但沟通与沟通不一样，平常是一般的沟通，关键时刻需要特别沟通，至于到底是怎样的特别沟通，自然不需要李惟诚说，黄鑫龙心里有数。所以，现在听李惟诚这样说，黄鑫龙先是微微一愣，然后点点头，说："是的，是要沟通。"

李惟诚又说："这次股东大会不同往常，估计会有一些麻烦。"

黄鑫龙脸上没有表情，可以理解为他认同李惟诚的观点，表示赞同，承认目前的形势严峻，本次股东大会确实不同往常，确实需要给予特别的注意，但也可以反过来理解，理解成他并不赞同李惟诚的说法，因为哪次股东大会都有麻烦，但哪一次最后都顺利通过了，这次也不会例外。

"我打算让姜春平那边做些工作，在集团内外多征集一些授权委托书。"李惟诚冷不丁说。

这下黄鑫龙更没有表情了，而且几乎一点反应都没有，仿佛李惟诚根本就没有说这句话，或者李惟诚说了，但他黄鑫龙根本就像没有听见一样。

李惟诚当然知道此时的黄鑫龙心里想什么。虽然征集委托书并不违法，但传出去毕竟不是一件很光彩的事情，因此，尽管以前每次召开股东大会的时候李惟诚姜春平他们都要做这项工作，具体地说，就是通过各种渠道各种方式收集持有新天地集团公司股票的股民授权委托书，然后凭着这些委托书，他们就能"代"股民在股东大会上投票，但每次他们这样做的时候，黄鑫龙都假装不知道，不但假装不知道，而且黄鑫龙还要摆出一副他根本就不需要做这种上不了台面的事情的样子，以此来证明他黄鑫龙之所以能当新天地集团的董事局主席，完全是凭他个人的能力和威信，凭广大股民对他的信任，而不是手下人采取了这样和那样的手段。所以，以往他们这样做的时候，根本就不用向黄鑫龙汇报，即使要汇报，也是在一个非常不经意的场合以一种非常不正式的方式把这个事情带出来，而绝对不会像今天这样李惟诚和黄鑫龙两个人面对面这么直接这么正式地谈这件事情。

虽然知道黄鑫龙不喜欢以这样的方式听他谈这件事情，但李惟诚仍然要这样谈。李惟诚就是想以这样的方式引起黄鑫龙的足够重视。

“这几天我在观察盘口，”李惟诚继续说，“感觉不正常。”

这下黄鑫龙有表情了，而且表情严肃了一些，或者可以说是紧张了一点，但这种变化非常微小，如果不是李惟诚，换上别人，比如换上吴晓春，估计根本看不出来。

“我担心关联控股啊。”李惟诚终于说出了关键词。说完，他并不看黄鑫龙，而是摘下自己的眼镜，对着镜片哈一口气，然后开始认真地擦镜片。

李惟诚做这套动作非常自然，自然到他刚才说的根本就不是一句经过几天深思熟虑的话，而是随口说说的平常事。可黄鑫龙是何等人呀，他听话听音，而不在乎对方说话的语气，尤其是对李惟诚，越是这样不显山不露水地冷不丁冒出一句，往往越是有分量。黄鑫龙虽然不是专家，并且以前对资本运作可以说是一窍不通，但毕竟当了这么多年上市公司董事局主席，逼也把他从外行逼成了内行。黄鑫龙马上就想到了新天地集团股票在二级市场上的表现。说实话，对于公司股票在二级市场上逆势上扬的表现，在高兴之余，黄鑫龙也不是一点想法都没有，只不过下意识里他不愿意把形势想象得太坏，再加上这么多年风风雨雨过来了，让他产生一种麻痹思想，认为不管遇到什么艰难险阻，只要他自己信心不倒，最后总能战胜困难。他甚至把自己想象成奇人，每每在关键时刻总能渡过难关，他认为信心比科学更重要，所以，他宁可相信公司股票逆市上扬是人们看好他黄鑫龙的能量，看好集团的未来，而并不是有什么不可告人的阴谋。现在听李惟诚这样一说，把他不愿意承认的担心挑破了，令黄鑫龙不得不往反面想。

黄鑫龙想，是啊，虽然出台了相关政策，当某个机构或个人持有某家上市公司的股票超过百分之五的时候必须发布公告，可是，如果这家机构和个人不是以一个户头出现，而是以无数个散户的形式出现，只是到召开股东大会的时候，这些散户才“不约而同”地采取一致行动，那么，不是同样可以达到控制选举的作用吗？

黄鑫龙不动声色，更没有表现出丝毫的惊慌失措。他相信李惟诚这个时候这么认真地专门找他谈这件事情，就绝不会是仅仅摆事实，而是肯定已经想好对策了。比如刚才说的找周行长沟通，比如说安排姜春平他们在集团内外广泛征集委托书，不正是这些对策的具体内容吗？

黄鑫龙脸上的表情缓和一些。当然，这种缓和也是非常微弱的，与头先几乎没有明显变化，但缓和就是缓和，再微弱的缓和李惟诚也能分辨出来。在李惟诚看来，主席这时候脸上表情微弱的缓和，就是一种低姿态，准确地说，就是黄鑫龙暂时放低了姿态，打算认真听他陈述了。

李惟诚把眼镜重新戴上，并且正了正，说：找周行长有两件事，一是他们自己手上的股份，二是我们抵押股票的解冻。

黄鑫龙脸上的表情严肃了，因为李惟诚给了他一个实现不了的建议。说实话，让周行长投赞成票问题不大，根本原因不是他与周行长个人之间的关系密切，而是在这个问题上他们的利益正好一致。首先，特区银行不能出任新天地公司的董事长，国家有政策，做银行的不能办企业，就跟企业不能集资和开办存贷业务一样，用业内的话说，就是在岸上走的不能在水中游，而在水中游的又不能在岸上走。其次，如果黄鑫龙的主席被拉下了，对他周行长本人也不是一件好事情，不但存在合作风险，弄不好，新来的董事局主席把旧账一翻，他吃不了兜着走也说不定。所以，黄鑫龙估计让周行长投赞成票问题不大。但是，如果让抵押的股票提前解冻，就不是这么简单的事情了，毕竟，银行不是周行长私人开的，银行也有监管，银行有银行的规矩呀。

“有这么严重？”黄鑫龙问。

李惟诚没有说话，而是非常肯定地点点头。

黄鑫龙咬住自己的嘴巴，从鼻子里面叹出一口气。

黄鑫龙知道李惟诚出言谨慎，不到万不得已，不会说这样的话。再一想，是啊，银行说起来是第一大股东，但总共持股不到百分之十，如果我们抵押在银行的职工股不能解冻，很难保证股东大会不被别有用心的人左右。对方既然要搞事，就一定有所准备，他们事先肯定计算过，知道我们能掌控的股权数量，所以他们在二级市场上吸纳的筹码一定不少，否则也不会引起新天地股票价格的逆市上扬，这个时候我们如果不能让抵押的股票参与投票，风险肯定不小。

“你有什么好办法吗？”黄鑫龙问。问话的口气不是讨教，倒像是考问。

“关键是资金。”李惟诚说，“只要有足够的资金，我们就能先赎出股票，然后再重新抵押。”

黄鑫龙微微紧了一下眉头，心里想，这就是你的好办法呀？如果有足够的资金，这个主意谁不会想啊？

“短期资金，”李惟诚不管老板的表情，继续说，“可以从各二级公司紧急调动。好在召开股东大会的具体时间控制在我们这里，只要与周行长协调好，占用资金的时间可以非常短，打一个时间差，来一个短平快。”

李惟诚和黄鑫龙都喜欢看排球，所以这时候李惟诚不知不觉引用了排球赛实况转播的语言。当然，也有可能是李惟诚故意这样说的，因为这样说显得轻松一些。

黄鑫龙脸上果然轻松一些，但仍然好长时间没有说话。其间有那么一刻他还张开嘴巴，似乎要说话了，但只是吸了一口气，并没有发出声音。

这样等了半天，黄鑫龙冒出一句话：“武汉华中的钱不能动。”

李惟诚点点头，表示是。然后又具体向黄鑫龙建议，找周行长的事情一定要主席亲自出面，不一定要跟他谈细节，更不必向他提任何要求，只要给足他面子，并表达对他的善意就行了。

“具体细节我跟他谈。”李惟诚说。

李惟诚这样安排，当然是维护黄鑫龙的面子。根据他这么多年跟随黄鑫龙的经验，知道黄鑫龙十分珍惜自己的面子，哪怕是现在这样火烧眉毛而不得不求人的事情，他也不会亲自开口，所以，李惟诚特意强调提要求谈细节的事情由他出面，而黄鑫龙只要陪周行长吃喝玩乐表达善意就行了。

果然，黄鑫龙听了李惟诚的建议后，终于点了点头，脸上也舒展了一些。

接下来就是具体操作。其中的核心是从各二级企业紧急调动资金，可以这么说，那段时间除了武汉华中公司之外，整个集团几乎所有的二级公司都把全部的资金集中到集团总部来。而且他们保密工作做得特别好，好到几乎没有一个二级公司的老总知道主席没有从吴晓春的华中公司调资金。至于黄鑫龙为什么对吴晓春网开一面，李惟诚并没有问，也不需要问。根据李惟诚的经验，不该问的问题不要问也是一门学问，而且是大学问，但是，他不可能心里不想，按照李惟诚自己的猜想，黄鑫龙这是要把好钢用在刀刃上，眼下整个集团公司只有吴晓春的华中公司刚刚成立，所以干净，没有任何不良资产和不良债务，这样的公司应该发挥更大的作用，比如争取让华中公司独立上市，因此这时候最好不要急功近利地从它身上抽血。

当这一切安排妥当之后，早已经过了“两天”的期限。所以，给吴晓春的感觉是李惟诚姗姗来迟。

23

吴晓春带着司机去机场迎接李惟诚。

其实这个“接”也是有学问的。通常集团公司那边来人，华中公司这边都要安排接送，但是接送与接送也是有区别的。一般地，如果是集团公司的一般工作人员，华中这边只派司机去接，即便这样，被接的人也非常高兴，往往会说上一大堆感谢话，不但在武汉这边说，回到深圳那边还要说。如果是比较重要的工作人员，则司机在接的时候还要加上几句话，诸如吴总非常忙，不能亲自来接您等等，如此，虽然吴晓春并没有亲自去接，但是对方还是很高兴，回去照样说好话。如果集团公司来的是一个副委办级的，华中这边肯定要办公室主任去接，并且接回来之后，晚上常常是余曼丽亲自陪吃一餐饭。至于像上次主席来的时候，当然是吴晓春、余曼丽还有办公室主任一起去，这才显得尊重，不但要尊重，而且还要隆重，比如前呼后拥，比如警车开道等等。这些都是必要的礼节，都是学问。集团公司虽然是一个企业，但是现在在许多方面也效仿行政机关的这些做法，很讲究级别，很注重礼节，据说，黄鑫龙为了使集团公司更像一个正规的机关，还专门请政府部门退下来的一个老同志来集团公司任职，专门抓行文和礼节之类的事情。既然集团公司如此重视，那么按照上行下效的规律，华中公司也必须注重礼节，礼多人不怪，就是怪也是礼节性的假怪，不是真怪。

吴晓春一开始对这些礼节并不在意，觉得多此一举。吴晓春甚至认为，在企业内部搞这级那级的其实很可笑。但是，来到武汉之后，自己也成了老板了，随着接触层面的广泛与提高，才发现讲究“级别”也是非常重要的。别的不说，单就说去机场接人，如果对方是集团公司的副总裁，吴晓春要是不去接就真的要得罪人。吴晓春曾经听说上次有一个副总裁因为一笔资金的事情去华北公司，就是因为华北的老总没有亲自去机场迎接，后来副总裁找了个理由硬是没有把资金划过去。当然，相反的情况也不行，比如集团公司审计部来一个普通工作人员，如果吴晓春也亲自去机场迎接，那不是让人家误以为他做贼心虚吗？可见，礼节还是很重要的。礼节要是不重要，《论语》中就不会专门安排八分之一的篇幅来论述它了。

其实如果单纯从华中公司对集团公司的礼节上说，吴晓春可以不必亲自来机场迎接李惟诚的，按照华中公司的规矩，只有集团副总裁以上级别领导来武汉，吴晓春才必须亲自去机场，像李惟诚这样委办主任级的，通常是余曼丽去迎接，吴晓春设宴款待就行，但是考虑到李惟诚曾经是吴晓春的老上司，加上这次武汉之行又是专门来帮他一起为主席擦屁股的，或者说是来与吴晓春一起替主席承担责任的，所以吴晓春破格亲自来迎接也是应该的。

果然，李惟诚见吴晓春亲自来机场迎接非常高兴，因为如果他不是来武汉，而是去华北或者是华东，那么通常不会是那里的一把手亲自迎接的。虽然吴晓春在集团公司的时候是发展委下面的开发部经理，是李惟诚部下，但是吴晓春来武汉组建华中公司后，情况就不一样了，考虑到华南公司老总由集团总裁亲自兼任的这一情况，吴晓春现在的级别应该不在李惟诚之下，照主席那天的意思，如果真在湖北搞到上市指标，吴晓春说不准要在他这个发展委主任之上了。所以，今天吴晓春能够亲自来机场迎接，怎么说也算是给老上司面子了，李惟诚有理由高兴。

寒暄之后，吴晓春注意到了一个情况：李惟诚一改出门必带助手的习惯，今天是只身来武汉的。这倒提醒了吴晓春：他是来“协助”我的。吴晓春赶快调整思路，决定对他有所保留，不必将真相和盘托出。吴晓春原计划是将李惟诚安排在亚洲大酒店后，派司机去接余曼丽，这样他就有一段时间与李惟诚单独交底，然后向这位老上司讨教应付主席的办法，现在吴晓春决定不向他交底，至少是暂不交底，于是要改变计划。

吴晓春与李惟诚一路说着闲话。吴晓春说这事不像主席说的那么简单，有一定难度；李惟诚说那是肯定的。吴晓春说我们会像您说的那样，尽力照主席的意思去努力；李惟诚说那是那是。吴晓春说您来了就更有希望了，您这方面经验丰富，还望您多费心多指教；李惟诚说哪里哪里。吴晓春说我们已经与省领导约好，过两天我们一起去见一下，当面谈谈；李惟诚说那就好那就好。

吴晓春将李惟诚在亚洲大酒店安顿好之后，说：“您一路辛苦，先休息一下，我回公司处理点事，下班过来陪您去吃武昌鱼。”李惟诚说：“好，好，您先忙，您先忙。”

余曼丽正在办公室里等着司机来接她去亚洲大酒店。她并不着急，因为按照吴晓春事先的计划，她至少要拖半个钟头才出发，以便让吴晓春有足够的时间向李惟诚单独交底。余曼丽这时候见吴晓春突然回来了，不知发生了什么事，睁眼瞪着吴晓春。吴晓春径直走向自己的办公室，边掏钥匙边侧身对余曼丽说：“你进来一下。”

余曼丽进来后，吴晓春先将门关好，然后将自己的新想法如此这般地说了一遍。他怕余曼丽听不明白，准备再说一遍或抽重点重复一下，谁知余曼丽比他明白，余曼丽说：“本来就该如此嘛。李主任知道得越少就越不可能说你坏话，他只能顺着主席说，主席都说你‘功不可没’了，他还能说你什么？他要是说了不好的话主席就会认为他嫉贤妒能。过两天我们带他一起去见老头子，老头子也不可能一口回绝说不行，他肯定也会说需要研究什么的。只要有余地，主任回去就会往大了说，将来搞不成，你什么也没说，吹牛的是主席和主任，万一碰成了，功劳是你的。你干吗要透底？”

吴晓春没想到余曼丽这么清楚，就问：“你这么明白干吗不早说呢？差点误事。”

余曼丽说：“我也不敢肯定，说了怕影响你的思路。”

吴晓春说：“以后你有想法最好及时对我说，两个人考虑问题总比一个人全面。”

余曼丽点点头，说“是”。

根据新的思路，吴晓春和余曼丽商定：今晚他们俩陪李惟诚去吃武昌鱼；明天上午领他去两处工地看看，中午与玩具厂的头头脑脑们一起吃个饭；下午请李惟诚到华中公司办公室与大家见见面；晚上华中的班子成员一起陪李惟诚吃饭；后天去见省人大常委会副主任，再往后的安排视情况发展再决定。

一切似乎都按计划进行着，但第二天下午在华中公司办公室，李惟诚的表现还是出乎吴晓春和余曼丽的预料。本来按计划，李惟诚先在吴晓春办公室坐坐，喝喝茶，聊聊天，然后吴晓春和余曼丽领着他到各部门转转，最后余曼丽要办公室主任通知大家到会议室听李惟诚讲话。这最后一项原本是可有可无的，也就是吴晓春想着在对自己无害的情况下给老上司一个面子，谁知当吴晓春讲完开场白并说“下面我们欢迎集团董事、董事局主席助理、集团公司发展委员会主任给我们做指示”后，李惟诚清清嗓子，真的以上级的身份做起了报告。

李惟诚说：“首先我代表集团董事局宣读一份文件。”接着，正儿八经地把吴晓春增补为集团董事的红头文件读了一遍。李惟诚读得非常认真，非常正式，连“新董办字(200×)×××号”都读了，很像林彪事件后工宣队为当时他们这些小学生宣读的中央文件。吴晓春顿时就有点不舒服，不是对李惟诚这个时候以上级的口吻说话不舒服，而是觉得既然传真已经收到了，大家也已经庆祝过了，这时候又来宣布一遍怪丑的，搞得好像吴晓春他们是“提前庆祝”一样。

接受教训。吴晓春和余曼丽对如何去见省人大常委会副主任的细节进行了认真的推敲。比如是请他出来边吃边谈还是直接到他办公室谈，他们推敲后决定选择后者。因为对于省一级的领导来说，他们已不稀罕一餐饭，他们如果答应出来吃饭，那也是给你面子。在他办公室谈“消耗”的面子少，而且显得很正式。再说，关于上市指标这类事，也不是几次请客就能打发的，大头在后面，用不着急于表现。

关于对李惟诚的介绍，他们认为以“集团董事”的称呼比较好。因为如果称“主任”，则容易与对方搞混淆，而且这位省人大常委会副主任肯定不愿与一个企业的主任“平起平坐”。另一方面，对方不一定搞得清一个上市公司的发展委主任到底是什么头衔，听起来好像是部门经理，而“集团董事”就不同了，明显是“老板之一”的意思。

吴晓春把意思对李惟诚简单一说，李惟诚很赞同，连说：“是的是的，这很好，这很好。”

24

省人大常委会副主任在自己的办公室接见了吴晓春他们三人。在吴晓春的印象中，省人大常委会副主任是个虚职，一般是为省直地市届满的一把手不好安置而设的。因此，吴晓春对这次见面根本就没抱任何希望，他甚至认为这个副主任可能连上市指标是怎么回事都不清楚。然而他想错了，大错特错了。

寒暄之后，副主任主动直入主题，说："上次你们说的那件事，我和有关部门碰了一下，问题不大。只是玩具厂太小了，规模不够，即使与别人捆绑上市，你们也不能控股，何苦呢？我向你们推荐一个企业，安陆纺织厂。老国营企业，基础不错。你们可以先收购过去，然后看能否让它与仙桃毛纺厂捆绑上市。"

有这等好事？吴晓春几乎按捺不住内心的喜悦与激动。他立刻想到了认识余曼丽后自己遇到的种种意想不到的美事。他禁不住侧头看了看余曼丽，余曼丽此时也正好瞪眼看着他，但余曼丽的眼神里除了兴奋之外好像还有疑问。吴晓春终于没让自己的喜悦过于表露，他意识到今天的主角应该是李惟诚，而不是他。于是，吴晓春略微调整一下情绪，表情尽可能平和地看看自己的老上司，意思是：您看呢？

李惟诚没有接吴晓春的眼光，仿佛在认真思考。这样思考了一下，李惟诚轻声并且很慢地一字一句地对省人大常委副主任说："谢谢主任。您这里有没有安陆纺织厂的相关资料?”

“有是有一份,”副主任说,“你们可以拿回去看看,但最好不要复印和外传。”

“一定,一定。”李惟诚说。

副主任显然是准备好的,说话间已经从抽屉里取出一沓资料,边递给李惟诚边说:“如果你们有兴趣,我们看能不能争取套用净资产负债的优惠政策做。这样一来,你们实际上不用掏钱。”

李惟诚恭恭敬敬地接过材料,然后恭恭敬敬地说:“太谢谢您了。我们回去先消化一下资料,然后董事们碰个头,形成意见再向您汇报。到时候免不了还要麻烦主任。”

副主任说:“行,你们研究完尽快告诉我。”

临走之前,李惟诚拿出一盒茶叶,说:“铁观音,黄主席托我带给您的。”

“谢谢!”副主任说,“代我向黄主席问好。”

三人告辞。

吴晓春心里挺高兴,结果比他想象的好多了。吴晓春最怕这个副主任对什么是上市指标都搞不清。如果那样,他在老上司面前就很没面子。现在好了,人家不仅搞得清,而且头头是道,资料都是准备好的,说明人家确实是把这事放在心上了。虽然并不像主席在集团董事会上说的那样“我们已经在湖北搞到今年的上市指标了”,但起码也不完全是空穴来风。既然如此,吴晓春至少能向主席有个交代了,将来无论什么结果自己都没有什么罪过。

吴晓春这时候有一种石头落地的感觉,于是就有点忍不住,就想对余曼丽亲热。他这时候征询李惟诚的意见,问:“是不是直接回亚洲大酒店?”李惟诚回答:“行。”

吴晓春心里打着小九九:将李惟诚送回亚洲大酒店,然后还是说“您先休息一下,我们回公司处理点事情”,这样,他就有空和余曼丽单独在一起了。

李惟诚一路没有说话，埋头翻看着那沓资料，眉头并不舒展。吴晓春只顾想自己的美事，根本没注意这些，但是余曼丽注意到了。

从武昌到汉口，奔驰与大巴区别不大。吴晓春焦心车太慢。车到亚洲大酒店，他迫不及待地按计划将李惟诚打发上楼，然后对司机说："你先回去吧，晚上我自己开车。"

吴晓春直接将车开到余曼丽家楼下。

吴晓春做得很急切很投入，余曼丽刚开始好像心不在焉，过不了一会儿也来了劲。吴晓春这几天陪李惟诚，也没什么心情，所以没和余曼丽亲热，现在事情终于有着落了，他也有心情了，要把这几天的"欠账"全补回来。突然，手机响了。吴晓春后悔没关机，打算干脆不接，但还是本能地瞟了一眼，"85885588"，这么整齐的电话号码？接了。

电话是李惟诚从亚洲大酒店打来的，难怪号码这么靓。李惟诚说他明天打算回深圳了，问吴晓春是不是与他一起回去向主席汇报，他现在就要订票。

吴晓春一时答不上来，顿了几秒钟，说："订机票的事您不用管了，什么时候都能保证送您上飞机。至于我们是不是同机，晚上见面再说。"

吴晓春心里不是很高兴，这哪像是来"协助"的？心里想着，嘴上也就说出来。余曼丽也觉得有点突然，从"协助"的关系来讲，起码他和吴晓春应该就资料的事情认真研讨一下，先在他们两个之间形成一个初步的一致想法，然后才回深圳向主席汇报，哪里连资料都没有让吴晓春看，李惟诚就说要回深圳的？再说，他就是要回深圳，起码也要和吴晓春商量一下，哪能招呼都没打就要自己订票的。余曼丽也觉得这个李主任太不尊重吴晓春了。毕竟，大家都是集团董事嘛。

心里虽然这么想，但嘴巴上却没有这么说。余曼丽觉得此时自己不能火上加油，于是，一转口，故作轻松地说：“别太在意。人家毕竟是你老上司，习惯了，一下子转不过来，不一定是有意的。再说，以前是人家指挥你，现在变成‘协助’你，就是有点嫉妒也是可以理解的嘛。”

吴晓春听着这话果然就没气了，相反倒有几分得意。

两个人穿衣服的时候，吴晓春问：“你好像有什么心事？”

余曼丽答：“我觉得上市指标这事有点不对劲。”

“为什么？”

“说不清，只是有这种感觉。你没看见李主任一边看资料一边皱眉头？”

“没注意。”

“再说我们跟老头子没多大交情，这么大的事答应得也太爽快了点吧？”

吴晓春想想也是。不过他对此并不在意。这会儿该他安慰余曼丽了。他说：“搞不成对我们也未必是坏事，反正我算是交差了。我们关键还是要把商住楼和娱乐城的事做好，这才是我们的本分。上市指标的事情对我们最多只是锦上添花的事，有没有它无所谓。”

两个人很快达成共识：吴晓春不随主任去深圳，集中精力做自己本分的事。

既然李惟诚明天要走，吴晓春和余曼丽就觉得今天的晚餐应该隆重些，打算把华中公司的班子成员全部叫来一起欢送一下。但李惟诚不同意，说没有必要，坚持仍然按原计划。吴晓春心里想：也行，反正你是来协助我的，吃完再去歌舞厅吧。

原计划今晚是请李惟诚去“谢先生餐厅”。这“谢先生”如今也成了武汉的一个品牌，餐厅并不大，但是有特色。特色之一是老板谢先生一年三百六十五天，不管春夏秋冬还是刮风下雨，天天在餐厅门口迎接客人；特色之二是出品质量稳定，不像武汉有些餐厅，生意不好了就推出各种促销的优惠手段，一旦人气旺了一点马上提高价格或干脆偷工减料，而“谢先生”不是，因此渐渐成了品牌。

李惟诚对谢先生餐厅的红焖牛尾赞不绝口，边吃边说：“这不很好吗？自己人，用不着排场，吃得实惠、有特色最好。”吴晓春说：“我也这么想。”余曼丽说：“您干脆多住几天，我天天陪您来吃牛尾。”李惟诚就笑，笑余曼丽并不知道牛尾其实就是牛鞭的文雅说法。其实不仅余曼丽不知道，吴晓春也不知道。吴晓春这时候见李惟诚笑得这么开心还很高兴，因为即使在集团公司，他也很少见李惟诚这么笑。吴晓春于是就发现：做领导的其实不能常笑，笑多了就没有神秘感了，就没威信了，就显得不成熟了。吴晓春想，自己现在也是集团公司董事了，和李惟诚平级了，也是领导了，以后也要学着少笑。

李惟诚笑够了，拿出两沓资料，对他们说：“资料我复印了一份，原件留给你们，保存好，说不定人家会要回去。我带复印件就行了。”

“怎么样？”吴晓春问。

“难说呀。先让主席看看再说吧。”李惟诚停了一下又补充道，“不过，你们算是完成任务了。”

趁着余曼丽去洗手间，李惟诚对吴晓春说：“你这位助手很能干呀！”

“是的，”吴晓春说，“在武汉有点能量。”

“怎么挖过来的？我听说她以前在国营单位做老总。”

“碰巧了。”

“那你可要对人家负责呀。”

“那是。”

李惟诚还想说什么，见余曼丽回来了，便把话岔开。吴晓春还在想着“负责”的意思。是指从单位办内退这件事还是指自己和她私人关系这件事？李惟诚并不是多嘴的人，其实不常笑的人往往就是不多嘴的人，那么他的话一定有所指。指什么呢？“负责”这词吴晓春常常听说，当一个男人与一个女人之间有了那种关系后，“负责”这个词往往就应运而生，而且往往是专门针对男人的，仿佛男人与女人之间有了那种事情，男人就要对这个女人负责，负什么责？怎样才算是“负责”？过去男女关系神秘，或者说神圣，所以男人一旦跟女人之间有了这种事情之后，最大的负责就是要娶女人做老婆，只有娶这个女人做老婆了，才算是彻底“负责”了，而现在男女关系没有那么神秘了，既然没有那么神秘了，也就不那么神圣了，因此婚外情日益增多，既然是婚外情，那么肯定不能以男方另娶女方做老婆这种方式来“负责”了，于是改为男方给予女方一定的经济补偿，难道余曼丽要我的补偿吗？显然不是。再说，吴晓春想，自己和余曼丽私人关系才几天，华中公司内部还没有传开呢，李惟诚更不会知道，所以，他所谓的“负责”绝对不会是指这方面。那么，指的是内退这件事？

关于余曼丽从单位内退的事情，过程吴晓春清楚。其间虽然费了一些周折，但总的结果对余曼丽还是有利的。那天余曼丽主动找上馆长家的门来要求提前办理内退时，馆长不知道是做贼心虚还是自知理亏，总之比较紧张，说了一大堆此地无银三百两的话，然后是极力挽留。后来据吴晓春分析，馆长的挽留也许是真心的，因为关于他外甥在娱乐城的那些事情，他自己心里也是有数的，馆长生余曼丽的气是他觉得余曼丽对他要了心眼，如果当时余曼丽不是把餐饮部经理带着一起来，如果余曼丽开诚布公地跟馆长反映问题，馆长轻则狠狠地教训王小军，重则主动让余曼丽辞退他，但是余曼丽跟馆长要了心眼，所以馆长就非常生气，就想把她挤对走。但是，当余曼丽突然主动要求内退的时候，馆长才发觉余曼丽其实是个相当称职相当不错的娱乐城总经理，她内退了，馆长一下子还找不出更合适的人来。更重要的，是馆长怕局领导因此而对他产生看法，认为他嫉贤妒能、心胸狭窄，如果那样，馆长就得不偿失了。所以馆长挽留余曼丽也可能是诚心实意的。但余曼丽去意已决。余曼丽知道，如果这次不走，馆长给她穿的鞋子可能会松一松，但是用不了多久，肯定又会冒出新的问题出来，到那个时候，她不一定有华中公司这样的好去处，所以既然已经开了口，这次就必须要走，否则馆长还以为她是故意要挟呢，麻烦更大。于是，余曼丽只好编故事。说自己离婚五年了，好不容易才谈了个男朋友，她打算嫁到深圳做太太，希望馆长成全她。话说到这个份儿上，馆长就知道余曼丽是下定决心了，于是，不知道是感到内疚还是想留一条后路，或者干脆就是怕余曼丽在局长面前参他一本，总之，在余曼丽内退的问题上，馆长一路绿灯，能关照处皆关照。不仅上报局里给余曼丽转为正科级内退，而且还将余曼丽当时住的那两间房子房改给了她个人。虽然是老房子，但它老成了精。尖尖的屋顶和已经发灰的锡板瓦，以及位于沿江大道旁边的特殊位置，均显示了它作为半殖民时代遗留下来的古老建筑的非凡价值。后来吴晓春看到那所房子的时候，感叹将近一个世纪过去了，地板还能发出铿锵声，踩在上面还是那样富有弹性。所以吴晓春一直认为，在提前内退的问题上，余曼丽并没有吃亏，所以他也就没有什么“责任”。

25

也不知是出于什么考虑，吴晓春把李惟诚送上飞机后，即刻就给黄鑫龙打了个电话，大致汇报了有关情况，并说李主任已经回深圳了，带着资料，主席您先看看再说，需要我回去我随时回去。

吴晓春这才感觉到很累。他发现陪领导吃喝玩乐比紧张的工作还要累。哪怕是接待李惟诚这样事实上已经跟他是平级的“领导”，只要你认真地陪了，就一定会感到很累。吴晓春决定先睡一觉。

一觉醒来，看看手机上的时间显示，七点了。吴晓春拨通余曼丽的手机，问：“你在哪儿？”

“在家。”

“做什么？”

“拖地。”

“吃饭没有？”

“还不饿。”

吴晓春就想起像余曼丽这样的单身女人其实是很少做饭的。要么在外面吃，要么随便用些面包饼干对付。吴晓春说：“一块出去吃饭？”

“好。”

二人见面，余曼丽并没有给吴晓春带来好消息。她告诉吴晓春：娱乐城工程快完了，下周开始安装五、六楼的保龄球道，但门前绿化带改广场的事还没着落。

吴晓春知道这件事的严重性。他对余曼丽说："明天上午我们去见厂长，看看是怎么回事。实在不行你要亲自去跑这件事。"

李惟诚急着回深圳的原因还是担心"主席保卫战"的事情。虽然已经一切安排好了，但他总是不放心，总感觉这么严重的局势不会这么轻易就能解决了，总担心还会冒出什么节外生枝的事情来。但到底会冒出什么事情来，他不知道。所以，他急着返回深圳。所以，他回深圳的第一件事情就是拜访特区银行周行长。

周行长很亲切，先是问李惟诚这几天去哪里潇洒了，还说既然出去潇洒，怎么不带上老哥。李惟诚说我一个打工的，哪里敢潇洒，除非您大行长想潇洒，我陪着，沾点光还差不多。说完，还是言归正传，正面回答行长的问题，说他这几天去武汉了，集团公司在武汉的华中公司打算独立上市。

李惟诚把这个他自己都知道没有把握的事情提前向周行长透露，显然不是他嘴巴不严，而是故意向周行长报喜，给周行长信心。李惟诚相信，上市公司其实是建立在希望和信心的基础上的，股民买上市公司的股票是因为对上市公司的未来抱有希望，银行贷款给上市公司是因为对上市公司的还款能力抱有信心，现在周行长既是集团公司第一大股东又是集团的第一大债权人，所以无论是主席还是李主任，只要逮到机会，就一定不失时机地给他描述未来灌输信心，今天有一个现成的题材，当然不肯放过。不过，他没有想到周行长听了之后并没有表现出极大的喜悦，相反，还叹了一口气，说了一句成语："螳螂捕蝉，黄雀在后啊。"顿时让李惟诚那种不祥的预感得到印证。

李惟诚略微想了想，谨慎地问："怎么？又有新情况了？"

周行长不作声。在李惟诚看来，不作声就等于默认。

“怎么回事?”李惟诚认真地问。

周行长停顿了好长时间，给李惟诚的感觉是他实在不想说，但又经不住李惟诚的追问，最后才非常勉强地不得不向李惟诚透露：有人找他，想受让他们手上的法人股。

虽然周行长是以非常极其平和的语气说的，但是在李惟诚听起来，耳朵里面却像炸雷。这还了得?如果这个时候特区银行的法人股出让，最好的结果是他们需要与新股东重新沟通，能不能沟通成功暂且不说，单就时间上来看就来不及。最坏的结果更可怕，一定是那只看不见的黑手在背后捣鬼，而一旦他们与特区银行之间的法人股转让成功，不用在二级市场上费劲了，自然就成了第一大股东，该大股东肯定不是银行，他们不存在岸上走还是水中游的问题，直接就可以接管董事会，自然也就接手董事局主席这个宝座了。怎么办?!李惟诚感觉自己的脊背上直冒冷汗。

李惟诚首先想到的是向黄鑫龙紧急汇报，但他强迫自己冷静下来，想着即便要向主席汇报，也必须把周行长的话听完，如果话都没有听完，怎么汇报?另外，自己也必须对周行长的话有所回应，不能听了之后一句话不说，被吓傻了。

他头脑中马上就闪现黄鑫龙的形象，想着此时如果听到这个令人震惊消息的不是他，而是黄鑫龙，黄鑫龙该怎样应对?这么想着，李惟诚就似乎感受到了一些底气。凭着这么多年来在黄鑫龙身边鞍前马后的经验，他相信如果是黄鑫龙，面对即使比眼下更严峻的局面，也不会惊慌失措，而且越是内心惊慌，表面越是若无其事，表现出一切尽在掌握中的样子。

李惟诚想象着黄鑫龙面对这种情况时候的样子，紧急思考了一下，尽可能平和地说：“这个呀，我们也听说了，但没往心里去。”

这当然是睁眼说瞎话，他们哪里听说过呀!但是，他只能这样说，因为只有这样说，他才能掌握主动。果然，李惟诚这样一说，周行长的气没有刚才那么足了。

“哦，是吗?”周行长问，“这样的事情你们还不往心里去?”

“您跟我们黄主席是铁哥们了，还不了解他?”李惟诚反问，“他这个人是什么事情都能做出来的。你敬他一尺，他敬你一丈，绝不让朋友吃亏。但他也是个绝不吃亏的人，如果谁不让他活，那他也一定不让对方好。”

李惟诚说的“对方”当然不是周行长，而是指那个想受让行长手中法人股的人，但也不能不说带有指桑骂槐的意思。这显然不是李惟诚这种人说出的话，不过，他听说过这样的话，是在另外一个场合遇到的另外一件事情的时候，肖仲明这样说的。那一次肖仲明这样说的时候，李惟诚还觉得非常刺耳，听了不舒服，可没想到，今天他自己竟然也能说出这样的话来了，不知道是被逼的，还是近墨者黑了。

周行长不是傻子，当然能听出李惟诚这话的意思。他并不害怕，但多少有些吃惊，没有想到李惟诚也能这样说话，因此怀疑这话是他来之前和黄鑫龙商量好的。

稍微沉默了一下，周行长说：“也没有这么严重，不就是收购法人股嘛，没有到要死要活的程度。”

“那是，”李惟诚说，李惟诚果然掌握主动了，所以这次丝毫没有停顿，立刻就接着周行长的话说，“不过这个时候有人来收购法人股，肯定不是冲着这些不能流通的股票来的，显然是想来争夺第一大股东的位置的。他们可没有您大行长这么善良，这小子野心大着呢，他们要是当上第一大股东，我们黄主席能有好吗?”

“这个……这个我倒没有多想。”周行长躲躲闪闪地回答。

“不能不想啊，”李惟诚说，“黄主席那个人您还不知道，做事情向来不拘一格，很多地方不规范，不较真没事，一旦新来的控制人较真，这么大的上市公司，几十亿的资产，还能不弄出点问题来?

弄出一点问题也是掉脑袋的事情啊。”

周行长彻底没声音了，他没想到平常那么斯文的李惟诚关键时候能说出这么狠的话出来，这明显是威胁的意思嘛。真是近墨者黑啊。好好的小孩，如果被狼养大，早晚就变成了狼。

这样沉默了一小会儿，周行长说：“没有你想象的那么严重。他们想受让，要看我是不是愿意出让呀，我不愿意出让，他们再努力也是白搭。”

“所以我们不担心嘛，”李惟诚说，“您跟我们黄主席是什么关系呀。只要您当这个行长一天，我们绝没有任何的担心。只要我们黄主席在位一天，就绝对不会弄出什么事情来。”

“那是，那是。”周行长说。

“哎，对了，”李惟诚像突然之间想起一件兴奋的事情一样说，“您想不想看哈尔滨的冰灯啊？今年的冰灯节我们东北公司参与的。怎么样，去看看？”

周行长略一激灵，也换成了兴奋的语调，说：“好啊，你去我就去。我喜欢跟你去，不喜欢跟你们黄老板去。”

“为什么呀？”

“跟他狗日的一路迎来送往，哪像是玩啊，简直就是视察工作。”

“哈哈哈……那也应该。您本来就是我们集团董事嘛，视察视察下属企业还不应该。”

回到集团公司，李惟诚并没有立刻去报告黄鑫龙，因为他不想表功，所以他就不急着向主席报告。

李惟诚并不认为自己有功，即便有功，也根本就不用自己去表，主席早晚自己就会知道的，让主席自己知道比让李惟诚当面去表白更好。不过，这么大的事情，也不能不汇报，甚至不能隔天汇报，所以，事实情况是李惟诚回到公司之后思考了很长时间，等思考清楚了，才去向黄鑫龙汇报的。

李惟诚在汇报的时候，没有谈过程，只谈结果，并且把结果描述得非常平淡。

李惟诚说他听周行长讲了，有人在打他们的主意，要收购他们手上的法人股股票。可他没答应。

说完，见黄鑫龙没有反应，李惟诚就又补充了一点，并且补充得也很简单，说其实他就是答应也没用，第一大股东的法人股转让是要经董事会研究报请股东大会通过才能生效的。

由于李惟诚说得非常平静，所以黄鑫龙脸上也就没有任何波澜，只是在李惟诚讲完了之后，又过了一些时间，黄鑫龙才吐出几个字："喂不饱的东西！"

26

最新一期的《集团快讯》出来了。吴晓春成了本期的主角。头版头条就是关于增补吴晓春为集团董事的消息，接着是“吴晓春同志简历”，其阵势颇能唬人。可吴晓春不是党员，不知这里称“同志”是不是合适。

“管他呢，”余曼丽说，“前些年还不都这么叫吗?”

吴晓春一想，也是。

接下来的几天，吴晓春陆陆续续接到一些电话，大部分是以前在集团公司总部的老同事打来的，无非是祝贺一类的话。有些吴晓春认识，有些吴晓春根本就不认识。还有一个从广西公司打来的，吴晓春对对方并无印象，但很快还是被他的热情所感染。电话说：“祝贺您呀吴董事，没想到我们还是同乡呢。”说着说着，家乡话就冒出来了。果然是同乡。

看着《集团快讯》，听着这些电话，吴晓春忽然有一种功成名就的感觉。吴晓春没有想到功成名就原来这么简单、这么迅速、这么容易，并且得来全不费工夫。尽管他不断提醒自己别当真别当真，但是，好心情还是压抑不住的。关于这一点，余曼丽最清楚。余曼丽发觉吴晓春好像突然服了“伟哥”似的，浑身似乎有用不完的劲。刚开始，余曼丽还很满足，积极配合，激情之下余曼丽还咕咕噜噜地说：“你要是抛弃我，我就把你剪掉!”说着还用手现场示范。到后来，余曼丽担心吴晓春身体受不了。她知道，很多东西靠鸽子汤是补不回来的。余曼丽真想有什么办法让他熄熄火。

让吴晓春“熄火”的是黄鑫龙的一个电话。

黄鑫龙说：“你干得很好，没有辜负董事局对你的信任。现在有些董事只拿钱不干事，这样的人要换掉。谁能干谁就上，不能干就下。”

黄鑫龙又说：“资料我看了。上市指标不成问题，现在主要看我们做还是不做。昨天我们开了个在深董事特别会议，专门研究了这件事，大家的意见是先放一放，就怕收购之后被套，包袱太大了，退休老工人就好几千，银行贷款一大堆，大部分是逾期的，另外还有数不清楚的对外担保，也都是没办法偿还的。安陆纺织厂其实已经资不抵债了。你是什么意见，讲给我听听。”

吴晓春说：“我觉得大家的意见有一定道理。”

黄鑫龙接着说：“上次开会我要上海学习你在武汉的做法，他们已经动起来了。华东公司已经着手在浦东购置一块地，准备开发一个二十万平方米的住宅区。我在昨天的会上说了，华东公司的腾飞你吴晓春也有一份功。”

吴晓春想，哪里有我什么事？却又不敢这么说，如果这么说，万一主席没有理解成谦虚而理解成他是在否定老板的说法怎么办？

突然，黄鑫龙话锋一转，问：“你账上还有多少钱？”

吴晓春不敢说谎，回答：“一千三百万。”

“这样，”黄鑫龙说，“你给上海打过去一千万，先帮他们先把地价款首期付了，贷款一下来马上还给你，内部拆借利息按千分之十五算。”

黄鑫龙后面还说了什么吴晓春已经记不清了，他只能做一些未经思考的机械应答。吴晓春清楚这意味着什么；他知道现在土地已不能抵押贷款；他知道这钱肯定是有去无回。他无力向黄鑫龙做任何解释，更不敢说“不”。毕竟，黄鑫龙是集团董事局主席，是集团公司的大老板，而他只是华中公司的董事长，并且华中公司是集团公司的全资子公司，相当于是集团公司的“儿子”，儿子怎么能跟老子说“不”呢？吴晓春这才发现，他这个“老板”由于来得太容易，容易到黄鑫龙只说了一句话，所以去得也肯定非常容易，容易到只要黄鑫龙再说上一句话，一句意思相反的话就行了。吴晓春知道主席的难处，由于上市公司会计制度的修改，对外担保作为或有债务必须体现在报表当中，而与此同时，未建成楼盘却不能再作为资产体现在报表当中了，这样，集团公司当初与边防局合作尚未完成的项目全部不能作为资产，而已经建成的项目由于相关土地用途手续没有办，不能办理房产证，也不能作为有效资产，如此，突然之间集团债务增加而资产下降，集团公司一下子就变成了负资产公司了，几乎成了“壳资源”，现在已经是ST，很快就要变成PT，再往下就要退市了。在这种情况下，根本无法实现前面说的“一二三四”关联圈钱法，因此，主席要抛弃华中，把目标投向上海，而将华中公司变成一个从银行套钱的负债载体！

吴晓春心里打了个寒战。他忽然意识到，武汉是个四季分明的城市，武汉的冬天终于来到了。其实武汉的冬天本来就该来到的，吴晓春不该到现在才意识到，而应该在春意盎然的时候就意识到。

吴晓春在第一时间把余曼丽找来，将黄鑫龙来电话的情况告诉余曼丽，不过，他有所保留，保留到没把“抛弃华中”和“负债载体”这类自己的分析说出来。

乐观机智的余曼丽这会儿也傻了眼。她知道这一千三百万中的三百万是娱乐城支撑到产生收益的起码费用，如果她手稍微松一松，三百万早就出去了；她知道那一千万是维持商住楼项目运转的基本“保证金”，如果没有这一千万，银行怎么看？施工单位怎么看？他们还敢往下垫资吗？供货方还敢赊账吗？余曼丽突然有一种华中公司要破产倒闭的感觉。但她没有说，她在迅速调整自己的情绪，她知道吴晓春此时最需要她的全力帮助，需要鼓励，需要她给予信心，她要调整好自己的情绪，否则就会帮倒忙。

余曼丽想：最坏的结果就是公司破产，自己失业，那又怎么样？自己还有一套房子和退休金，还有存款。再说我也不是为华中公司而内退的，进华中这几个月工资比以前高，人也更风光，没吃亏。

余曼丽又想：作为女人，除了缺一个好老公外，我什么都不缺，只要吴晓春真对我好，付出什么都值得。

余曼丽这么想着，心情果然就好多了。她对吴晓春说："钱肯定不能划过去，得想个办法搪塞一下，比如说银行对这笔款有监控，不能无缘无故往上海打。先拖几天，把该付的钱先付出去一部分，总数少了，到时候就是实在要划出去也不会是一千万，能少一点是一点。"

吴晓春听着，情绪也稳定了一些，说："对，先拖着，拖到主席再给我打电话，我就将这里的实际情况和我的想法对他说说。"

"没事的，"余曼丽说，"你现在是集团公司的先进典型，主席亲自树的，总不能刚树起来就打倒吧？你干吗那么怕主席？"

吴晓春说："他是老板嘛。"

"老板有什么了不起的？"余曼丽说，"我见过的老板多着呢。"

吴晓春想，你认识的是什么老板？他们中有几个是上市公司的董事局主席？

虽然这么想了，但吴晓春并没有说。

余曼丽大概为进一步缓解吴晓春的压力，存心开玩笑，所以这时候用手点着吴晓春的额头，问："要是老板抢你老婆怎么办？"

"怎么会呢？"吴晓春终于咧开嘴笑了。不过，他是为了安慰余曼丽才笑的，其实心里面的疙瘩并没有解开。吴晓春心里想，深圳跟内地确实相差很大，不是在经济上，而是在文化上，余曼丽没有去过深圳，至少没有在深圳实际生存过，当然不能理解“老板”的真正含义，真正的老板并不是像她在娱乐城见到的甚至是认识的那些客人，甚至也不是他们馆长和局长，真正的“老板”是主席这样的人，是一句话就能让你升天，一句话就能让你入地的人，这样的人你不害怕吗？

尽管如此，余曼丽的乐观态度还是给吴晓春郁闷的内心吹进了一丝清风，让吴晓春清醒不少，使他认识到现在不是他作为华中公司的董事长郁闷的时候，因为他并不是真正的老板，他没有权利郁闷，为了华中公司这些天天喊他老板的人他也没有资格郁闷，这就叫“负责”。吴晓春似乎在突然之间理解了李惟诚所说的“负责”的意思了。李惟诚一定知道比他更多的情况，知道集团公司已经到了崩溃的边缘，看吴晓春在武汉这边干得这么欢，却又不好对他说什么，所以才冒出“负责”来，不单指吴晓春对余曼丽负责，下意识里可能还包含吴晓春要对自己负责。这么一想，吴晓春就彻底清醒了。

吴晓春一旦清醒过来还是比余曼丽更有主见。他说：“主席只是让打款，连对方的账号都没说，说明具体操作肯定是集团公司财务总监指示这边财务经理来执行。你马上通知领导班子开会，首先我们几个人要统一思想。”

27

华中公司领导班子由五人组成。除吴晓春和余曼丽外，还有一个管工程的总工程师和财务部经理及办公室主任。其中财务经理是集团公司派过来的，其他人是吴晓春在本地招聘的。向各二级公司直接派财务经理是集团公司的一项制度，也可以说是黄鑫龙的一个绝招。平常看似无所谓，关键时刻其作用就显示出来了。

班子会议在吴晓春办公室里进行。吴晓春埋头在大班台上写着什么，感觉人都到齐了，才抬起头，学着主席的样子，故意脸上没有表情。

吴晓春先让坐在门边的办公室主任把门关好，然后扫视一遍大家，最后把目光定格在财务经理的脸上，问："集团公司那边有没有人通知你划一千万去上海?"

"没有，没有!"财务经理很紧张，说完"没有"之后，又补充道："这么大的事，要是接到通知我肯定马上先向您汇报。"

"好，"吴晓春说，"今天这个会只限在座的知道，任何人不得泄露出去。"

吴晓春说"好"是心里话，他知道先入为主的道理。吴晓春清楚划走一千万对财务经理也是有害无益。不要小瞧这一千多万现金，那些做融资的甚至于银行拉存款的没少给财务经理好处。比如某一个单位要从银行贷款，一切手续都办齐了，这时候，支行行长往往会向申请贷款单位提出一个额外的要求：拉一点存款。要求贷款的单位明明知道银行的这个要求不合理，也没有道理，但也只好照办，并且装着非常情愿的样子照办，否则，已经答应的贷款将无限期地拖下去。这时候，就有人来找财务经理这样的人，请她把华中公司的钱存入他们指定的银行，如果财务经理这样做，就是帮了人家的大忙了，按照“有功受禄”的规矩，财务经理肯定会得到一点额外的好处。这些情况吴晓春是知道的，但是他觉得这样做对华中公司并没有什么坏处，反正公司的钱存哪个银行也是存，没有必要对下面的人盯得太紧，所以也就睁一只眼闭一只眼，当财务经理向他解释为什么要换一个银行存钱的时候，吴晓春还装糊涂，说好，你看着办。吴晓春发现，当领导有时候就是要装糊涂，要不然怎么会有“难得糊涂”和“水至清则无鱼”这么一说呢？现在看来，吴晓春当初的装糊涂还真是装对了，否则真要是把财务经理得罪了，不要说她搞什么名堂，只要跟你来一个按集团公司的管理规程办就够吴晓春受的了。

吴晓春有意停顿了一下之后，便把主席来电话的情况说了一遍。说得非常缓慢，一点都不急。

果然不出所料，财务经理不知是有意表示忠诚还是她私下答应银行的存款期限未到，总之，她第一个表示反对，而且好像很激动，说了一大堆不行的理由。

第二个表示忧虑的是总工程师。他只说了一句话：“是不是商住楼停工不搞了？”

沉默。

这样沉默了一会儿，余曼丽说：“打走一千万谁知道什么时候还？无论是银行还是施工单位或供货商，都是势利眼，只支持有钱人，看你没钱了，他们不是躲你远远的就是逼你还钱。要真那样，不仅商住楼要停工，娱乐城也半途而废。到那时，财务部专门对付银行，办公室专门对付供货商，专业对口。”

不管余曼丽是不是想幽默，反正没人笑出声来。只是办公室主任勉强咧了一下嘴，问：“那怎么办？”

吴晓春说：“发牢骚没用，大家现在都在一条船上，还是想想具体办法吧。”

还是财务经理主意最多，有些建议甚至是吴晓春和余曼丽没想到的。比如她建议设立一个备用账户，大账上反映是已付工程款，小账上是商住楼项目特别应急备用金。办公室主任和余曼丽也补充了不少，只有总工程师一句话不说，紧皱眉头抽起了烟。本来公司里规定办公室不许抽烟，总工程师不知怎么今天忘了。吴晓春没有阻止他，他对总工程师此时此刻的心情非常理解。总工程师姓赵，叫赵正义，是直接从中南设计院“下海”到华中公司的，也是吴晓春亲自从一百多个应聘者当中挑选出来的。吴晓春之所以要挑选他，就是看他没有在外面这些乱七八糟的公司里面做过，大学毕业后一直在中南设计院工作，简单，干净，单纯，好管理，而且一般不会做出太出格的事情。吴晓春知道，房地产开发公司其实是个标准的染缸，在里面做过的人，肯定会被染过，吴晓春自己刚从研究所“下海”到深圳的时候，曾经被一家公司请去帮着验桩，就是检验一下乙方的桩基工程是不是偷工减料，只帮了一天的忙，就收到几千块的好处费，天地良心，当时真的不是吴晓春向人家索要的，不但没有索要，而且还推让不要，但是不要不行，乙方的一个工程技术人员对他说：如果你不按五十块钱一个桩基收辛苦费，将来万一出了问题，肯定怀疑是你捣的鬼。最后，吴晓春只好收了。所以，吴晓春对于在房地产公司泡过的工程技术人员就不敢用，所以就选择了赵正义。当初吴晓春还问过赵正义，问他在设计院干得好好的，干吗要“下海”。赵正义说：“您可能没在设计院干过，表面上好，其实谁越是能干越是受打击，自己干了十年了还没有评上高级职称，而那些管人事的家伙却评上了狗屁高级政工师。”吴晓春当时对赵正义说：“我们这儿可不像设计院那么保险呀。”赵正义说：“如果你是私人企业，请我来我都不来，但你这里是上市公司呀，而且是深圳的上市公司，新天地实业，谁不知道啊？这年头如果连上市公司也不保险，那么中国还有哪个地方保险？”当时吴晓春认为赵正义讲得很对，同时还多少获得了一些自豪感和优越感，没想到还不到一年，集团公司就像要出现重大危机。因此吴晓春就想，如果集团公司垮了，华中公司也好不了，到那个时候，这个赵正义个人损失最大，吴晓春也觉得最对不起他。

吴晓春耐心地听着三个女人的轮番献计，边听边在本子上画。最后，他根据大家的意见宣布几条对策：第一，不主动与总公司那边谈这件事，接到书面通知不回复，接到电话通知一律说银行有监控，不敢动，动不了，并且把这边的困难说得重些；第二，按照财务经理的建议，由在座的五个人共同签字，特设一个二百万元的备用金账户，大账上反映是已付工程款，小账上是商住楼项目特别应急备用金；第三，娱乐城三百万资金单独建账，娱乐城要尽快完工开业，要有现金收入保障公司的日常开销和银行利息；第四，办公室主任调上来做总经理助理，协助余曼丽跑娱乐城项目，重点是娱乐城门前绿化带改广场的事；第五，吴晓春配合赵总工程师抓商住楼，工程进度要往前赶，售楼要提前，该花钱的地方就花钱；第六，财务经理代管办公室工作，当前主要任务是应付这一千万的事，一有新情况即刻通气。

吴晓春宣布完之后，问大家有没有什么意见，没人说话。他又一个个地问有没有补充。先问余曼丽，余曼丽补充说：“这件事一定要严格保密，无论以任何方式透露给任何人，大家都吃不了兜着走。”

吴晓春点点头，又强调了一遍保密性。接着又问财务经理有什么补充。财务经理说："大家先把字签了，我明天上班直接去银行把那二百万办了，这样，一旦接到总公司电话，我就对他们说，账上没有那么多钱呀，吴总记错了。"

吴晓春终于有了笑脸，说："好主意！这样打电话的人又得层层汇报这一'新情况'，我们又拖了几天。另外，就是将来真要调资金，数目也会下降。"

吴晓春此时的心情确实好多了，他笑着问赵正义："你呢?"

赵正义把烟灭了，他显然已经意识到不该在这里抽烟，不好意思地干笑了一下，说："有二百万垫底，撑到卖楼花问题不大。"

吴晓春又问办公室主任。因为大家都要签字，所以他必须每一个人都问清楚。办公室主任姓刘，叫刘冬娅，是最早一批招聘进来的，武汉本地人，大学本科毕业，以前是做共青团工作的，没有老公，不知道是根本就没有结过婚还是已经离过婚了。余曼丽加盟华中公司之前，公司的外联事务主要是由刘冬娅跑的，包括当初的公司注册以及后来的买地和贷款，刘冬娅都做出了不小的贡献，说实话，如果不是半路杀出个余曼丽，刘冬娅可能早就提拔为总经理助理了，更说不定的是她可能早与吴晓春上床了。事实上，刘冬娅虽然不如余曼丽漂亮，但是到底比余曼丽年轻，而女人的年轻有时候比漂亮更为重要，用当初贷款给吴晓春的那个行长的话说，女人一年轻就明亮，不但眼睛明亮，身上明亮，而且心里也明亮，阳光灿烂，所以当初行长曾鼓励吴晓春把刘冬娅"做了"。其实吴晓春也确实想把她"做了"，想了，但是并没有真做，主要是当时吴晓春刚来武汉，心里没底，深圳的那个女人留下的阴影还没有从他心里抹去，加上对"窝边草"的格外小心谨慎，所以就没有"做"。也幸亏没有"做"，如果"做"了，那么怎么会有余曼丽的位置呢？吴晓春这时候突然提拔刘冬娅为总经理助理，虽然直接原因是想加强外联的力量，但是从根本上说是对她当初工作成绩的一种肯定，或者是对自己迟迟没有及时提拔她的一种补偿，甚至是吴晓春已经隐隐约约地感到了危机的来临，如果再不提拔，可能都没有机会去填补自己的愧疚了。大约是提拔得太突然了，刘冬娅这时候还没有来得及消化，或者说现在正在积极消化，然而消化是需要消耗精力的，这时候听见吴晓春点名问她还有没有什么事情，仿佛魂没有在自己的身上，而且一下子还来不及找回来，于是像是所答非所问地说："已经下班了，是不是让员工们先走？"

吴晓春说："对，对，让他们下班，我们把事情做完，然后一块出去吃饭。"

吃饭的时候，吴晓春又单独跟刘冬娅交代了几句，无非是让她把主要精力放在什么地方，眼下华中公司最迫切需要解决什么问题等等。吴晓春是在大家等待上菜的过程中当着大家的面跟刘冬娅交代的，"大家"当中当然包括余曼丽。他之所以要这样做，就是避免引起不必要的误会。

28

凡是经过数千年流传下来的谚语俗语，多少都有一定的道理。这种现象现在已经可以通过概率论得到解释。吴晓春这次就碰上了“祸不单行”。集团公司从华中调一千万的事还没完，娱乐城那边第二天就传来结论性的坏消息。这事还多亏了刘冬娅，否则他们还要继续瞎折腾。

实践证明，吴晓春及时提拔刘冬娅做总经理助理实在是英明之举。这个刘冬娅虽然不比余曼丽个人能力强，但她是比余曼丽更地道的武汉本地人，这表明她从幼儿园到大学一直都是在武汉度过的，这表明她有许多同学同事和七姑八姨在武汉，而这些同学同事和七姑八姨现在有可能在武汉的各个部门担任各种各样的职务。事实上，娱乐城所在区的区长恰好就是刘冬娅的一个表哥。是表哥就好办，是表哥就可以死皮赖脸。刘冬娅当天晚上就死缠硬磨地把表哥约出来喝啤酒唱卡拉 OK。表哥是推了其他的饭局专门过来的，所以余曼丽以为这下希望很大，于是就打算舍命陪君子，亲自跟区长对饮起来。几杯啤酒下肚，区长实话实说：“这件事你们谁也不用找了，肯定办不成。”

余曼丽一怔，刘冬娅则急得都要哭出来了，干脆一屁股坐在表哥的沙发扶手上，拉着区长的胳膊又甩又摇，大有恨不能当场献身的样子，弄得余曼丽很感动。

“就一点办法都没有了?”刘冬娅问。

“没有。”区长说，“说实话，就凭我们是亲戚的关系，你们公司要是在我这一亩三分地上面看上哪一块地，或者是工商税务白道黑道找你们麻烦了，我豁出去面子，或许说话还能算数，但是有两件事情你们不要找我，找我我也不敢做。”

“哪两件?”余曼丽问，一边问一边心里想，该不会是杀人、贩毒吧。

“一件是违反计划生育，一件是破坏绿化。”

“为什么?”余曼丽问。

“为什么? 你说为什么?”区长突然提高了声音，“因为这两件事情是明摆的事情，谁也瞒不住。既然谁都瞒不住，就谁也不敢带头违反，越是职位高的领导越是不敢带头违反!”

余曼丽不明白区长为什么会突然提高了嗓子，好在是男人女人在一起喝酒，大家不计较。趁着区长去洗手间，刘冬娅告诉余曼丽：表哥想生一个儿子，想了许多办法，还是不行。

从洗手间回来后，区长好像清醒了不少，说：“你们吴老板可能小瞧了这件事了，我告诉你们：这件事相当于我同意你们在人行道上盖个小卖部。事小，但我有这个权力吗? 谁都没有。实话对你们讲，玩具厂厂长是我同学，找了我几次。我早对他说过，不行。这是破坏绿化。破坏绿化跟生二胎一样，谁都瞒不住。谁要是同意你们这样搞了，那么旁边的‘万紫千红’怎么办?‘凯都’怎么办? 对面的‘敦煌’怎么办?‘圣地亚哥’怎么办? 他们哪个老板不认识个区长、副市长的?”

刘冬娅无奈地看着余曼丽，余曼丽知道这件事定论了。当她们俩如实向吴晓春汇报时，吴晓春承认区长说得对，是自己看得太简单了。吴晓春说：“事已至此，只好在现有的条件下把事情尽可能做得更好。你们赶紧与厂方交涉，让他们在厂区内划出一块地方专门给娱乐城作停车场。”

“这个保证没问题。”刘冬娅抢着回答，好像要立功赎罪。其实也确实不会有什么问题，厂长没有搞成门口的广场，他自己也觉得不好意思，现在退而求其次，是他巴不得的。

“另外，”吴晓春补充说，“你们也算是完成任务了，至少省了再花冤枉钱。你们每人去买一套衣服，我签字，按礼品费报销。”

两员女将都说不要。

“别啰唆了，”吴晓春说，“去办吧。对了，把财务经理也叫上，你们三人每人一套，算是礼仪工装吧。”

财务经理比她们二位会办事，共选了五套，为吴晓春和赵总工程师也挑了一套西装，并且给吴晓春的那一套最贵。财务经理说：“既然是领导工装，大家都得有。”颇有点最后的晚餐的味道。后来的发展证明，财务经理是有远见的。

华中公司班子会议结束后的第三天下午，财务经理接到集团财务总监的电话，说那一千万的事情，财务经理按事先编好的话做了回答，说这笔钱银行有监控，打不了，并说账上总共都没有一千万，怎么能打到上海一千万？

应付完集团财务总监后，财务经理马上向吴晓春汇报。

吴晓春想，今天是星期五，这件事起码要拖到下个星期一，拖一天算一天吧。

但是，吴晓春低估了集团公司的办事效率。

第二天，也就是星期六的中午，吴晓春在饭桌上接到了黄鑫龙从上海打来的电话。黄鑫龙问：“怎么样了？”

吴晓春看了一眼旁边的余曼丽，说：“我已经对财务说了，她说账上没有那么多钱。”

黄鑫龙没吭声，吴晓春接着说：“工地上的二百万和娱乐城的三百万早就该付了，我虽然已经签了字，但告诉她尽可能往后拖，谁知她已经付了。”

黄鑫龙还是没吭声，停了好一会儿，才说：“小吴呀，你现在是集团董事，要有全局观念，不要只想着一个华中公司。”

吴晓春说：“是的，主席，我听您的。”

挂了电话，吴晓春看着余曼丽。余曼丽低头不语，喝汤。吴晓春一点食欲也没有，想抽烟。吴晓春从来不抽烟，但他理解人类祖先对火的依赖。过了一会儿，余曼丽抬起头，笑着说：“怎么了？天塌下来了？”

吴晓春苦笑。

余曼丽说：“没什么大不了的。我们俩还能失业呀？失业了也饿不着你。”

星期一刚上班，财务经理又接到财务总监的电话，这次财务总监口气相当硬，根本没有与她多废话，也不容财务经理解释，要她即刻把华中公司账上的款划到上海，账上有多少划多少，并且强调：集团公司结算中心有权调动二级企业的资金。财务经理还是那句老话，说划不了，银行有监控。总监不说话，把电话挂了。

中午，董事局办公室电话通知吴晓春明天下午两点之前赶到集团公司，参加集团高层会议，并且说一定准时参加，主席也从上海赶回深圳。

余曼丽送吴晓春去机场。两个人似乎有很多话要说，却又一路没说一句话。不知道是因为要说的话太多，结果反而一句也说不出来了，还是因为当着司机的面，就是有再多的话也说不出口。一直到了机场，才有了两个人单独在一起的机会。

几个月不见，机场公安处已改为机场公安分局，几个月前的处长现在已是局长。吴晓春感叹随着经济建设的发展加快，人们普遍比以往有钱了，刚刚改革开放的时候，“万元户”令人羡慕，而现在再说哪个老板是“万元户”，不等于是骂人家嘛。水涨船高，官场也一样，如今当官的职务也升得非常快。还说刚刚改革开放的时候，科长也是个人物，可如今，处长都已经多如牛毛了，要想真正成为“官”，非得当局长不可，可以想象，用不了多久，局长也会贬值，到那个时候，局长该变成什么“长”呢？

局长亲自把他们送到停机坪。这时候其他乘客还没进来，偌大的波音 757 下面只有吴晓春和余曼丽两个人。吴晓春突然感觉到了自己的渺小，渺小到还没有一个飞机轮胎大。

吴晓春看看飞机，再看看余曼丽，又看看远处与人说话的机场公安分局局长，想说什么，又没说，还是那种想抽烟的感觉。

余曼丽一直看着吴晓春，见别的乘客已经进来，便催吴晓春登机。

吴晓春说：“不急。”

余曼丽说：“等你回来我们就结婚。”

她并不是与吴晓春商量，也不是命令，当然，更不是求吴晓春，而是好像在宣布一件他们早已商量好的事。吴晓春笑了，笑得很天真，像个大男孩，说：“好！假如我能回来。”刚一出口，便发觉幽默得没道理，不吉利。好在余曼丽并不往坏处想，她说：“你不回来，我就去深圳。”

吴晓春突然产生一种想当众亲吻余曼丽的念头。吴晓春觉得西方人那么做其实是有道理的。但是他没有立刻这么做，因为这里毕竟不是西方，这样当众亲吻虽然符合当事人的心情，却不符合中国国情，在很多情况下，心情必须让位于国情，正像华中公司的利益必须让位于集团公司的利益一样。这时候，局长在远处对他们挥手，大概是示意吴晓春上飞机。吴晓春对着余曼丽的耳边说了句“真想亲你”，便匆匆登机。

29

集团公司的奔驰 600 已经在宝安机场等候吴晓春。

宝安机场就是深圳机场。吴晓春发现中国几乎所有的机场都不以该城市的大名称命名，而一定要以机场所在地的小地名命名。比如上海机场不叫“上海机场”，而叫“虹桥机场”，广州机场叫“白云机场”，南京叫“禄口机场”，成都叫“双流机场”，等等。吴晓春不清楚这里面有什么说道，或者有什么不同寻常的来历。但对于深圳机场为什么叫宝安机场，吴晓春倒是知道其中的故事。深圳机场以前叫黄田机场，因为建设机场的这个地方就叫黄田村，后来改了，据说是黄田两个字在闽南话的发音中极像“黄泉”，不吉利，这样，台湾同胞上飞机的感觉就跟要上西天一样，所以就改了。本来应该改成“福永”的，因为机场所在的黄田村属于福永镇，而且“福永”两个字听上去显然比“黄田”顺耳，但是最后却没有改成“福永”，而是改成了“宝安”，因为福永镇又属于宝安区，这样改当然也有道理，但更重要的是“宝安”两个字听上去更吉利，乘飞机的人，最关心的不是福气，而是安全，叫“宝安”当然最好。可此时的吴晓春从宝安机场走出来的时候，心里空空荡荡，一点底都没有，既感觉不到福气，也感觉不到安全。

集团公司的小车司机基本上都是退伍兵，对集团领导的态度和对部队首长一样，都很殷勤。这时候，负责接吴晓春的司机不仅主动替吴晓春提包，帮吴晓春开车门，而且还继承和发扬人民军队的光荣传统，上下车时用手护着吴晓春的头，仿佛吴晓春已经老眼昏花，如果不被司机护着，就一定被碰得头破血流一样。吴晓春觉得好笑，同时也多少有些受用，感觉自己还是领导，起码在集团公司小车司机眼睛里还是领导，而小车司机在集团公司虽然职位低，但却是离高层最近的人，所以，从小车司机对自己的态度，多少可以折射出公司高层对自己的态度，甚至在一定程度上也反映老板对自己的态度。这样一推测，吴晓春的心情就略微好了一些，一路还能没话找话地与司机说说话。问司机是哪里人，什么时候来新天地集团的，在哪里当兵，当了几年兵，现在在深圳生活得怎么样等等，仿佛这个司机工作或生活上如果真有什么问题，他吴晓春立刻就能帮人家解决一样。

司机很尽职，一面殷勤地笑着回答吴晓春的问题，一面谨慎驾驶。

奔驰600沿广深高速公路一路狂奔，一直奔到尽头，才依依不舍地下了高速拐上滨河路。

上了滨河路就看见集团公司总部的大楼了。这时候，吴晓春已经停止了说话，转而注视着远方的新天地大厦。他忽然感觉道路越走越窄，并且很快就要走到头了。不免触景生情，感觉自己的处境也像这道路一样，并没有多少周旋余地了。

吴晓春赶到董事局会议室的时间恰好两点钟。说起来是董事，但吴晓春参加集团高层会议的机会并不多，感觉中也就两次吧。除了上次送主席回来列席参加过那次之外，再就是这次了。两次间隔的时间并不遥远，但吴晓春的感觉却大不一样。上次会议上，吴晓春意外地成为集团董事，而这一次会不会也给他一个意外呢？如果是，那肯定是个相反的意外。相反的意外能是什么呢？只能是免去他董事的职务。免去了又怎么样呢？吴晓春想象不出来，也根本没有时间多想。

董事局会议室不大不小，像间大教室，长方形，会议室中间是与房间相称的一个长方形会议桌，围桌就座的是集团董事们。黄鑫龙坐最端头，两边起头的分别是总裁和副总裁。外围还有一圈靠墙的椅子，坐着其他与会人员。吴晓春看着黄鑫龙都已经入座，以为自己肯定迟到了，于是想在外围悄悄地找个位置坐下。没想到黄鑫龙亲自喊起来："来！来！吴晓春，上来坐。"

黄鑫龙的声音很洪亮，也很热情，但是吴晓春怎么听都像抗战初期蒋介石在战区会议上喊韩复榘的声音。

吴晓春没办法，只好微弓着身，一边与周围的人点头打招呼，一边向那个显然是专为他留着的空位移动。

空位恰好在会议桌的中部，不上不下，坐他对面的又正好是他的老上司李惟诚。李惟诚这时候微微地对他点了一下头，点得非常有礼貌，但也非常有节制，属于既要打招呼，但是又不能打得太张扬，或者是不想让其他人看见他打了招呼。

吴晓春入座后，把包放在膝盖上，取出笔记本和笔摊在桌上，再把包合好，放在座位底下。这时候，吴晓春先对总裁和副总裁点头笑笑，算是打招呼，然后轻声对黄鑫龙说："不好意思，迟到了。"黄鑫龙抬头看看对面的钟，说："不迟，刚好嘛。"

大家不约而同地看钟，正好两点。

"开会了。"黄鑫龙的声音不仅洪亮而且极具穿透力。

主席先介绍了集团公司的大好形势，讲得大家热血沸腾，摩拳擦掌。吴晓春觉得奇怪，集团公司已经资不抵债了，怎么经主席一说，立刻就变成形势大好了呢？看来，老板都是鼓动家，当大老板的一定是大鼓动家。

吴晓春又怀疑自己是在做梦，幅度很小但频率极快地来回摇了摇自己的头，证实自己并没有睡着，因此也就不会是在做梦，可以继续听黄鑫龙的鼓动。此时黄鑫龙的讲话已经进入第二个阶段，重点谈集团公司在上海的最新发展。

“现在不是二十万平方米，而是五十万平方米了！”黄鑫龙突然兴奋地提高了嗓门，很具感召力和震撼力。后面的讲话更使吴晓春接受了这种感召与震撼，联想到这两年国家“开发浦东”和“九十年代看深圳，二十一世纪看上海”的流行口号，想着或许集团公司在上海的发展真的取得了突飞猛进，大有拯救整个集团公司于崩溃边缘之势。如果真是那样，吴晓春想，那么当时我为什么没有想起来到上海组建华东公司呢？如果当初我没有去武汉，而是去了上海，那么，主席现在是不是就不会从我的公司抽血了呢？

“因此，”黄鑫龙继续说，“现在要集中力量确保上海，华中的吴晓春就很有全局观念，已经答应先支持上海一千万，等那边的贷款一下来马上就还上。”

吴晓春刚刚听到自己名字的时候，心里一惊，差点就以为冥冥之中自己的想法被明察秋毫的主席察觉了，于是就真的随他所愿，把他派到上海去了呢，但是，等到把一整句话听完，才知道主席并不是神灵，说出的话也完全不如吴晓春的心愿。

吴晓春愣了一下。

黄鑫龙接着问：“怎么，我听说你们那个财务经理搞名堂，拒绝划款？”

黄鑫龙这话明显是对吴晓春说的，不仅说话的时候眼睛看着吴晓春，而且还特意把脑袋往前伸了伸，一脸亲切的微笑，仿佛要进一步拉近自己和吴晓春之间的距离，其他人的目光当然要与主席保持一致，这时候也都顺着黄鑫龙的目光一齐盯着吴晓春，搞得吴晓春像是站在舞台的中央，被四周的灯光照着，点头不是，摇头更不是，完全不知道自己该怎么样回答。

突然，刚才还亲切和蔼的黄鑫龙脸色一变，大喝一声：“反了！”

吴晓春记不清黄鑫龙有没有拍桌子，因为即使拍了桌子他也听不见，“反了”的声音太响了，足以盖住拍桌子的声音。

由于声音太大，而且是突然大起来的，所以吴晓春被吓了一惊，身体往上一顶，几乎要弹起来，和坐在支线飞机上突然遭遇气流差不多，奇怪的是他旁边的人一点反应都没有，不知道是习以为常还是他们事先就知道这个效果。

吴晓春哪里经历过这阵势，彻底蒙了，不知道该做怎样的反应。好在黄鑫龙非常体谅此时此刻吴晓春的处境，立刻就主动给出了答案。还是像当初伸手一指李惟诚一样，这时候黄鑫龙伸手一指集团财务总监，问：“你们是怎么往下派财务经理的？”

问完之后，黄鑫龙并没有给时间让财务总监回答这个问题，立刻又用手来回指着坐在内圈的财务总监和坐在外圈的审计部经理，余怒未消地吼道：“你们两个明天就跟吴晓春一起去武汉，对财务经理审计、免职、就地解聘！”

“就地解聘”四个字说得铿锵有力，让吴晓春马上就联想到“就地正法”，并且这四个字有余音，竟然在吴晓春脑子里盘旋了好长时间。

吴晓春记不起主席又说了什么，只感觉到了空气在震荡，像是那年在西北当兵的时候听千人击鼓。

最后好像是总裁补充了一点，说让财务总监、吴晓春还有审计部经理共同研究一下，确定一个新的财务经理提名。

吴晓春蒙了几十秒之后，从“就地正法”和千人击鼓的思维中慢慢挣脱出来，大脑开始正常运转，并且越转越快，终于飞快地运转起来。他迅速理清思路：第一，要利用讨论新财务经理的机会，拖延一天时间；第二，尽快与余曼丽联系，安排应对措施。

散会之后，吴晓春、财务总监、审计部经理三人在财务总监的办公室碰了个头。吴晓春说："财务经理一天也不能没有，赶快落实一个，和我们一起上去接任。"他这样说一是表明自己问心无愧，二是争取时间。吴晓春心里已经盘算好了：即使你们都在演戏，新财务经理早已定了，最后也得经过我这一关，这一关我无论如何也要让你们过一天！

30

集团办公室下属的行政部已将吴晓春安排在粤海大酒店。吴晓春知道，这是集团公司通常情况下接待客人最好的酒店。但是，我什么时候成了客人了？

虽然很近，行政部却还是安排了专车接送。

吴晓春说谢谢，不用了。

行政部经理迟疑了一下，说还是送吧，这是董事局的规定，董事进出必须专车接送。

吴晓春笑笑，继续说不需要，还说这么近，他正好想散散步。

吴晓春不是客气，是他真的认为不需要，两三百米的距离，专门安排车接车送，等于是刚刚启动就要熄火，太夸张了吧。心里想，我也不是老干部腿脚不方便，自己散散步不是蛮好嘛。

虽然吴晓春自己不是客气，但他相信对方是客气，现在既然自己已经明确说不需要了，并且说明这种“不需要”的理由了，吴晓春以为行政经理再说两句客气话表明自己已经尽到责任后肯定就算了。但是，他没有想到行政经理仍然坚持要专车接送，并再次强调这是董事局的规定。

吴晓春疑惑了，问为什么。

行政经理回答说是为了董事的安全。

吴晓春觉得好笑。他没去武汉之前，宿舍就在粤海大酒店后面，每天上班下班几乎天天走这条路，怎么从来没有碰到过任何安全问题，难道今天偶然走一次就能遇到安全问题了？

“那不一样，”行政经理说，“您现在是集团董事了。”

吴晓春听了更加好笑了，同样一个人，本来是安全的，难道成了集团董事之后就立刻变得不安全了？不过，再一想，发觉行政经理的话也不是一点道理没有，也许职位越高越不安全。既然如此，为什么还有那么多人一心想着往更高的位置上爬呢？

“这样吧，”吴晓春说，“我自己走，如果你们实在不放心，可以派辆车跟在我后面。”

吴晓春这句话明显带有搞笑的意思，但也不是完全搞笑，因为这时候他大脑中突然闪现出一个奇怪的想法：该不是主席怕我跑了吧？吴晓春想到了蒋介石对张学良的“保护”，还想到了日本人对溥仪的“保护”。如果真是这样，吴晓春想，那么行政经理如此坚持就不仅仅是客气而是在执行某项特殊的任务了。

吴晓春说完之后，也不看行政经理的反应，径直走了。

对于吴晓春来说，这是一条再熟悉不过的路。这条路一头连着深圳火车站，另一头连着东门老街。自从深圳成立特区以来，每天都有大量的香港同胞从罗浮桥过来，或从罗浮桥回香港，走的都是这条路。吴晓春第一次踏上深圳土地的时候，走的也是这条路。此后每次离开深圳或回到深圳，同样还是经过这条路。更难得的是吴晓春在集团总部工作期间，每天上班下班必走这条路。所以，他对这条路熟悉得不能再熟悉了。

吴晓春第一次走这条路的时候，路边有很多保健房，当时给吴晓春的印象是深圳人特别注意保养身体。在深圳生活的时间长了之后，才知道这些所谓的保健房并不是为深圳人服务的，而是专门为每天往返这里的香港人服务的，并且服务的内容也不是吴晓春理解的那种类似于体育锻炼的保健活动，而是另有内容。吴晓春进入新天地集团后，天天走这条路，但路边的保健房却已经消失了，不知道是政府部门整顿的缘故，还是香港同胞的保健活动不仅限于刚出关这条路的缘故，反正是没有了。可是，每天大量经过这里的香港同胞这个客户资源并没被浪费，于是，同一路段，取而代之的是许多乞讨者。乞讨的方式五花八门，其中最富创意的是妇女抱个小孩坐在垃圾桶边捡东西吃，看了不能不让香港同胞发善心。事实上，不仅香港同胞有同情心，大陆同胞也有同情心，比如吴晓春，就曾经发过善心给过钱。但是，由于天天走，天天遇到这种情况，他就发觉自己的同情心用错了地方。原来，经仔细观察，吴晓春终于发觉乞丐是在演戏，“吃”是做样子，垃圾桶里存放一个干净的塑料袋，塑料袋里面有干净的饭，即使真吃，也不值得同情。今天，当吴晓春再次走在这条路上的时候，却没有心情观察路边的风景。其一，他要注意是不是真有奔驰车跟在他后面；其二，他要找机会立刻给余曼丽打电话。

说实话，吴晓春倒真希望看见有一辆奔驰车跟在他旁边慢慢地走。如果那样，吴晓春觉得一定很好玩。另外，也能使自己刚才突然冒出的那个猜想得到证实，证明自己并非以小人之心度黄鑫龙君子之腹，更证明黄主席自己恰恰是小人。不过，观察的结果并没有证明主席是小人，倒是证明吴晓春自己是小人了，起码是有小人之心了。因为吴晓春并没有看见有奔驰车跟在自己的旁边，也没有看见有可疑的人在暗中跟踪自己。可见，行政经理坚持用车送他也并非是怕他跑了，而真是执行董事局的相关规定。

吴晓春自嘲地笑了一下，掏出手机，一边仍然没有放弃警惕地不断地观察周围，一边开始给余曼丽打电话。

接通电话，吴晓春本能地打算先说笑话，说他刚才以为会有奔驰车慢慢跟在他屁股后面的滑稽想象，但考虑到这个笑话用三言两语说不清楚，而且，所谓的笑话主要是他自己的心理想象和心理感受，并非已经发生的事实，所以，真要是说起来，除非他自己笑，别人未必觉得好笑，于是，稍微停顿了一下，吴晓春就没有说笑话，而是直接把刚才会上的情况说了。

吴晓春是尽量以轻松的口气说的，没想到余曼丽听了之后，还是一惊一乍，感觉问题相当严重。

吴晓春安慰说："这不算最严重，主席不是还给我留了面子吗?你现在听我说，第一，你们四个人立刻碰头，要把情况对大家说清楚；第二，财务经理被解聘后，我们另外安排她在娱乐城管财务，经济上想办法补齐，不让她吃亏；第三，你们今晚就要与施工单位沟通好，明天一定要把二百万资金真打过去，并且要开回收据，和对方讲得策略点，是保证金，双方共管，但收据上要写工程款。听清楚了没有?"

"听清楚了。"

"有没有什么不妥?"

"不敢肯定，先这么做吧，保持电话联系。"

放下电话，大约过了十分钟，也就是吴晓春刚刚走进粤海大酒店的大堂的时候，余曼丽就把电话打回来了。说人都通知到了，赵工要从武昌赶过来，四十分钟后才能见面。吴晓春说："关键是财务经理，你要先与她谈谈，与她谈清楚，然后我再给她去电话。"

飞机从宝安机场昂首起飞，若不发生意外，将在一百分钟后抵达武汉。吴晓春突然产生一种挨不着地的感觉。他看看左右，财务总监在闭目养神，审计部经理正翻阅飞机上免费提供的当日报纸，准备接任华中公司财务经理的小伙子则好奇地欣赏着舷窗外美丽的景色，惹得吴晓春也跟着朝窗外看了好一会儿。上大学的年代，为了看云海，吴晓春曾经住宿在庐山上，并且早上四点就起床和同学们一起上庐山的五老峰，结果天气不配合，什么也没有看到，而现在什么劲也没有费，就这样随便往窗外一瞥，千里云海尽收眼底，得到的与付出的有时候并不一定成正比，在很多情况下，事情发展的最终结果并不一定取决于当事人的主观努力，而是取决于客观发展，而客观就是天意。天意不可违呀。

吴晓春年轻的时候喜欢执着，以为执着是一种美德，并认为凡是成功的人都是执着的人。而现在他则认为人不必太执着，要顺其自然，不必强求，强求到的所谓成功也未必是自己真正需要的。

这么想着，吴晓春反倒坦然了。他反过来觉得自己应该好好感谢主席，要不是主席这一番折腾，他和余曼丽的婚事还不知要拖到驴年马月。集团公司有明文规定，夫妻俩不得在同一公司。现在吴晓春决定不仅要和余曼丽结婚，而且还要大张旗鼓地操办。昨晚他们俩在电话中已商定：他们就是选择娱乐城开张那天举行盛大的结婚典礼，开业请帖和结婚请帖合二为一。不为别的，就是为了既讲排场又不花钱。至于主席那边嘛，您爱怎么着就怎么着，大不了破罐子破摔了。

31

世事难料。吴晓春发现，随着自己的年龄增长，随着阅历的丰富和知识的积累，自己对事物的感觉反而越来越不如从前了，不知道是阅历和知识限制了本能感觉的正常发挥，还是随着年龄的增长，人性中的固有的灵感元素逐步退化，越来越不如年轻时候了。本来按照吴晓春的预料，最麻烦的是财务经理的处理，最不会出问题的是他跟余曼丽的婚事，但事态的发展却正好恰恰相反。

为了避嫌，回到武汉之后，吴晓春寸步不离财务总监，自觉接受“监视”，绝不单独去跟余曼丽和财务经理她们交流。在集团财务总监和审计部经理对华中公司财务经理审计和免职解聘过程中，吴晓春也始终做一个旁观者，一言不发，甚至一个眼神也不递。他没有想到财务经理那么坦然，那么平静地面对着一切，平静地接受着一切。不但没有咬吴晓春，而且将一切可能出现的问题都揽在她自己身上。比如审计到工作礼服的时候，财务经理说完全是她个人的主意，与吴晓春没有关系，并且据理力争，说既然集团公司总部有专门的工作礼服，那么华中公司为什么不可以有？既然集团董事局主席的工作礼服是特意从意大利定做的，花了几万块，那么华中公司董事长的工作礼服为什么不可以花几千块选择名牌？最后，这件事情当然是不了了之。

吴晓春暗想，幸亏自己的工作做在前头，幸亏自己事先许诺让她去即将开张的娱乐城担任财务经理，并且许诺她在娱乐城做财务经理的综合待遇不低于她现在在华中公司的标准等等，如果不是这样，当突然宣布对她进行审计和解聘的时候，很难保证她不恼火，而一旦她很恼火，很难保证她不会说出一些集团审计部感兴趣的东西出来，毕竟，如今的一把手哪一个都不是绝对干净的。

财务经理的事情处理完之后，财务总监对吴晓春说了一句话："你这个财务经理确实不错，我真想把她带回总部去做。"

"真的假的？"吴晓春问。

"真的。"财务总监说。

"真的我就告诉你实话，我想把她留在华中公司，留在娱乐城做财务经理。"

财务总监愣了半天，说："这是你自己的事情。我没听见，你千万不要说对我讲过，我也不会承认自己知道这件事情。"

"你说能行吗？"吴晓春问。

财务总监继续愣了一下，像是思考，又像是怀疑吴晓春说笑话，或者是想着该怎样回答这个问题。最后，财务总监说了一句非常原则性的话："集团公司只负责往二级公司派遣财务经理，至于其他的人，由二级公司自行决定，不必向总部报告，但是涉及副总一级的管理人员，应报集团总部备案。"

其实他们俩这样谨慎和煞费苦心完全是多余的，甚至是自作多情，人家财务经理根本就没有要他们安排工作。事实上，财务经理是跟财务总监乘一班飞机回深圳的，而且还是公司给她买的机票。当然，是她要求公司为她买的，理由是：她是集团公司从深圳派到武汉来的，现在要炒她走，至少也应当把她放回深圳去。

既然是同一班飞机走，那么吴晓春送财务总监和审计部经理就等于是送财务经理。路上，当着财务总监的面，吴晓春对财务经理说对不起了，又说谢谢了，当然，还说他是真心不想让她走，真心打算把她安排在娱乐城做财务经理的，等等。

“知道，”财务经理说，“心意领了，但是我是不会去娱乐城做一个财务经理的。我是国家注册会计师，说实话，在华中公司我都觉得委屈了，当初是冲着上市公司这块牌子来的，要早知道被派到二级公司，派到内地，我还不来呢。如果不来，我可以在深圳谋得一份更好的职业，比如在会计师事务所工作，事务所比你们这里单纯，有奔头，干几年就能成为合伙人。不瞒你们，我已经联系好了鹏城会计师事务所，回去就上班。你们炒掉我最好，炒掉我我还多拿三个月工资，还有这趟机票，多好。”

“好！”财务总监说，“我这里预谢了，将来出具审计报告的时候还望高抬贵手，不要加上‘有保留意见’几个字。”

大家一起开怀大笑。

当然，吴晓春并不知道，财务总监说这话并不完全是开玩笑。

大约是财务经理的事情处理得过于顺利了，上帝感到心理不平衡，于是在其他地方就要给吴晓春找一点麻烦。这次的麻烦是他和余曼丽的婚事。

吴晓春和余曼丽的婚事本来根本就不是什么事，前几天吴晓春离开武汉回深圳总部参加集团公司高层会议的时候，余曼丽在机场当着蓝天白云的面主动对吴晓春说了：“等你回来我们就结婚。”这还不算，在回来之前，他们还专门通过电话讨论过这个问题，讨论的结果是他们在娱乐城开业的日子举行正式的婚礼，难道就在回来之后的这几天之内情况发生了变化？

吴晓春从深圳回武汉后，立刻把自己放在一个被审查的位置，一天二十四小时跟财务总监泡在一起，可以理解为全程陪同，也可以理解为主动接受监督，避免造成可能存在的串供的嫌疑。如此，这些天就没有跟余曼丽单独在一起。余曼丽也是一个识大体的女人，见吴晓春一天到晚跟财务总监在一起，她也理解，所以并没有去打扰他，不但身体没有去打扰，而且电话也没有去打扰。但是即将结婚的女人总是有点激动的，因此她们总喜欢跟自己的亲人在一起，如果不能跟自己的爱人在一起，那么至少也会跟自己的父母或兄弟姐妹在一起，于是，这些天余曼丽就跟自己的姐姐余曼华在一起。正是因为跟余曼华在一起，就惹出了麻烦，而且是大麻烦。

经过以往历次教训，余曼丽跟姐姐余曼华其实已经很少在一起了，特别是最近半年，见面更少，但是关于妹妹跟吴晓春的事情，姐姐余曼华还是知道的。当初余曼丽从群艺馆内退下来的时候余曼华就知道了。知道了之后，余曼华立即就说坏话，说的第一句坏话是：他肯定是有老婆的。余曼丽当时跟吴晓春还不是男女朋友的关系，既然还不是男女朋友的关系，吴晓春有没有老婆就与余曼丽无关，所以余曼丽对余曼华的这句话也根本就没有往心里去。再说这也不能算是真正的坏话，没必要计较。后来余曼丽跟吴晓春在一起的时间长了，才知道余曼华那句话虽然不能说是坏话，但至少可以肯定是瞎话，其实余曼华经常说瞎话，余曼丽心里面给这个姐姐的结论是：无知且自以为是。但是这一次不一样，这一次余曼华不仅是无知了，而且无畏，要坚决地说坏话，因为这一次余曼丽告诉姐姐余曼华她要结婚了，既然快要结婚了，那么就要赶快说坏话，再不说就没有机会了。

“跟谁?”余曼华问，“是不是那个姓吴的?”

“当然，”余曼丽说，“还能有谁?”

“你可要想好，”余曼华说，“他一个外地人，不知根不知底的，玩玩可以，真要是嫁给他，千万要慎重。”

余曼丽没有说话，只是笑笑，心里想，我又不是小孩子。

“新房买在哪里?”余曼华进一步关心。

“新房?”

“新房。”

这一下还真把余曼丽问住了。说实话，余曼丽根本就没有想过这个问题，她在电话里面跟吴晓春还专门讨论过结婚的问题，甚至还讨论过婚礼的举行方式和举行婚礼的具体时间，可恰恰就是没有讨论过新房的问题。或许这个问题根本就不值得讨论？

“这不就是新房嘛，”余曼丽说，“这个房子难道还不够我结婚吗？这个房子多好，旧是旧，可质量好，位置更好，以后像这样好的房子还真找不到了。对了，吴晓春还给评估过，说它至少值四十万呢。”

“不行。”余曼华说。说着还把脸板下来了。

“什么不行？”余曼丽问，“不行什么？”

“不能在这个房子里面结婚。”余曼华说。说得非常清楚，非常肯定，余曼丽以为这又是什么武汉人的规矩。

“为什么？”余曼丽说。余曼丽差一点就说“这房子也不是你的”。

“你说为什么？”余曼华说，“他吴晓春还是不是一个男人？他娶你做老婆，自己没有房子，要住到你这里来，你就那么贱呀？想男人想疯掉了？想疯掉了也不能倒贴呀！”

余曼华的口气非常坚决，不容置疑，仿佛要结婚的不是余曼丽，而是她自己，或者仿佛这个房子是她的，或者至少是她们余家的，所以她有权利不允许余曼丽和吴晓春在这里面结婚。

本来余曼丽对余曼华的话十分反感，特别是余曼华用到了“贱”和“想男人想疯了”这样的字眼，但是反感归反感，话还是听到心里面去了。一想，还真是这么个理，如果在我这个房子里面结婚，那么是不是表示是我求着他？余曼丽这么一想，还真想出问题来了。

问题还不仅这些，关键是余曼华第二天就往监利农场打了一个电话，专门汇报了这个紧急情况。按说余曼华这么做也不能说错，妹妹要结婚了，做姐姐的难道还不该跟父母说一声嘛。问题是天知道她在电话里面是怎么说的，反正说了之后母亲就立即给余曼丽打来电话，说自己心脏病犯了，要死了，要她立即回监利。说实话，余曼丽这些天正是最忙的时候，跟业主的关系要协调，各种证照要办齐，装修质量要监督，采购物品要验货，工作人员要招聘，服务人员要培训，舞台节目要落实，“妈咪”小姐要联系，厨房大佬要签协议，保龄球滚道要调试，空调设备要安装，广告策划要定稿，还有各种票据要印刷，门口的霓虹灯要配色，等等等等，她是真的没有时间回监利。但是不回去又实在说不过去，自己的母亲心脏病犯了，打电话要女儿回去，做女儿的难道不该回去吗？

余曼丽是打出租回去的，打出租车的目的不是为了摆阔，而是为了节省时间。余曼丽知道，他们现在是背水一战了，华中公司的账户上已经几乎没有现金了，娱乐城现在已经成了整个华中公司保持现金流的救命草，他们不能再闪失了，也实在闪失不起了。虽然她回监利后，现场有刘冬娅在顶着，虽然她知道刘冬娅也非常尽心，虽然她承认刘冬娅在许多方面甚至比她自己还强，比如在武汉红道关系上就比她更有路子，但是应付现场问题不行。主要是刘冬娅没有结过婚，更没有在娱乐城这样的场所泡过，所以脸皮没有余曼丽那么厚，听不得难听的话。余曼丽发现，对付现场施工的这些家伙，首先第一条就是要不怕听下流话，不但要不怕听下流话，而且最好自己还要能说下流话，甚至比这些家伙更能说，他们才服你，才不敢跟你偷工减料。所以余曼丽必须打出租车回来，必须快去快回，耽误的时间越少越好。不仅如此，余曼丽这次离开武汉对谁都没有说，她怕说出来对方那些家伙会趁机捣乱。

余曼丽是下午快下班的时候才离开娱乐城现场的。临走时候，她对刘冬娅说：“我明天可能会来迟一点。”别的什么都没有说，怕刘冬娅心虚。余曼丽知道，只要刘冬娅不知道她离开了武汉，就不会心虚，只要刘冬娅不心虚，那些家伙就不敢捣乱。

本来余曼丽是完全可以叫上公司的车子送她回监利的，如果是公司的车子送，那么耽误的时间更少，至少回来耽误的时间更少，因为余曼丽还不知道回来的时候从监利农场能不能直接打到出租车。但是余曼丽没有这样做，表面原因是她不想占公司的便宜，潜意识里是她不想让员工太了解她的底细，比如不希望刘冬娅这样的人知道她家是监利农场的。事实上，刘冬娅她们还一直以为余曼丽的父母是部队的。余曼丽这样做也算是女人的一点点小虚荣心吧。其实女人有一点点小虚荣心也无所谓，女人的一点点小虚荣心并不会对别人产生妨碍，处理得好，说不定还能使女人更检点，更注意小节，还是好事情。

余曼丽在晚上完全天黑了之后才赶回监利农场她爸爸妈妈的家里的。余曼丽赶到家里的时候，第一感觉是她妈妈并没有犯病，但是比犯病更严重，因为妈妈一见到她马上就号啕大哭，真像是死了人。

32

第二天上午，吴晓春直接来到工地，他还想跟上一次一样，先视察一下娱乐城装修的情况，然后把余曼丽叫到对面的敦煌去喝早茶。

才分别几天，吴晓春的感觉像是过了半年，突然之间又生分不少，必须通过再次在一起喝早茶才能重新找回几天前的感觉。吴晓春由此发现，情侣之间其实是不能分开的，只要一分开，特别是分开的时间一长，或者时间虽然不长，但是中间发生的事情很多，都会引起情感变化的。比如现在，吴晓春一边在视察工地，一边还在想着等会儿见到余曼丽的时候应该说一些什么。是先说说这几天的经历，还是先说说他们俩结婚的事？或者这两样都不说，而是只关心她这几天过得怎么样，并见机行事地说一些这些天他很想她之类的话，只要说到他很想她了，估计也就差不多了。

吴晓春这边在视察着，那边早有人跑到办公室去报告了，向余曼丽和刘冬娅报告老板来了。一般地，只要有人去报告了，余曼丽和刘冬娅马上就会过来，再忙也会过来。

果然，这时候刘冬娅慌慌张张跑过来。

“吴总来了？”刘冬娅说。

刘冬娅这样说其实是在问候吴晓春，但是从语法上看却是一个标准的疑问句。难怪外国人说汉语难学，这要是外国人，听到这样一个疑问句，还真不知道是什么意思。是问我吗？怀疑我不是你们吴总？当然，刘冬娅这样打招呼吴晓春是不会发生误会的，吴晓春是中国人，中国人听这样的话就知道是打招呼，就知道是问候，就不会发生误解。

刘冬娅这时候笑嘻嘻地跟在吴晓春的后面，显得很开心。上午余曼丽没有来，刘冬娅一直很紧张，生怕会出什么事情，现在正好吴晓春来了，刘冬娅有主心骨了，所以她是真的很开心，像一头欢快的梅花鹿在吴晓春的前后左右奔跑着。

吴晓春也是人，而且还是一个生活中不能没有女人的人，这些天一直像是做禁闭，已经憋得够很了，现在有个刘冬娅围着，倒也立刻精神不少。吴晓春一路察看着现场，并且时不时地提出一些小问题，刘冬娅倒也能回答上来。

“进步蛮快嘛。”吴晓春说。吴晓春在这样说的时候，就真的感觉自己像一个老板，或者说像一个首长。

“还是吴总调教得好。”刘冬娅说。

刘冬娅的这句话当然带有奉承的成分，但是在吴晓春听起来还是相当受用。于是吴晓春就突然发现，当老板的感觉真好，当年轻漂亮的女人的老板尤其妙不可言。说实话，刚才吴晓春见刘冬娅一个人过来，而余曼丽没有跟着过来，多少还有点失望，但是现在看来，由刘冬娅单独陪着也不错，刘冬娅毕竟年轻，毕竟更有活力，吴晓春突然感悟女人的年轻是最重要的，假如说开发房地产第一要看地段，第二要看地段，第三还是要看地段的话，那么做女人第一要年轻，第二要年轻，第三还是要年轻，事实上，女人所做的一切，不就是要保持自己的青春嘛。年轻的女人不仅是生理上的年轻，而且心态上也年轻，就像刘冬娅现在这个欢快的样子，是余曼丽做不出来的，即使做出来，也是做作。这么想着，吴晓春甚至下意识里希望余曼丽晚一点露面。

余曼丽果然是晚露面，不仅是晚一点，而是晚了很长时间，晚到吴晓春已经把整个工地全部都看完了，都跟着刘冬娅进了现场办公室，余曼丽还没有露面。

“余总呢?”吴晓春问。再不问就不正常了。

刘冬娅愣了一下，她以为吴晓春知道余曼丽去哪里了，甚至还以为吴晓春就是考虑到余曼丽不在，所以才赶过来“顶岗”的呢。

“您不知道呀?”刘冬娅问。

“我知道?”吴晓春反问，“我知道什么呀?”

“余总说她上午晚点来，我还以为您知道呢。”刘冬娅说。刘冬娅差点就说出“我还以为您顶岗的呢”。

“噢，是，知道，她过会儿就来。”吴晓春说。说着好像是他真的知道余曼丽上午有点事，会晚一点来，其实他嘴上这么说，心里还在纳闷：是啊，如果余曼丽有什么事情，来不了，应该跟我说呀，怎么没有跟我说呢?

既然还没有见到余曼丽，吴晓春就多坐了一会儿，想着余曼丽马上就来，不如顺便等一会儿。谁知一等就等到了中午。这期间吴晓春也想过要给余曼丽打一个电话，但是当着刘冬娅的面，他不想打这样的电话，不知道是不想在刘冬娅面前暴露他其实并不知道余曼丽的行踪，还是不想让刘冬娅看出他格外关注余曼丽，或者两种因素都有，或者两个都不是，总之，吴晓春就这么坐着，聊着，看着，跟刘冬娅一起度过了半个上午。

现场的办公室非常小，所以当吴晓春和刘冬娅两个人在里面的时候，吴晓春甚至还闻见从刘冬娅身上散发出来的气味。这是一种女人的气味，准确地说是一种年轻女人身上特有的气味，年纪大的女人身上没有，年纪大的女人身上散发的是某种品牌的香水的气味，比如余曼丽身上就是那种法国梦露蓝香水的气味，而此时刘冬娅身上散发的则是正宗的女人气味。吴晓春甚至还能闻出这是一种纯洁女人的气味，如果女人不纯洁，那么身上的气味肯定会掺杂着男人的味道，女人的身上一掺杂着男人的味道，那么就不好闻了。吴晓春发觉自己喜欢年轻并且纯洁的女人身上的气味，比如现在从刘冬娅身上散发的这种气味。这种气味让吴晓春享受了半个上午也没有觉得时间长。

“吴总中午在这里吃饭吧。”刘冬娅说。

“吃饭？噢，对，吃饭。好啊，我请你。”

刘冬娅笑了，笑得非常开心，像小时候从舅舅那里得到了一个新铅笔盒。

还是在敦煌，敦煌不但可以喝早茶，也可以吃午餐。

还是原来那个位置，本来这个位置上坐着的应该是吴晓春和余曼丽，现在吴晓春没有变，但是余曼丽的位置上却换上了刘冬娅。刘冬娅虽然长得不如余曼丽精致，甚至看上去还不如余曼丽健康，但是她比余曼丽年轻，比余曼丽单纯，比余曼丽更有大城市女人身上特有的那种洋气。“洋气”是一种难以描述的气质，似乎是一种“场”，就像磁场一样的一种场，看不见，但是它确实存在，而且时刻影响着我们，并对我们发生作用，就像现在，刘冬娅的“场”就已经对吴晓春发生了作用，使吴晓春大脑里面的感情因子重新发生了有序排列，这种排列可能会导致他和余曼丽后面的情感危机。当然，这些都是后话。后话以后再说，我们还说现在。

现在吴晓春正和刘冬娅愉快地享受着午餐。吴晓春愉快，刘冬娅也愉快。对刘冬娅来说，能够与老板一起吃午餐，并且是自己一个人单独跟老板吃，当然是一种愉快。关于吴晓春，刘冬娅的亲戚还专门问过她，问她是不是跟吴晓春之间有什么意思。当时刘冬娅没有回答，既没有回答有什么意思，也没有回答没有什么意思。当初刘冬娅是帮着吴晓春注册公司，帮着吴晓春批地，帮着吴晓春跑贷款，帮着吴晓春项目报建，刘冬娅为了能办成这些事，没有少找她那些亲戚，如果明确地说自己跟老板没有什么意思，那么亲戚很可能就不出力，但是如果回答有意思，好像又是太牵强。那么现在呢？现在他们两个人单独在一起吃饭，算不算有意思呢？这么想着，刘冬娅的脸上就更加红润，可惜吴晓春没有在意，吴晓春当时在埋头吃饭。对吴晓春来说，这餐饭不但是中饭，而且也还是早餐，因为吴晓春早餐就没有吃，早上就想着过来跟余曼丽一起喝早茶的，喝早茶其实也是一种吃饭，至少是吃点心，比武汉人的“过早”吃得还要踏实。

吴晓春埋头吃了一通之后，大约是吃饱了，才抬起头，却正好发现刘冬娅正注视着他，俩人刚巧对了一下眼，这一对眼，吴晓春才发现刘冬娅的眼球像水晶一样透明，仿佛那里面其实是一团活动的晶体，能够显示出绚丽色彩和各种富于变化的美丽的图案。

“我来给余总打一个电话。”吴晓春有意躲过刘冬娅的眼睛，把脸侧到一边给余曼丽打电话，才发现自己的手机没电了，于是赶紧从包里面拿出一块电池板，换上，重新打开，拨余曼丽的手机号码。

“事情办完了吗？”吴晓春问。吴晓春这样问似乎是想向刘冬娅证明他确实知道余曼丽今天上午出去的事情，但是这种话在余曼丽听起来就觉得有点莫名其妙。余曼丽想，难道他知道我回监利了？并且知道我回监利是解释我跟他的事情？他是怎么知道的？难道是余曼华私下跟他有联系？

“我现在正在回来的路上，”余曼丽说，“晚上再跟你说吧。”

“我现在就在娱乐城工地上呢。”吴晓春说。吴晓春以为她就在武汉，既然就在武汉，并且已经在回来的路上，那不就是十几分钟的事情嘛，干吗要等到晚上？

“你在工地上呀？”余曼丽说，说的声音很大，仿佛是怕吴晓春听不见，“工地上出什么事情了吗？”

“没有没有，一切正常。”吴晓春说，“你什么时候到？我正在敦煌吃饭，你吃过了吗?”

“吃了吃了，你自己吃吧，我要到下午才能回来，我们晚上再谈吧。”余曼丽说。

“那好吧。”吴晓春说。说着就挂断了。他也只能这么说，当着刘冬娅的面，他既不能表现得过分关心，也不便问清楚余曼丽现在到底在哪里，可他心里不明白，既然是已经在回来的路上了，为什么又说下午才能回来?武汉虽然有三镇，但三镇之间不是隔着一道汉水就是隔着一道长江，他现在在汉口，从哪里来汉口最多也就隔着一道水呀，怎么要那么长时间?

33

余曼丽当时正在长途汽车上，而且跟余曼华在一起。本来余曼丽是打算打的士回武汉的，但是农场里面没有的士，如果要打的士，那么必须先乘车到监利县，再从监利县城打的士回武汉，一想，与其往回跑二十里路去找的士，还不如直接从农场乘汽车回武汉了，反正跟余曼华一起，不会担心被人偷东西。

这时候接完吴晓春的电话，余曼丽问余曼华："你跟吴晓春有联系?"

"没有呀，"余曼华说，"我怎么会跟他有联系呢?你神经病呀。"

余曼丽不说话了，既然没有联系，那就说明吴晓春并不知道她回监利的事，那么下面的话她就不用说了，比如不用再说"你才神经病呢，你以前不老是这样嘛"之类。

余曼丽现在的第一感觉就是累，特别特别的累。昨天她几乎一夜没有睡，或者说是一夜在接受母亲的谆谆教诲。母亲的观点几乎就是余曼华的翻版，所以一开始余曼丽根本就没有往心里去，不但没有往心里去，而且还很反感，还跟母亲顶嘴，说我都快四十岁的人了，又在外面工作这么多年，难道连处理个人事情的能力都没有吗？又让母亲不要听余曼华的一面之词，说还没有到结婚的份儿上，所以才没有谈到房子的问题，如果到结婚的份儿上，怎么可能不跟母亲打招呼呢？母亲觉得余曼丽的话也有道理，就说："其实我们也没有别的意思，就是怕你一时感情糊涂，像你爸爸一样，放着武汉铁路局好好的领导不当，跑到这里来，后悔一辈子。"母亲还说人一辈子总有那么几次是糊涂的。说着，母亲还当场流下了眼泪，说她自己其实也不该一时冲动，放着江汉公园的讲解员不做，跑到监利农场来当什么拖拉机手。余曼丽忽然感觉母亲跟余曼华虽然观点一致，但是出发点不一定一样，余曼丽可以将姐姐的观点理解为变态的观点，但是她绝对不能把母亲的态度理解成变态的态度，母亲就是母亲，母亲确实是为子女好的，甚至可以为子女付出一切。于是，余曼丽答应母亲回去之后再好好考虑考虑，绝不会凭一时冲动决定自己的终身大事。最后，母亲说："我们虽然不富有，但是你爸爸的离休费和我的退休金也足够让我们衣食无忧，所以我们并不指望从你那里获取什么，更不指望从你的婚姻上获取什么，我所跟你讲的，就是提醒你自己要注意，注意不要上当受骗，男人都是不想负责任的，只图一时快活，所以我们希望你能找一个知根知底的男人。你姐姐说那个男人是外地人，在武汉一无户口二无家产三无任何亲戚，来无影去无踪，将来一抬腿走了，你上哪里找？找到了又怎么样？你跟他到深圳去吗？"

余曼丽现在靠在车上半睡半醒迷迷糊糊的。余曼丽发现半睡半醒也是一种休息状态。她现在就这样半睡半醒地想着昨天夜里母亲对她的苦口婆心，她甚至还想起了安东尼·霍普金斯主演的一部美国大片《边缘》，她发现她自己现在就处在这种边缘状态，边缘的一边是苦口婆心的母亲，边缘的另一边是让她动心的吴晓春，她不知道自己该倾向于哪一边，她更感觉到自己没有能力将这两边重叠，所以就只能将自己保持在这种边缘状态。

晚上余曼丽和吴晓春在一起的时候，余曼丽仍然处于边缘状态，一方面，她没有办法拒绝吴晓春，不但无法拒绝，甚至还有一种渴望，尤其是想到一旦她按照姐姐和母亲的意见行事，可能就此跟吴晓春分手，反而更加渴望；但是另一方面，她实在是太累了，太困了，并且大脑里面太乱了，老母亲的画面不断地在脑海中出现，而且每一次都那么清晰，每一个清晰的画面都把眼前的这个吴晓春遮得模糊不清，需要她像汽车挡风玻璃上的两把刷子，来回地刷几下，才能看清。

照例，吴晓春首先还是把她“强奸”了，分别这么长时间没有在一起，也该“强奸”了。“强奸”之后，余曼丽清醒了一些，她发觉自己真的还是很喜欢吴晓春，包括喜欢被吴晓春“强奸”。然而“强奸”之后，吴晓春提出了一个令她不好回答的问题：“今天你上哪里去了?”对于吴晓春来说，这是一个再正常不过的问题。作为男朋友，他应该问这个问题，如果发生这样的事情都不问一下，那么不是信任，而是对自己的女朋友已经不在乎了，甚至已经想着怎样分手了；作为老板，他肯定要问，如果不问，那么不是宽容，而极有可能是他已经不想聘用她了，所以故意让她犯错误，只有让她犯错误，老板才好抓住把柄把她炒掉，就像当年大臣们向郑庄公报告，说他弟弟共叔段正在封地招兵买马准备造反，郑庄公说姑且等着吧，等到弟弟段彻底露出了狐狸尾巴，他才名正言顺地一举剿灭。所以，这个时候吴晓春当然应该问这个问题。但是对于余曼丽来说，她又实在不想回答这个问题。主要是她自己还没有想好，不但没有想好怎样在自己的情感和母亲的教诲之间寻求一个平衡点，而且还没有想好她到底跟吴晓春怎么解释，既然还没有想好，所以她就需要继续想，等想好了再向吴晓春和盘托出。

“今天太累了，”余曼丽说，“我能不能明天再答复你?”

“可以，”吴晓春说，“但是你能不能简单地回答一下，不涉及感情问题，就事论事。”

“好，”余曼丽说，“简单地讲就是我接到了电话，说我妈妈病了，我必须回去，但是我又不能让刘冬娅知道我离开武汉，否则她就会心虚，就镇不住场面，就这样。”

“那你应该叫公司的车送你嘛，”吴晓春说，“你妈妈的病怎么样了？要紧吗？要不要接到武汉来？”

“好了，谢谢，我们不说了，好吗？”

“好吧。”

这天晚上吴晓春没有回去，他没有想起来要回去，余曼丽也没有想起来叫他回去。所以，这天晚上吴晓春就留在了余曼丽这里。这是吴晓春第一次在余曼丽这里过夜，仿佛预示着两人的感情“回光返照”。

余曼丽很快就睡着了，但是吴晓春没有。吴晓春还保持着深圳的习惯，不超过十二点是不可能睡觉的，所以在余曼丽睡着之后，吴晓春在看书。吴晓春本来想看电视的，但是他怕影响余曼丽休息，于是就看书。吴晓春在看书的时候，每翻过去一页都特别小心，生怕弄出的声音太响而把余曼丽吵醒。但是吴晓春这样看了一会儿就实在看不下去了，因为这是一本关于女人化妆的书，这种书让吴晓春怎么看得下去呀？但是余曼丽的床头柜上就这一本书，看也得看，不看也得看。吴晓春心里想着“开卷有益”，咬着牙在里面寻找可能有点兴趣的东西，别说，最后还终于找到了。找到的是一篇关于女性正确认识和保护自身器官的章节。吴晓春一看，还真长了知识，没想到很多东西以前不仅不知道叫什么名字，而且连这些东西到底有什么样的功能都不知道。吴晓春虽然是抱着科学的、学习的态度来看这个章节的，但是看着看着他还是起了反应，如果是在自己房间里，这点反应也就算了，但是现在是在余曼丽的床上，而且余曼丽就睡在身边，并且余曼丽的一只大腿还压在他的腿上，于是这种反应就有了释放的可能性，于是，吴晓春又跟余曼丽做了一次。这一次吴晓春基本上是自娱自乐，因为余曼丽几乎没有多少反应，没有躲让，也没有迎合，甚至连眼睛也没有睁开，不知道确实是太困了，干脆就是边休息边应付，还是故意这样默默地享受着爱的滋润。大约是余曼丽一点反应都没有的缘故，吴晓春自娱自乐的时候就突然想到了刘冬娅，想到了刘冬娅身上那种年轻而纯洁的女人的气味，想到了如果现在是跟刘冬娅做会怎么样，谁知道一把余曼丽想象成刘冬娅，吴晓春就激动起来，他不知道为什么会激动起来，而且异常激动，越激动就越是把余曼丽想象成刘冬娅，并且动作的力度也得到了明显的加强，终于让余曼丽呻吟起来。

第二天上午开总经理办公会议。总经理办公会议其实就是经理例会，或者就是每个星期一次的公司部门经理碰头会。每次遇到经理例会，刘冬娅都来得比较早。财务经理离开之后，办公室主任的职位自然又回到刘冬娅的肩上，吴晓春是不会让新来的这个毛头小伙子兼任办公室主任的。其实华中公司的办公室主任主要的任务是外联工作，内部管理的事务并不多，让刘冬娅兼任还是比较合适的，再说总经理助理兼任办公室主任也合乎情理，所以，现在刘冬娅是华中公司的总经理助理兼办公室主任，所以每次要开总经理办公会议她必须来得早一些。

华中公司现在的办公场所是租的，带有过渡性质，所以并不是很宽余，不像集团公司那样有那么多的会议室，事实上，华中公司的会议室只有一个，而就是这一个，也还身兼数职，既是会议室，也是接待室，甚至还是员工中午的休息室，周末员工搞活动的时候，甚至还在里面支起一张乒乓桌，所以，一般不是非常正式的会议，通常就是在吴晓春的办公室里面召开。

刘冬娅早早地来了之后，直接打开吴晓春的办公室，进去之后先是把窗户打开，通通风，然后把他桌子上面的乱七八糟的东西收拾一下，归归类，放整齐。吴晓春没有专门的秘书，所以桌子上经常乱糟糟的。刘冬娅一边帮着吴晓春收拾，一边回忆起昨天跟他在一起的情景，这些情景她昨天晚上其实已经回顾过了，现在触景生情，再回忆一遍，不但“温故知新”，而且还得到加强。

刘冬娅是个崇拜英雄的女孩，小时候最崇拜的是战斗英雄，她曾经憧憬着长大之后能够嫁给一个军人，不止一次地想象着跟一个身穿军装的男人一起在公园里面肩并肩散步的情景。成人之后，情况发生了变化，时代的英雄变成了陈景润那样戴眼镜的知识分子，于是她第一个男朋友就真的是知识分子，准确地说是中国科学院武汉微生物研究所的一个助理研究员，谈了一段时间之后发现不行，这个助理研究员连跟她接吻都不愿意，说人的口腔中细菌太多了，一想到跟那么多的细菌接吻，简直是要了这个专门研究微生物的知识分子的命，既然接吻都不行，那么结婚当然就更不行了，于是只好分手。后来，时代英雄再次发生变化，变成“第三梯队”，谁能进入“第三梯队”谁就是当时武汉女孩心目中最可爱的人，于是刘冬娅的第二任男朋友是一个进入“第三梯队”的年轻的科长，并且他们的关系迅速升温，为了让男朋友安心地争取进步，刘冬娅还甘愿自我牺牲，提前把自己交给了他，事实上，那个男朋友也确实没有辜负刘冬娅的一番心意，真的全身心地投入到争取进步的事业当中，以至于最后毅然决然地跟刘冬娅分手，娶了某书记的女儿，因为娶某书记的女儿做老婆更有利于自己的进步，也算是在大是大非问题上与刘冬娅保持一致。但这个保持一致对刘冬娅的伤害太大了，所以在此后相当长的一段时期内，刘冬娅都把自己的感情封闭起来，不想这个问题了。现在随着她帮吴晓春早早地把办公室的窗户打开，她自己的心扉仿佛也被重新开启了。但是开启了之后不代表她就可以随便接纳一个男人。本性难改，她还是要找英雄，如今什么人是时代英雄？是军人吗？不是。是知识分子吗？还不是。是“第三梯队”吗？仍然不是。刘冬娅昨天晚上想了一个晚上也没有想清楚，但是现在在吴晓春的办公室里帮着吴晓春收拾着东西，她突然想清楚了——如今老板就是英雄！

这么想着，刘冬娅就已经把吴晓春的办公室收拾得整整齐齐一尘不染。当吴晓春和余曼丽一前一后走进来的时候，他们俩都惊住了。吴晓春的第一个反应是：谁动了我的办公室？余曼丽的反应跟他差不多，但是也有一点细微不同。余曼丽的反应是：谁动了我的奶酪？

34

抽走资金的后遗症很快就显露出来了。今天的总经理办公会议主要议论娱乐城保龄球馆的开张问题。

保龄球馆在娱乐城的五楼和六楼，也就是娱乐城的最上面两层楼，按照吴晓春和余曼丽的事先计划，整个娱乐城的装修和设备安装工作从上往下推进，完成一部分开张一部分，反正顾客是乘电梯直接上到五楼、六楼，中间几层的装修对楼上的营业并无影响。现在五楼、六楼已经装修好了，设备也已经安装调试完毕，本来就可以开张营业了，但是却遇上麻烦。因为保龄球设备的供货商把控制系统上的电脑硬盘给卸走了，理由是：他们只付了一个首期款，后面的大笔资金根本就没有支付。

总经理办公会议当然不能解决这个问题。

散会之后，吴晓春考虑了半天，还是决定给主席打一个电话。如果不打，反而显得吴晓春心虚。吴晓春没有什么心虚的，主席要一千万，最后实际调走了八百万，吴晓春并没有对不起老板，所以现在他有胆量主动给黄鑫龙打电话。

吴晓春在电话里面把华中公司目前遇到的实际困难说了。最后吴晓春强调：一步落空步步空，如果保龄球馆不能提前开业，不仅不能顺利地实现资金回笼，而且可能就永远没有办法开业了，因为保龄球设备余款不是一个小数目，要靠下面的餐饮和歌舞厅收入来支付保龄球设备款，还不知道要等到驴年马月，难道就这么一直让保龄球设备闲置在这里？

黄鑫龙一直在听着吴晓春诉苦，等听完了，说："我是相信你的，我知道你肯定有办法。我说过，上海的发展你吴晓春是做出巨大贡献的。我还是那句话，你是集团公司董事，你是有全局观念的，不像有些董事，光吃饭不干事，我准备把他们撤掉！你好好干，先把华中的事情做好，做好了之后，还准备回到集团公司来，帮我抓全盘工作。上次你提的意见很对，我们不能再盲目扩张了，我要开一次高层会议，专门解决这个问题。你要准备一下，到时候一定要回来，回来好好把你的观点摆一摆，啊。"

黄鑫龙说得对，办法是有，但这是一个杀鸡取卵的办法，这个办法就是融资租赁。所谓融资租赁，就是以租赁的方式来实现融资，具体地说就是明明是买的设备，却要做成是租赁供货商的，然后再逐月支付"租赁费"。"租赁费"可以冲抵设备款，等"租赁费"完全冲抵设备款了，设备的产权才完全归用户所有。这实际上相当于分期付款，但是"租赁费"肯定要高于原来的本金加利息，比如本来全部设备余款只有两百万，现在按融资租赁的方式付款，可以在今后一年内付清，但是每个月要付"租赁费"二十万，一年下来实际支付二百四十万，相当于对方放高利贷，可是放高利贷犯法，而融资租赁不犯法，因为"租赁费"的多少是双方"协商"决定的，不是借贷，不受银行同期贷款利率制约。这一套把戏吴晓春懂，叫作"用新的金融衍生工具规避现有的法律"，吴晓春在一篇文章里面把这种"新的金融衍生工具"叫作"楔子"，就是先找出国家关于金融管理方面的相关法规的漏洞，然后针对某些漏洞专门做一个"金融衍生工具"，对准了，打进去，就钻了空子了。吴晓春虽然明知是陷阱，但是也得往里面跳，因为这样做总比让场地和设备闲置在那里好。

在正式签订“租赁合同”之前，吴晓春又给黄鑫龙打了一个电话，说起来是请示，其实是向主席说明一个事实：正因为华中公司的资金支援了华东，现在我们承担了更高的财务成本，这个成本远远高于集团内部资金拆借利率。

黄鑫龙还是那些话：“我相信你吴晓春是有办法的，是有全局观念的，好好干，准备协助我抓整个集团的全盘工作。”说完之后，黄鑫龙自己大约也感到太空了，太没有新意了，于是就加了几句。主席是以发出感慨的口气加上这几句的，大意是说：他也很难，难就难在缺少得力的人才，并说小老板为资金发愁，大老板为人才发难，当初跟他一起打天下的人太没有文化，不得力，新招进来的一批学历倒是够了，但是胆子太小，做事情不灵活，甚至迂腐，目前看来既有高学历又有开拓精神的还就是你吴晓春了。

不管黄鑫龙是不是说的心里话，但是目的达到了，因为吴晓春听了之后，果然就气顺了不少。气顺了之后，做事情就更加卖力，于是，娱乐城的第一期项目总算顺利开张了！看着门口闪耀的霓虹灯，听着楼上轰隆隆的保龄球撞击声，吴晓春突然体味到了一种成功的快乐。吴晓春过去也体味过各种各样的成功，但是以往那些成功跟这一次不一样，这一次是吴晓春亲手制造的成功，这一次是经过千难万险之后获得的具有实际价值的成功，如果硬是要比喻，那么以往的那些成功统统都是侄儿和外甥，而这一次才算是亲儿子。好在保龄球在当时还是个新玩意，武汉人又特别喜欢玩味，所以生意比预想的还要好。余曼丽及时对价格进行了调整，具体地说就是由原来的统一价格调整为分时段定价，最低的时段价格是每局十元，最高的时段每局四十元，广告上是“最低价每局十元”，但“最低价”三个字非常小，小到几乎可以忽略不计的程度，而“每局十元”几个字非常大，大到一叶障目的程度，给人的感觉是这里的价格最便宜，而事实上平均价格提高了，而且星期六星期天的时段与平常还不一样，并且还设立了奖项，使他们的保龄球馆一时间成为汉口最红火的球馆。另外，华中公司的公关工作也方便不少，招待有关方面打球，或者是直接给有关人员赠送球票，也成了吴晓春的一个重要的低成本拍马屁方式，即使是集团公司的来往过客，他们在武汉的生活也变得更加丰富多彩了，《集团快讯》上关于华中公司和吴晓春的报道更加频繁，更加生动，主席跟吴晓春之间的电话交流也日益增多。种种迹象表明，主席所说的“让吴晓春准备协助他抓集团公司全盘工作”的许诺并非纯粹是空穴来风。看来，武汉又要进入春天了。

这时候，吴晓春想起了一个问题，就是他跟余曼丽结婚的问题。本来在从深圳回来之前，他们在电话里面已经说好了，说等娱乐城开张的时候他们就结婚，但是现在看起来，这句话是可以做多种解释的，不同的解释甚至可以得出截然相反的结果。比如：什么叫“娱乐城开张”，是指全部开张还是指局部开张？如果是指局部开张，那么现在就已经开张了，他们现在就该结婚了；如果说是全面开张，那还很难说是什么时候。吴晓春思考了两天，觉得这个问题还是应当由他自己先提出来，总不能老是让女方主动吧。吴晓春甚至想，余曼丽最近仿佛有什么心事，是什么心事呢？估计就是这个心事，估计已经开始怨恨他了，怨恨他作为男人自己装糊涂，结婚的事情还要等女方先开口，太没有君子风度了。这么想着，吴晓春就感到了一种责任，一种必须立刻向余曼丽求婚的责任。吴晓春甚至想起余曼丽跟他开的那句玩笑，说“你不会让我也恨你吧”，那意思分明是“你不会将来不要我吧”。

果然，当吴晓春正式跟余曼丽谈这个问题的时候，余曼丽半天没有说话。

“生气了？”吴晓春问。

余曼丽摇摇头，仍然没有说话，而且一脸的凝重。

“怎么了？”吴晓春又问。吴晓春这一次问的时候，还特意从背后抱住余曼丽，不知道是想给她一点温暖，还是用这种方式来表达自己这么长时间才正式求婚的歉意。

“是我不好，”吴晓春说，“我老是想着等娱乐城全面开张才结婚，所以就一直忙着工作上的事，其实现在保龄球馆已经开张了，也可以理解为娱乐城开张了，所以我们应该结婚了。”

“你是说真的还是说假的？”余曼丽问。

“什么说真的还是说假的？”吴晓春反问。

“你真的想跟我结婚呀？”

“真的，当然是真的。”吴晓春说，“这还能开玩笑吗？哎，你怎么了？我们不是说好的吗？说好了等娱乐城开张就结婚。不是你自己说的吗？你是说真的还是说假的？”

“我？”

“对呀，你。”吴晓春说，“不是你说的要跟我结婚的嘛。第一次是在机场，你说等我一回来我们就结婚。后来我在深圳的时候我们在电话里面还专门谈过这个问题，约好了等娱乐城举行开业典礼的时候举行婚礼。怎么，你忘了？”

余曼丽又不说话了，准确地说是无话可说了。是啊，是她自己先提出结婚的，现在怎么能问吴晓春是真的还是假的呢？余曼丽这样沉默了一会儿，说：“不瞒你说，上次我妈妈没有病，他们是故意把我骗回去的。”

“骗你回去？”吴晓春问，“骗你回去干什么？”

“还不是我姐姐。”

“你姐姐？你姐姐又怎么了？”

余曼丽嘴巴动了一下，想说，但是又有点犹豫。

“说嘛——”吴晓春说。其中的“嘛”字拖得蛮长，有点嫌余曼丽婆婆妈妈的意思。

余曼丽吸了一口气，说：“那几天你在陪总公司的财务总监，姐姐到我这里来了，我就对她说了我们要结婚的事情。姐姐问我结婚的新房在哪里，我说就在这里，姐姐说哪有结婚住女方房子的呀，怎么也得由男人买房子呀。”

“这是你姐姐说的？”吴晓春问。

“是她说的。”余曼丽说。

“那你自己怎么看这个问题？”吴晓春又问。

“我自己根本就没有想过这个问题，”余曼丽说，“但是她说完之后我觉得也有一定的道理。”

“这就对了，”吴晓春说，“关键是你自己觉得有道理。要不然你这么大的人了，又不是小孩子，也不是没有结过婚，怎么能听你姐姐的呢？”

“你不要冤枉我。”余曼丽说。

“好，我不冤枉你，”吴晓春说，“那我现在正式地问你，你自己是怎么想的？不要把你姐姐抬出来，你姐姐已经破坏过一次你的婚姻了，难道你还打算让她破坏你第二次婚姻吗？”

“真是她说的。”余曼丽说，“我当然不听她的，正因为我不听他的，所以她才跑到我妈妈那里去告状，然后妈妈就把我骗回去，骗回去做了一夜的工作。”

说着，余曼丽终于忍不住哭起来，哭得非常伤心，非常委屈。

35

“你也不要觉得委屈，”吴晓春说，“我还是那句话，关键是你自己到底是怎么想的。”

“我不知道，”余曼丽说，“我想我妈妈总不会害我呀。”

“你妈妈是不会害你，”吴晓春说，“但是你妈妈毕竟是老脑筋，现在我要你自己想，你自己说该怎样做。”

“我不知道。”余曼丽还是这样说。说着哭得更凶了。

“你不知道，好，那我提示提示你，”吴晓春说，“如果我们俩结婚了，我们就是一家人，除非你打算做婚前公证，否则结婚之后我的钱和财产就是我们俩共同的，你的钱和财产也是我们俩共同的，我们俩合在一起了，你知道吗？”

余曼丽边擦眼泪边点头，算是回答“知道”。

“好，”吴晓春说，“那你说我们俩是不是应该在武汉再买一个房子？再买一个房子有没有这个必要？再买一个房子现在的这个房子怎么办？我现在是深圳人，来武汉是出差的，哪天干得好了，主席一高兴，把我调回去，我就回去了。哪天干得不好了，主席不高兴，把我炒了，我还是要回深圳。我们在武汉有一套房子就够多的了，干吗因为你姐姐和你妈妈的意见就让我们在武汉再买一套房子？再说我们俩过日子，我们买不买房子，买什么样的房子，在哪里买房子，什么时候买房子，难道还要他们做主？他们是不是打算资助我们？如果他们打算资助我们，那么我明确地告诉你，不需要。如果他们不打算资助我们，那么你应当明确地告诉他们：少管闲事！特别是你那个姐姐，她过去管你的闲事还少吗？对你造成的危害还小吗？你怎么还受她左右?!”

余曼丽已经不哭了，她觉得吴晓春的话非常有道理。想想这些年，因为听母亲的话，多走了不少弯路，武汉军区撤销的时候，部队上本来是可以安排余曼丽去北京上大学的，就是听母亲的话，说不能去北京，去了北京就回不了武汉了，还是先分在武汉再说吧，在武汉有个正式的工作比哪里都好，余曼丽就是因为听了母亲的，才失去了一次上大学的机会。这么想着，余曼丽就发现母亲确实是全心全意地为子女好，但是良好的心愿不一定就能带来良好的结果，特别是当母亲本身的文化程度不是很高的时候，这种概率更大。

这样想着，余曼丽就彻底不哭了，而且眼睛已经开始活泛，渐渐明亮起来，眼看着这个问题基本上就已经是过去了，接着他们就该讨论正式结婚的具体事项了，谁知吴晓春画蛇添足狗尾续貂，又加了一句话，就是这句话，使本来已经平息的风波再掀波澜。

吴晓春的这句话是：“不能听人家说，要有自己的主见，比如我，人家就说，说我要是再找老婆，肯定会找一个二十几岁的，但是我没有听人家的，我不还是跟你在一起吗?”

尽管吴晓春说这句话的本意是想说明对于他们这样的年纪这样的经历的人来说，在结婚的问题上要有自己的主见，不要听其他人说七说八，但是在余曼丽听起来，这话对她的伤害太大了！联想到自己的“奶酪”像是被人家动过，于是忍耐超出了极限。

“说！是谁?！是不是那个小妖精?!”余曼丽这时候就像一个火药桶，突然被点着了，并且点着了就爆炸。

不知怎么，余曼丽一说“小妖精”，吴晓春脑子中马上就蹦出“刘冬娅”的动人形象，真是心有灵犀，只是不清楚是跟余曼丽心有灵犀还是跟刘冬娅心有灵犀。

“你不要乱说，哪有什么‘小妖精’呀?”吴晓春说。不知怎么，吴晓春在说这句话的时候，总显得底气不足。

“你不说是不是?!好，你不说我明天自己找她，老子当众撕她的嘴。”

这下吴晓春慌了，或者说是震惊了，他不仅对余曼丽嘴里面冒出的“老子”震惊，而且对她说去撕刘冬娅的嘴震惊。试想一下，要是自己的副总和助理为这事闹起来，吴晓春在公司里还有威信吗?说得再大一点，他还能在武汉待下去吗?!吴晓春早听说武汉的女人厉害，但是没想到厉害到这种程度，平常这么斯文的余曼丽，还是副总，竟然出口成“脏”，连“老子”都用上了，而且用得那么自然，那么贴切，就像是经常用的一样，或者说是曾经经常用的一样，更为可怕的是，她还要“当众撕她的嘴”，不要说当众撕嘴了，就是当众斗嘴，吴晓春都不知道该如何是好了。

“你不要胡来!”吴晓春说。说得同样没有底气。

“怎么，你怕了是不是?你护着她是不是?你心疼她了是不是?”

“谁呀?”吴晓春说，“谁是你说的那个‘她’呀?”

“不敢承认了是不是?不敢承认不要做呀!”

“你胡说什么呀，”吴晓春说，“做什么了?”

“装糊涂是不是?别以为我不知道，老子早看出来了!”

吴晓春不说话了，实在是无话可说。他太失望了，对余曼丽失望，对自己失望。他没想到余曼丽是这样一个无知的女人，简直就是小市民，甚至还不如小市民。小市民虽然俗，但是不至于这样蛮不讲理。他没想到自己居然爱上这样一个女人!再一想，余曼丽从小生活在农场，在农场长大的女孩能跟在武汉市长大的一样见识吗?余曼丽十三岁就进入了部队文工团，大概也就是小学毕业的时候吧，能明多少事理?她说她姐姐如何如何，她自己又能比她姐姐强多少呢？

这么想着，吴晓春就什么话也不说，摔门而去，而且摔得很响。

从余曼丽家里出来，正好是沿江大道，这时候吴晓春经冰凉的江风一吹，猛地打了一个激灵，清醒不少。迎着江风，看着对岸武昌的阑珊灯火，吴晓春突然想起了在谢先生餐厅里李惟诚跟他说的那句话："你可要对人家负责呀。"当时吴晓春根本没有理解李惟诚这话是什么意思，现在忽然懂了。这样摔门而出，是不是叫不负责任？难道我是一个不负责任的人？以前我们研究所就有人说我吴晓春不负责任，说我对前妻不负责任，当时我不服，心里想：我不负责任，难道她就没有责任吗？她要是早早地就跟我来深圳，我能跟那个女人上床吗？特别当我的户口和人事关系正式从兰州迁到深圳之后，她就应当义无反顾地跟着来深圳，她还不来，难道还有什么事情比夫妻感情和夫妻共同生活更重要吗？干吗一遇上这种事情总是强调男人要负责任，难道女人自己就不该承担责任吗？吴晓春又想到了深圳的那个女人，那个女人本来就设计了一个陷阱，故意让我往里面跳，如果不是，她一个女人把男人往家里带干什么？带就带呗，带去了之后她自己还换上睡衣，并且睡衣里面还没有胸罩，当她坐在那里用电脑的时候，故意让我来指导，从上面往下指导，不花心思就能正好指导到乳房上，这不是故意勾引我吗？你让我怎么对她"负责"？现在再想想余曼丽，余曼丽自己说好要跟我结婚的，现在又冒出什么房子问题，还以她姐姐做借口，如果姐姐的思想不与她产生共鸣，又怎么能产生影响？都快四十的人了，难道在结婚的问题上还要听姐姐和妈妈的摆布？现在更好，居然连"老子"都出来了，居然还要"当众撕嘴"，别说我跟刘冬娅根本就没有什么，就是有什么，既然我和你并没有结婚，既然我主动提出结婚你还要讲条件，还要求我在武汉买房子，那么凭什么阻止我跟其他女人交往？这也太霸道了吧！想到这里，吴晓春突然产生了一个冲动，一个立即给刘冬娅打电话的冲动，打通之后，只问她一句话："你愿意不愿意嫁给我?"如果刘冬娅说愿意，那么明天我就娶她做老婆。吴晓春有一种自信，只要他主动向刘冬娅提出，刘冬娅肯定答应。至于余曼丽，你爱怎么闹就怎么闹，看你能把我怎么样。一切都是你咎由自取！对，一切都是你咎由自取！

吴晓春现在就准备打电话，并且已经将手机掏出来，机盖已经打开，已经开始按键，一边按还一边重复刚才心里想的那句话："一切都是你咎由自取。"突然，冥冥之中这句话变成了一种暗示，暗示吴晓春是咎由自取。吴晓春停止了按键，想：难道我自己就一点责任没有？难道责任都在她们身上？为什么同样的事情总发生在我身上？比如现在，刚刚跟余曼丽吵了一下，马上就要真的甩她而去，立即向刘冬娅求婚？而且明天就结婚！这么一想，吴晓春自己都觉得过分了。

吴晓春现在非常希望找一个朋友说说，或许朋友能帮我判别一下是非，即便朋友并不能帮我判别是非，但是他可以听我说话，事实上，只要有朋友听你说话，说着说着你自己就找到答案了。找谁呢？吴晓春想了一想，自己的"朋友"真的不少，名片盒子里一大堆，可这些"朋友"不是有求于自己的就是自己有求于他们的，或者说不是拍自己马屁的就是自己要拍他们马屁的，这样的"朋友"吴晓春能跟他们谈自己感情方面的事情吗？能跟他们谈自己跟华中公司副总和总助之间的事情吗？这岂不是笑话吗？这不是自断财路吗？这不是"二百五"吗？想了半天，自己来武汉一年多了，交了这么多的"朋友"，不要说关键时刻找人帮忙了，就是现在想找人说一句话都不行，难道我这不是"咎由自取"吗？想到这里，吴晓春竟然对着长江笑起来，自己也分不清是嘲笑还是苦笑。这样笑了一阵子，吴晓春就有点害怕起来，害怕自己是不是疯了。为了不让自己疯了，他还是决定要找一个人说说。难道偌大的武汉市就找不到一个人说说？有了，找赵工。对，找赵正义。

接到吴晓春的电话，赵正义吃惊不小，他本能地感到是出了大事，而且肯定是比上一次要调走一千万资金还要大的事情，因为上一次还只是余曼丽给他打的电话，像这样吴晓春半夜亲自给他打电话，还是第一次。赵正义想象不出还能有什么样的大事。难道工地上死人了？难道集团公司又要有什么新花招？

“没事，”吴晓春说，“我心里闷得慌，想找一个人聊聊，想了半天，还只有找你。”

赵正义的嘴巴停止了哆嗦，但是手中的电话还在颤抖。

“不是工作上的事，”吴晓春说，“是我自己结婚的事情。”

赵正义的手也停止了哆嗦，这时候长长地出了一口气，他老婆已经拿来毛巾给他的额头擦汗。

“你家附近有咖啡屋吗？”吴晓春说，“你在那个咖啡屋等我，我现在就开车过去，很快的。”

“有，”赵正义说，“中南商业大厦下面有一个咖啡屋。”

“叫什么名字？”吴晓春问。

“叫什么名字？”赵正义问她的老婆。老婆摇摇头。

“不知道，”赵正义说，“不过没关系，那下面就那一个咖啡屋。”

吴晓春开车到中南商业大厦，远远地就看见赵正义在路边等着。

赵正义很聪明，选择了一个最亮最显眼的地方立在那里，所以吴晓春远远地就看见了。看见了之后，心情顿时就轻松了不少，不知道是发现这个赵正义蛮聪明而心情好，还是这样打电话又驾车从汉口跑到武昌来本身就分散了头先那些不愉快的注意力，反正心情是好多了。

二人走进咖啡屋，坐下，赵正义示意了一下，表示自己要抽烟，吴晓春说抽抽抽，没关系。说着，还要了一包芙蓉王，放在赵正义面前，那意思是不但可以抽烟，而且还专门请他抽。

赵正义抽上烟了也就彻底静下心来，专心听吴晓春说。

吴晓春就把情况说了。但是吴晓春现在说的比刚才在路上想的要简单一些，大约是心情已经好了，很多话就不用说了。

“你真打算找一个武汉女人做老婆？”赵正义问。

“也不是专门想找一个武汉女人做老婆，”吴晓春说，“这不是碰上了嘛。结婚的事，主要是靠碰，碰上哪个是哪个。以前这种情况叫缘分，现在这种情况叫概率，都一样。”

“那也不是绝对的，”赵正义说，“年轻的时候不懂事，所以第一次婚姻可能完全靠碰，但是第二次结婚的时候人成熟了，总不能完全靠碰，还应当是有所选择，考虑周到比较好。”

“那是。”吴晓春说，“所以我找你当参谋。你看如果我在余曼丽和刘冬娅之间做一个选择，选哪个比较好？”

赵正义抬起了头，瞪着吴晓春，不说话。

“没关系，”吴晓春说，“无论最后我做什么选择，肯定是我自己的事，与你没有关系，更不会出卖你的。”

赵正义的眼睛动了一下，说：“这个我倒不怕，我是说你这还是问题吗？”

“什么意思？”吴晓春问。

赵正义想了一下，说：“如果我问你，现在有人要买我们的商住楼，有人出价每平方米三千元，有人出价每平方米五千元，我们该卖给谁？”

“当然是卖给出价高的。”吴晓春说。

“就这些？”

“就这些。”

“你不觉得我这个问题问得非常奇怪吗？”赵正义说。

“是奇怪，”吴晓春说，“这个问题还用问嘛。”

赵正义舒了一口气，向后仰了一下，靠在椅子上，惬意地继续抽烟。

“我还是不明白。”吴晓春说。

“还是不明白?”

“还是不明白。”

“她们两个人你还用比较吗?”赵正义说，“一个三十岁，一个四十岁；一个是大学毕业，一个没有上过大学；一个未婚，一个已经离婚了，而且还有个小孩；一个从小在武汉长大，一个在监利长大；一个在武汉有相当的关系和背景，一个在武汉没有根基。这样的条件不是比每平方米三千元和每平方米五千元的差别还要大吗?”

这下吴晓春傻了，经赵正义这样一比，那么是肯定就要娶刘冬娅了。我怎么这么傻呢? 吴晓春想，怎么这么清楚的事情就看不透呢?! 难道是我的智商有问题? 难道这就是当局者迷?

跟赵正义分手之后，吴晓春就彻底清楚自己该做什么了，不但清楚了，而且他还有点激动，激动到当场就想给刘冬娅打电话，直接向她求婚。既然已经决定了的事情，就不要再问她“是不是愿意嫁给我了”，而是直接说“我爱你，我一直爱着你，我天天都想着你，你就答应我吧，嫁给我吧!”

这么想着，吴晓春就真的拨起刘冬娅的手机。

“请问有什么事情可以帮你联系机主?”

吴晓春没想到现代通信发展得这么快，他离开深圳的时候手机还没有秘书服务，现在手机秘书服务已经普及到武汉了。

算了，既然我联系不上她，服务台肯定也联系不上她。吴晓春没有回答“秘书”的问题，直接将电话掐了。再一看时间，都下半夜一点了，想着干脆明天再说吧，明天再说也不迟。

36

这天晚上吴晓春睡得很踏实，很甜美。吴晓春梦见自己回到了深圳，在深圳的海边游泳，当然，刘冬娅也在。刘冬娅那天穿了一件天蓝色的泳衣，把身材衬托得曲线非常明显。那天阳光很好，吴晓春自己躺在沙滩上，下半个身子被微微发烫的细沙盖住，上半个身子暴露在阳光下。吴晓春就是那样半躺在沙子里看着刘冬娅愉快地在海水和细沙之间来回地奔跑，每次跑到吴晓春的身边，刘冬娅都要往吴晓春的身上撒一捧沙子，然后开心地欢笑着跑开。吴晓春突然感觉刘冬娅像一只快乐的海燕，矫健的身影融合为蓝天和大海的一部分，是那样的自然，那样的和谐，仿佛蓝天与大海也被刘冬娅带动着欢乐起来。在这一片欢快的海洋之中，吴晓春心情也变得更加快乐，并且将这种快乐一直保留到第二天上班。

第二天，吴晓春没有直接去工地，而是来到了写字楼。按说今天没有例会，吴晓春今天不该来写字楼，至少不该在上午来写字楼，因为平常没有例会的时候吴晓春常是不到办公室来的，所以，今天吴晓春直接来到写字楼应该算是一个例外。

平常在没有例会的时候，吴晓春一般要睡到接近中午才起来，起来之后直接去工地，或者直接去商住楼的工地，或者直接去娱乐城的工地，但是去娱乐城的工地多，因为去娱乐城工地可以顺便喝早茶，其实喝早茶也就等于吃早饭，不但是吃早饭，有时候中饭也吃了。自从他们的保龄球馆开张之后，他们跟敦煌之间就有了协议，可以互相签单，然后月底兑账，所以吴晓春在这里吃喝最方便。吴晓春在这里吃喝的时候，通常要叫上余曼丽和刘冬娅，有时候是只叫余曼丽，但几乎没有单独叫过刘冬娅。不知道为什么，大概潜意识里是怕余曼丽吃醋吧。吴晓春在敦煌吃着喝着的过程，通常也就是听取余曼丽和刘冬娅汇报的过程，当然，她们也愿意在这里向吴晓春汇报，因为在这里汇报也可以沾光解决胃的问题。

吴晓春通常是在敦煌吃过中饭才去商住楼工地，所以给商住楼那边的感觉是：老板下午才来。下午在商住楼工地上处理完一些事情之后，吴晓春才来到他在写字楼的办公室，到办公室开始打电话，给主席打电话，给那些需要他拍马屁的人打电话。给主席打电话的内容是汇报工程进展情况，还问问整个集团公司的发展状况，包括上海那边的发展状况。吴晓春关心上海那边的发展情况并不是真的觉得自己是集团公司的董事，所以就应该关心整个集团的事情，而是关心那八百万什么时候能还上。每次打电话，主席都说形势大好，好得不得了，但是正因为太好了，所以上海那边才需要争取更大的发展，所以那八百万就暂时不能还给华中公司。吴晓春给那些需要他不断拍马屁的人打电话的目的是问他们晚上有没有安排，如果没有其他安排，那么吴晓春就给他们安排，安排他们吃饭，安排他们打球，安排他们泡歌舞厅或洗桑拿。按照吴晓春的本意，在可能的情况下，当然是希望他们打球，打球可以降低拍马屁的成本，打球还可以带旺他们保龄球馆的人气。但是这些人好像还是更加注重自己的精神生活，而不太注意自己的健康，所以总是泡歌舞厅洗桑拿的时候多，打保龄球的时候少，有时候偶尔他们主动要求打球的，多半是带着自己老婆一起来的，仿佛他们这样做是专门给自己的老婆看的，给老婆建立一个印象：他们的丈夫跟深圳的吴总出去基本上就是打球的。于是老婆也就放心了。有时候，这些人明明不是跟吴晓春在一起，也说是跟吴晓春在一起，因为说跟吴晓春在一起他们老婆放心。但是这样的情况估计不会维持太久了，因为按照吴晓春和余曼丽的计划，他们体谅到客人打球之后往往比较疲乏，再加上打球之后客人往往会出汗，所以四楼的桑拿正在加紧装修，争取早日为顾客提供一条龙服务。吴晓春不知道到那个时候，那些需要他拍马屁的人的老婆们是不是还是像现在这样放心大胆地让自己的丈夫到吴晓春这里来潇洒。

吴晓春今天上午没有去敦煌喝早茶而直接来到写字楼的目的主要是为了躲余曼丽。吴晓春不是怕余曼丽，但是无论从哪方面说，他都要暂时回避一下好。根据吴晓春这些年做管理工作的经验，不管跟什么人，能不发生正面冲突的时候尽量不要发生正面冲突，因为一旦发生正面冲突，受害的往往是双方，而且生活和工作中的许多矛盾，其实只要暂时回避一下，也就不了了之了。所以，吴晓春今天选择回避。当然，吴晓春隐隐约约也怀着一种憧憬，希望他今天上午意外地来到写字楼的时候，碰巧刘冬娅也非常意外地来到写字楼，刘冬娅来到写字楼之后，还像往常要开总经理办公会议的时候一样，先到吴晓春的办公室早早地帮他把窗户打开通风，把他的大班台上面清理得干干净净，然后为他泡好了茶，再以一张温馨而灿烂的笑脸在等候着他。当然，吴晓春只是这样想想而已，他知道这是不可能的，首先今天并没有例会，所以刘冬娅是不会跑到写字楼来的，其次是刘冬娅根本就不知道他今天会来到办公室，所以即便刘冬娅十分偶然地真的来到了办公室，也绝对不会想起来把吴晓春的办公室打开通风，想不起来帮着吴晓春收拾办公桌，更不会替吴晓春把杯子洗干净把茶泡好。然而，当吴晓春走进写字楼的时候，他惊呆了！他的办公室门是开的，窗户是开的，桌子上被收拾得干干净净，而且还泡好了茶！就跟平常他来开总经理办公会议时候碰到的情况一模一样。难道真的这样心有灵犀?！如果这样，那么也简直也太神了一点！如果这样，那么吴晓春马上就向她求婚！

吴晓春刚刚准备张望一下，余曼丽已经笑盈盈地进来了，手里还端着热干面。

吴晓春有点不相信自己的眼睛。这是昨天那个余曼丽吗？当然是。余曼丽还能有几个？但是今天上午的这个余曼丽与昨天晚上的那个余曼丽已经完全判若两人，不要说外人，就是吴晓春自己也看不出是昨天刚跟他翻过脸的样子。以至于有那么一刻，吴晓春以为眼前的这一切完全是一种幻觉，或者怀疑昨天的一切完全是一场梦。

“吃吧，”余曼丽说，“热干面就是要趁热吃，冷了就不是那个味了。”

吴晓春愣了一下，想着不管怎么样，先吃了再说。看余曼丽这个样子，也不至于在热干面里面下毒，再说吴晓春也确实是太喜欢吃热干面了。热干面好吃，便宜，顶饱。但就是因为便宜，所以吴晓春好长时间没有吃了。这么大的老板，吃这么便宜的东西，不照顾自己的脸，也还要照顾华中公司的脸，更要照顾上市公司的脸。要是主席知道吴晓春在武汉吃一块钱一碗的东西，那还不把他这个董事撤了。

吴晓春以前听说一个地方的饮食习惯能够反映一个地方的风俗，甚至能够反映这个地方人的性格。现在想想，这话有一定的道理。比如上海人喜欢吃甜东西，所以上海人感情细腻，做事仔细；四川人喜欢吃辣，所以四川人吃苦耐劳，不怕艰苦；山东人口味重，所以山东人粗声大气，直来直去；徽菜虽然属于四大菜系之一，但是很少有人能说出它的特点，就像安徽人很难让你描述清楚一样；武汉人喜欢吃热干面，所以武汉人最讲究实惠。余曼丽今天出乎吴晓春意料之外的表现，就是这种讲究实惠的集中体现。

吴晓春吃完，余曼丽赶紧上来帮着把桌上的东西收拾干净，拿出去，放进垃圾桶里面，然后顺便把自己的手洗了一下，回来，轻轻地把门关上，笑嘻嘻地坐到吴晓春的对面。

“你说得对，”余曼丽说，“昨天我想了整整一夜，觉得还是你说得对。结婚是我们俩自己的事，买不买房子也是我们自己的事，他们管什么管？我十三岁就出来工作了，那时候就每个月都给家里寄钱，到如今我也记不清到底给了家里多少钱了，反正每次一搞到钱我就要带回去向家里报喜，每次报喜完毕钱就让母亲‘保存’，后来母亲说正是我的钱害了哥哥，因为哥哥就是拿我的钱去做‘老板’，到现在一事无成还天天想着当大老板。昨天我仔细一想，他们从来就没有真正为我考虑过。行了，到此为止了，从现在开始，我坚决不听他们的了。我听你的，我们立即结婚，不管他们怎么说。”

吴晓春突然发现，演员毕竟是演员，演员一旦把舞台上的技巧搬到现实生活中间来，生活立刻就富有戏剧性了。

按照能不发生正面冲突最好不发生正面冲突的原则，从理性的角度出发，吴晓春决定冷处理。既不翻脸，也不加温，先保持现状，先把工作上的事情应付好了再说，结婚的事情干脆暂不考虑，既不考虑跟余曼丽，也不考虑跟刘冬娅。先放一放，放一放有好处。

“我也想了很长时间，”吴晓春说，“觉得你讲的也有道理。不管怎么说母亲是不会害你的，他们的话你当然不能全听，但也不能完全不听，所以，这件事情先放一放，我们都冷静冷静。该是我的，跑不了，不是我的，急也没有用。反正娱乐城也没有正式开张，等娱乐城全部完工了，举行正式的开业典礼的时候，再说这件事也不迟。”

“你是不是还为昨天的事情生气？”余曼丽问，“我承认，我是有点嫉妒。因为我在意你，所以我才嫉妒。”

吴晓春静了一下，想着就是演戏也不能演得太真，太真了反而不像，就像《厚黑学》当中说的厚到一定的境界就薄了一样，于是说：“要说不生气是假的，但主要还不是生气，主要还是让我害怕，害怕你做事情没有底线。我们在生意场上的人都怕做事情没有底线的人，一个人如果做事情没有底线，那么别人是不敢跟他做生意的。做朋友做夫妻更是这样，如果对方做事情没有底线，什么事情都能做得出来，那么别人只有选择躲避了。”

“我昨天是说着玩的，”余曼丽说，“我怎么能做出那种事情来呢？再说我也不会真的相信你跟她会怎么样，她没有胸脯，走路两条腿往外撇，你也不会看上她呀。”

吴晓春眉头凑了一下，问：“你说的那个她是谁呀？”

“没有谁，”余曼丽说，“我是瞎想的。”

“你瞎想的是谁呀？”

“没有谁，没有谁。走走走，我们还是去工地吧，都快中午了。”

37

大约是带了余曼丽的缘故，或者可能是有一碗热干面垫底的缘故，吴晓春今天没有去敦煌，而是直接将车子开到商住楼工地。

商住楼卖得不错，资金回笼快，因此工程建设基本上达到了深圳速度。其实深圳速度就是金钱速度，只要有钱，哪里都可以创造一个星期一层楼的奇迹，特别是采用滑模工艺之后，如果配套的成品混凝土供应能跟得上，一个星期一层楼已经不再是神话。

商住楼工地上具体是由赵正义负责，赵正义是华中公司的总工程师兼工程部经理。吴晓春这时候带着余曼丽来到工地，与其说是视察工地，还不如说是来见赵正义。事实上，吴晓春每次来工地都是先见赵正义，或者是跟在娱乐城那边一样，只要吴晓春一来，马上就有人向赵正义通报：老板来了。然后赵正义就会主动迎上来，听候吴晓春的询问和发落。但是今天不一样，今天吴晓春带着余曼丽到商住楼工地来似乎还有另外一层意思，至于到底是什么意思，吴晓春也不是很明确，似乎只是做出一种姿态，做什么“姿态”呢？不知道。或许是为了消除昨天晚上他跟赵正义说的那些话的影响，是什么“影响”呢？还是不知道。或者是说不清楚。但是不管怎么说，吴晓春是故意把余曼丽带到商住楼工地来的，可能是做什么姿态给赵正义看，也有可能是做什么姿态给余曼丽看，或许两方面都有，或许两方面都没有。

赵正义这时候见吴晓春和余曼丽一起来到工地，并没有表现出一点点的惊奇，只说了一句“余总也来了”，然后让下面的人泡茶，把图纸摊开，正式汇报工作。吴晓春于是就发现，不一定是演员才会演戏，像赵正义这样的人居然也能把戏演得这么逼真，仿佛昨天晚上吴晓春并没有打电话给他，并没有约他谈自己与两个女人之间的事情，总之，任何事情都没有发生，一切和以往一模一样。于是吴晓春就发现，赵正义的心理素质其实比他强，如果赶上机会，赵工处在他这个位置，也不一定就比他吴晓春差，起码心理素质不比他吴晓春差。

“这样，”吴晓春说，“干脆我们中午一起吃个饭，碰个头，把两边的事情合在一起议一议。余曼丽，你给刘冬娅打个电话，让她先去敦煌占一个包房，我们马上过去。”

吴晓春现在这样当着赵正义的面，让余曼丽给刘冬娅打电话，不是做姿态也是做姿态了，但是这个姿态可能主要是做给他自己看的，因为余曼丽和赵正义一点异议也没有，甚至一点点异样的反应都没有，该打电话的打电话，该跟着走的跟着走。倒是吴晓春自己，恨不能把赵正义拉到一边单独沟通一下，说不定如果吴晓春真的这么做了，赵正义还会装糊涂，装成他根本就不记得昨天晚上发生的任何事情了。

吴晓春他们一行来到敦煌的时候，刘冬娅还没有到，但是她已经通过电话订了一间包房。吴晓春他们刚一下车，迎宾小姐马上就说：“吴老板好，刘总已经为您预订了房间，二楼海棠厅。刘总说她马上就到。”

果然，吴晓春他们刚刚在海棠厅坐下，刘冬娅就来了。刘冬娅今天穿了一条牛仔裤，扎了一条宽大的牛皮腰带，上衣是一件羊绒保暖衬衫，就是广告上天天推荐说地球人都知道的那种。刘冬娅这时候把羊绒保暖衬衫连同保暖内衣一起扎在腰带里面，这样就显得腿非常的长，而且线条也十分明显，虽然没有昨天夜里吴晓春梦中见到的刘冬娅穿泳衣时候那么明显，但是却显得更健康。吴晓春喜欢健康的女人，吴晓春甚至认为女人的健康比美丽更重要。什么叫“性感”？性感就是能够引起异性性欲望的综合感觉。动物都知道选择健康的异性交配，何况人呢？因此，吴晓春认为《红楼梦》中的贾宝玉肯定是变态。

进包房之后，余曼丽张罗着点菜，吴晓春与赵工一起坐在沙发上。这时候吴晓春一边跟赵工说话，一边用余光继续打量刘冬娅，竟然微微有点心动。特别是吴晓春注意到刘冬娅两根大腿分界的地方，呈现一个几乎与地面平行的直线，而且这根直线与她平坦的小腹几乎构成九十度直角，一点都没有鼓鼓囊囊的感觉，清爽极了。吴晓春知道，只有像刘冬娅这样年轻并且是在优越环境中成长的女人，那个地方才能呈现一条直线，并且才能与小腹保持九十度，而不是一条凸起的曲线，或者干脆就是鼓鼓囊囊的一大堆，无款无形，没有棱角。

吴晓春还注意到刘冬娅上衣的颜色，浅色带蓝色暗条。浅色是那种自然的浅，就像是没有经过漂白的羊毛本色，暗条是竖向的，仿佛这样才能与下面细长的美腿配套。而且这种蓝色很容易就让吴晓春想起昨天梦里的那种蓝色，大海和蓝天的蓝色，刘冬娅泳装的蓝色，只是现在刘冬娅上衣上面的这种蓝没有昨天梦里面她泳装的颜色那么鲜艳。吴晓春还特意注意了一下一个小时之前才被余曼丽说成是“没有胸脯”的胸脯，果然是没有余曼丽的那么大，但显然比余曼丽的有弹性，虽然隔了两层衣服，吴晓春也没有用手触摸，却仍然能感觉到那种弹性，甚至能感觉到如果不穿衣服，并且是从侧面看过去，那么刘冬娅的乳房在乳头的牵引之下，一定是微微往上翘起的，就像是一个上抛物线，比如像美国挑战者号航天飞机升空的时候在大气层留下的痕迹。可惜，刘冬娅这时候并没有走路，至少没有甩开脚走几步，所以吴晓春没有办法证实刘冬娅在走路的时候是不是像余曼丽刚才所说的“两条腿往外撇”。

吴晓春在这样想着的时候，余曼丽已经把菜点好。反正是自己请自己，实惠就好，所以她点的基本上都是家常菜。点好之后，余曼丽问吴晓春行不行，吴晓春说我无所谓，不吃都行，你问他们。于是余曼丽又征求赵正义和刘冬娅的意见，赵正义和刘冬娅都说行行行，无所谓，余曼丽让服务员照单上菜。

四个人这时候才正式入座。入座之后，在等菜的时候，吴晓春问：“你们谁先谈?”

吴晓春这样一问，就把“工作午餐”的气氛给确定了。

华中公司的领导班子还是五个人，除了在座的这四个之外，还有一个就是从总公司派过来接替财务经理职位的那个小伙子，但是小伙子实在是太年轻了，所以事实上吴晓春并没有真的把他当作班子成员，特别是像现在这样的“工作聚餐”，吴晓春是从来都不叫他的。余曼丽还曾经提醒过吴晓春，说这样是不是不好。吴晓春说当然不好，但是没办法，如果让他进入我们这个圈子，更不好，他要是不跟我们一条心，我们麻烦；他要是跟我们一条心，他自己麻烦。他还这么年轻，如果被主席炒掉，不会找到更好的工作，所以还是现在这样好。于是，每周的工作例会小伙子是参加的，而且是作为领导班子成员参加，并且每次吴晓春还专门给他发表意见的机会，但是真正要议什么事情，吴晓春是不会叫上他的，而只叫上眼前的这三位。

以往吴晓春问“你们谁先谈”的时候，常常是余曼丽先谈，余曼丽谈过了之后，刘冬娅有时候做补充，有时候刘冬娅说没有什么补充的，但是不管刘冬娅有没有补充，反正赵工都是最后一个说话，而且说话非常简短，有时候简短到只有一句话。但是今天不一样，今天吴晓春问“你们谁先谈”之后，余曼丽并没有像往常那样先说话，而是看看赵正义，然后又看看刘冬娅，最后说：“关于娱乐城这边事情刘助理先说吧。”

刘冬娅瞪着眼看看余曼丽，不知道她是什么意思，然后又看看吴晓春，吴晓春说：“行，小刘你就先说吧。”

“主要是进度。”刘冬娅说，“按照合同，下个月我们就要支付房租了，如果这个月之内不能把桑拿开起来，我们整个娱乐城的营业面积还没有开张一半，没有开张一半就开始支付房租，太吃亏了。再说马上就要进入冬季，冬季是桑拿生意的旺季，我们应该赶在旺季来到之前让桑拿开张。”

“桑拿赶在这个月开张有没有问题？”吴晓春问。吴晓春这样问的时候，还将自己的目光从刘冬娅的脸上移到余曼丽的脸上，说明这个问题不光是问刘冬娅的，也是问余曼丽的。

“就是能开张也非常仓促。”余曼丽说。

“仓促也要开张。”吴晓春说，“开张总比不开张好。”

“那是，”余曼丽说，“但是仓促开张之后不一定马上就能创造效益，刚开始总是要搞一点打折之类的促销活动，再说首期支付的可能都是代金券，并不能直接收回现金，所以我想，能不能跟厂里商量一下，再继续免一两个月房租。”

余曼丽说完，大家静了下来。

“不好，”吴晓春说，“我们最好不要占这点小便宜，再说来日方长，就是免一个月两个月也没有多少意义，关键要我们自身挖潜力创效益。”

“那也不一定，”余曼丽说，“能省一点当然还是省一点好，武汉跟深圳不一样，我们做娱乐城的跟你们上市公司从股票市场上来钱方式也不一样，能省一点是一点，上次门前广场没有搞下来，厂里已经是违约了，按说他们应该承担一定的经济责任，现在我们不要他们承担，就让他们减免一两个月的租金，算是便宜他们了。”

吴晓春一听，好像余曼丽这样说也有道理，一个月的房租十万块钱，对于上市公司从证券市场募集资金或者与庄家配合从二级市场获利来说，多十万少十万可能真的就不能算钱，有时候大笔交易一个进出的交易手续费就不止这个数，但是从做娱乐城的角度来说，那是多少局保龄球呀！桑拿开张之后，如果让小姐给客人按摩，以接待一个客人娱乐城收入一百元计算，要接待多少客人才能收回这十万块钱？考虑到这个十万元是纯利，需要多少小姐给多少客人按摩呀！这么想着，吴晓春马上就告诫自己：这里不是深圳，娱乐城更不是证券市场，我不是上市公司的董事局主席，而只是华中公司的董事长，必须认清新形势，按照做实业的方法与思路考虑问题。

“也有道理，”吴晓春说，“要不然你争取一下。”

“我争取恐怕不行，”余曼丽说，“还是让刘助理出面吧，刘助理面子大。”

吴晓春一听，感觉到话里有话，“面子大”的含义深刻，虽然他马上想到不要跟女人一般见识，但还是本能地看看刘冬娅。

“我也不敢肯定，”刘冬娅说，“实在不行我把厂长叫到我表哥家里面跟他谈。”

“我说嘛，还是刘助理面子大。”余曼丽又说。

“那就这样，”吴晓春不理会余曼丽的潜台词，说，“这个事情就交给刘冬娅去办。有什么要求没有？”

“如果能给厂长个人一点好处，估计把握更大一些。”刘冬娅说。说得比较小心，那意思如果遭到反对，她马上就把话收回来，就当她根本没说。

“行。”吴晓春说，“你要多少？”

“我也不知道。”刘冬娅说。说的声音并没有比刚才大多少。

“两万够不够？”

“差不多吧。”

“我倒有一个建议。”赵正义说。赵正义虽然只说了半句话，但是马上就将大家的注意力全部集中到他身上。仿佛这人的说话也像社会商品，越少越金贵，赵工平常不怎么发表意见，所以他今天一表示要发表意见，大家马上就注意听。

赵正义说：“我看干脆说定了，只要刘助理能办成这件事情，就按百分之二十给她提成，至于她给厂长多少，那是她的事。有本事她一分钱不给，只要能把事情办成，百分之二十全部归她自己，谁也不要眼红；如果她全部给人家了，是她自己没有本事，自己白干，活该。”

“我看没问题。”吴晓春说。说着还看看余曼丽，仿佛是征求她的意见。

“我看也行。”余曼丽说。

“不行不行，”刘冬娅说，“如果这样，我反而不好意思去做了。”

“那有什么关系？”赵工说，“谁有本事谁去挣这个钱嘛。”

吴晓春感觉到赵正义是在向着刘冬娅。看来，自己昨天晚上和他的一番对话在他心里还是产生了作用，首先是感觉老板不把他当外人了，所以才敢主动发表自己的意见；其次是他相信刘冬娅早晚都是吴晓春的人了，所以这时候他才敢向着刘冬娅说话。吴晓春进一步想，刚才余曼丽对刘冬娅的潜台词不仅自己听出来了，其实赵正义也听出来了，这时候见我吴晓春不方便理会，他拐着弯出来理会了，所以，这时候他赵正义出来替刘冬娅说话，其实是变着法子来讨好我吴晓春。看来，当老板的确实不能跟部下交心，哪怕是赵工这样一个与世无争的人，一旦老板与他交心了，他就把自己当成老板的心腹了，说话办事就多少表现出一些与以往不一样的态度来。不过，不管怎么说，赵正义的建议是合理的，应该支持，而且这样支持对当下的实际工作有好处。于是，吴晓春说：“对，我们是对事不对人，这个提成制度对谁都有效。”

说着，菜上来了，于是吴晓春让大家先吃饭，吃过了继续议。

38

吃过饭再议的时候，吴晓春从饭桌上下来，重新坐到沙发上。沙发不长，如果四个人全部坐上肯定显得挤，于是余曼丽和刘冬娅没有坐上来，而是把吃饭的椅子换了一个方向，四个人面对面围着茶几。

“施工问题不大，”赵正义今天说话果然比往常主动，他说，“主要是销售。我觉得塔楼让销售公司代理还可以，但是下面的裙楼不行，买裙楼的肯定是大公司，大公司不愿意跟代理公司谈，他们肯定愿意直接跟开发商接触，而且最好是跟老板接触，所以我的意思下一步的重点应该是裙楼的销售，并且老板如果能亲自出马最好。”

“现在有没有一些具体的意向？”吴晓春问。

“问的人多，但是真正谈的人少。”赵正义说。

“为什么？”吴晓春问。

“一是面积大，”赵正义说，“总价高，一般的人根本不敢问津，二是那个位置看起来好，人气旺，但是都是过客，真正的武汉本地人谁没有事往火车站跑？所以按照原来的思路做证券公司或者是银行的营业部可能行不通，哪有过路的旅客在这里炒股票的？”

吴晓春一听，还真是这么回事。

“那不一定，”余曼丽插嘴说，“以前火车站是郊区，当然没有什么人，现在四干道开通之后，那里已经不偏僻了，武汉花园、将军花园、长青花园和航空公寓都在那边，客观上说，火车站附近现在也需要一个大型商场。我们的裙楼是不是可以搞成一个大的百货商场？附近的居民需要，过路的旅客也需要，旅客虽然不会在火车站炒股票，但是肯定会在火车站买东西。如果能引进一个大的商业机构，比如引进沃尔玛或家乐福这样的大型商业机构，再把肯德基、麦当劳、航空售票和银行营业点全部包括在里面，肯定能旺起来。”

余曼丽这样一说，吴晓春的脸上马上就亮了一些。

赵正义说：“如果这样，那就不是卖了，而是出租了。”

“出租也行，”吴晓春说，“只要是跟大的商业机构合作，就可以收取订金，而且对其他部分的招商也有利。反正娱乐城这边下个月就要有收入了，工程方面的后续资金没有问题。刘冬娅你抽空搞一个计划，赵工配合一下。最好能摸一下行情，看如果是出租，是什么价格和付款方式。”

吴晓春在这样说的时候，眼睛就注视着刘冬娅，他发现刘冬娅的眼角已经有一点点鱼尾纹，当然，只是一点点，不多，但是吴晓春心里还是微微颤动了一下，仿佛是突然心疼起刘冬娅来，感叹人生短暂，青春更短暂。

吴晓春这时候发现刘冬娅的嘴角微微动了一下，想说什么，又没有说。

“有什么问题吗？”吴晓春问。

“那我的时间？”刘冬娅问。

吴晓春想了一下，问余曼丽：“如果刘冬娅抽出来专门负责娱乐城房租减免和商住楼裙楼销售，对你那边工程进度会不会有影响？”

余曼丽愣了一下，说：“影响当然会有，但是也不一定能影响到进度。”

“那你就多辛苦一点，”吴晓春说，“这段时间如果有空，我会经常来娱乐城这边，刘冬娅也一样，好吗?”

余曼丽当然说好，不说好能说什么?刘冬娅也当然说好。于是这件事情就这么定了。

其实吴晓春做这样的调整完全是从工作的角度出发的，并没有假公济私，趁机想跟刘冬娅多接触，假如说这样的安排在客观上确实造成这种结果的话，那也不是吴晓春有意的，最多只是下意识，或者就是巧合，巧合有时候也可以理解为天意。实事求是地说，娱乐城的装修和保龄球馆营业那边确实只能安排余曼丽去顶着，如果把余曼丽抽出来做其他事情，而让刘冬娅在那里顶，她根本就顶不住。再说，吴晓春现在安排给刘冬娅的这两件事情，也只能是刘冬娅做，余曼丽也做不了，首先余曼丽写材料就不行，其次她也没有一个表哥当区长，并且这个当区长的表哥跟玩具厂的厂长还正好是同学，因此可以这么说，吴晓春的安排是非常合理的。

在以后的这一段时间内，吴晓春一天到晚围着两个女人转，或者反过来说，他一天到晚被两个女人围着转。吴晓春白天跟刘冬娅在一起，晚上跟余曼丽在一起。白天跟刘冬娅在一起就不用说了，刘冬娅是吴晓春的助理，而吴晓春没有秘书，所以刘冬娅这个助理也相当于秘书。事实上刘冬娅也确实是一个称职的秘书，往往吴晓春有一个什么新的想法，刘冬娅很快就能帮着把它整理出文字，吴晓春发现，嘴上说的东西一旦整理出文字，就精确许多，难怪以前在集团公司的时候，每当主席对某个人汇报的东西有兴趣，最通常的表达方式是：你把它写成报告交给我。吴晓春当时不理解，现在理解了，但是理解了之后他却自己不用写了，因为有刘冬娅帮他写，就像当初吴晓春刚开始帮着李惟诚后来帮着黄鑫龙写一样。由于吴晓春被黄鑫龙注意之后不久就来了武汉，所以他实际帮黄鑫龙写的东西并不多，但就是在那不多的东西里，吴晓春也常常巧妙地修正黄鑫龙的一些思想，当然不敢做大的修正，而只是做小的修正，现在刘冬娅也这样，刘冬娅在整理吴晓春的东西的时候，也常常做适当的润色，经过刘冬娅润色过的东西，看起来更加有条理，逻辑上也更合理一些。

至于晚上跟余曼丽在一起，吴晓春是无奈的，试想一下，如果吴晓春晚上不跟余曼丽在一起，那还了得吗？不要说余曼丽去撕谁的嘴了，就是余曼丽这个时候消极怠工，估计娱乐城的项目就搞不下去了。余曼丽对娱乐城的作用是没有人能够替代的，不仅刘冬娅不能替代，而且吴晓春自己也没有办法替代，娱乐城不光是装修，关键还有后面的经营与管理，不要说让吴晓春去做，就是让吴晓春去说，恐怕他都说不清楚。而华中公司本来就是一个空架子，是完全靠银行的贷款支撑起来的，而就是银行的贷款，也被抽走了八百万，所以毫不夸张地说，华中公司其实是负资产。一个负资产的公司要想运作，必须具备两个条件：第一是信誉，华中公司的信誉是建立在人们对上市公司的盲目信任基础上的，如果没有上市公司这个幌子，当初就根本不可能把钱贷下来，也不可能那么快拿到地；第二是靠精确的筹划，具体地说说就是靠一环套一环。当初吴晓春决定上娱乐城，原因有很多，但是最主要的是要建立这种“连环套”，就像他在来武汉之前给黄鑫龙出的那个主意一样。当初吴晓春给黄鑫龙出的那个主意其实也是一个“连环套”，“连环套”的每个环是一个上市公司，而现在吴晓春自己手中的“连环套”暂时只有两个环，一个环是商住楼，另一个环就是娱乐城。吴晓春以商住楼的项目套娱乐城，又反过来以娱乐城的项目套商住楼。这种“套”除了形象上的意义之外，还有另外一个实际意义，比如现在吴晓春其实是把商住楼的资金用来建娱乐城，而娱乐城一旦营业之后，经营收入又可以反过来支持商住楼，就是现在，商住楼那边其实已经没有资金了，建筑商仍然敢垫资往下做，一个重要的因素就是看华中公司还有那么大一个娱乐城，既然有那么大一个娱乐城，建筑商和供货商当然就敢垫资。而娱乐城那边的情况也一样，娱乐城的装修也是施工单位垫资为主，施工单位之所以敢垫资，并且从某种程度上讲还有好几个施工单位抢着垫资做，除了看“上市公司”这个幌子之外，就是看他们在火车站那里还有一个大的商住楼，有那么大一个商住楼竖在那里，像当年东海龙王的定海神针，确实能够稳定施工单位和供货商的心。但是，正因为如此，风险也是连环的，一旦娱乐城这边出了一点问题，那么毁掉的可能就不仅仅是娱乐城，而是整个华中公司，所以，在这种情况下，吴晓春真的不敢惹怒余曼丽，而要不惹怒余曼丽，底线就是必须晚上跟她睡觉。

吴晓春忽然发觉现在一切都倒过来了，以前只是知道员工为了讨好老板，有“自愿”跟老板上床的，而且即使在那种情况下，也往往是女员工跟男老板上床，比如吴晓春在集团公司的时候就经常听说某某女职员跟黄鑫龙之间怎么样怎么样了，虽然这些只是听说，吴晓春并没有亲眼看见黄鑫龙跟哪个女职员怎么样，但他相信无风不起浪。当时吴晓春并没有在意，他觉得怎么样无所谓，不怎么样也无所谓，反正他是男的，黄鑫龙不会请他上床。没想到现在吴晓春自己当上董事长了，也发生了这种事情，而且是角色倒过来了，是他这个老板为了讨好部下而跟部下上床，并且是男老板讨好女部下，你说这不是一切都倒过来了吗？你说这是什么事情？然而不管是不是倒过来了，不管是什么事情，吴晓春都必须这么做，为了娱乐城他必须这么做，为了“连环套”他必须这么做，为了华中公司他必须这么做。他现在知道什么叫人在江湖身不由己了，自己现在就是身为“老板”不由己。

其实不光是身不由己，还有力不从心。

吴晓春以前听说过人到中年之后老公应付不了老婆的事，但是并没有介意，那时候吴晓春还没有到中年，不会有这种体会，再说当时吴晓春跟老婆长期分居，搞得他自己就像是属铁的，常常把

“雌性”当作“磁性”，哪里还相信什么应付不了的。然而现在他相信了。现在他每天晚上跟余曼丽在一起，俩人像赶时髦的年轻一代，开始了未婚同居。余曼丽不知道天生就是内能高还是把吴晓春当作了最后的夜餐，或者就是防范于未然，不让吴晓春再有跟“小妖精”交流的余力，总之给吴晓春的感觉他确实就是力不从心。有时候吴晓春几乎完全没有起色，但是又必须满足余曼丽不断增长的精神和物质要求，于是事到临头就发挥想象力，把余曼丽想象成刘冬娅，想象刘冬娅穿牛仔裤时候那棱角分明的正面形象，想象刘冬娅穿着蓝色的泳装在深圳的海滩上欢快地奔跑的形象，想象着刘冬娅不穿衣服的时候向上翘起来的乳房，想着想着就渐渐有起色了。

如此，白天再看到刘冬娅的时候，吴晓春常常发愣，有一次竟然莫名其妙地对刘冬娅说：“你还是穿牛仔裤吧，穿牛仔裤好看。”说完之后又非常后悔，甚至有点后怕，想着自己现在天天晚上跟余曼丽在一起，怎么还能对人家刘冬娅想入非非呢？如果让刘冬娅知道自己的心思，无论她做出哪一种反应对于吴晓春都是灾难性的。如果刘冬娅很反感吴晓春这样，认为他心术不正，吃着碗里惦记着锅里，那么吴晓春今后在她面前还有什么威信可言？老板在自己的助理兼秘书面前没有威信，这老板还是老板吗？这种合作关系还能维持下去吗？如果刘冬娅喜欢吴晓春这样，并且主动迎合，那么吴晓春怎么办？余曼丽还不把华中公司闹一个底朝天呀！

事态的发展似乎趋向于后面一种情况，因为自从吴晓春对刘冬娅说过那句话之后，刘冬娅果然就天天穿起了牛仔裤，而且是各种各样的牛仔裤。吴晓春以前以为牛仔裤就是一个样子，没想到刘冬娅能够穿出那么多的样子来，到最后，吴晓春只要眼睛一闭，脑子里面全部都是牛仔裤，有时候是刘冬娅棱角分明的正面，有时候是圆得跟青苹果没有区别的背面，有时候是线条流畅的侧面，闹得吴晓春每天都处于一种兴奋而又紧张的状态。每次他们外出办事，吴晓春自己开车，刘冬娅就坐在副驾驶的位置上，吴晓春的眼睛的余光经常情不自禁地落到刘冬娅那被牛仔裤绷得紧紧的大腿，吴晓春一直提心吊胆，生怕哪一天忍不住就会上去抚摩一把。终于，这样的事情最终还是发生了。

39

小时候，吴晓春经常听妈妈说：不当家不知道柴米油盐贵。现在吴晓春的体会是：不当董事长不知道资金短。尽管有上市公司做招牌，尽管有连环套，尽管刘冬娅在武汉有相当的社会关系，尽管吴晓春天天给余曼丽打气而让她干劲十足，但是华中公司在资金问题上一直是捉襟见肘。资金是企业的血液，资金不足，做什么事情都受到限制。保龄球设备款虽然用融资租赁的方式解决了，但是却付出了很高的成本，而就是这样，也不能解决所有的问题，毕竟，不是所有的支付都可以采用融资租赁解决的，因此，必须要再落实一笔资金。一想到资金，吴晓春自然会想到那八百万的事。一开始，吴晓春还经常给主席打电话，目的是想等待时机把那八百万要回来，如果那八百万能要回来，那么吴晓春的手头就会宽裕许多，只有手头宽裕了，才好做更多的事情，除了应付正常的支付之外，还可以再造一个“环”。吴晓春发现至少要有三个“环”才能组成一个圈，只有组成了一个“圈”，才能实现资本运作的良性循环，而如果只有两个“环”，那么“绕”不起来，所以，三个环比两个环的优势绝不仅仅是加一个环那么简单。但是最近，吴晓春渐渐地给主席的电话少了，因为他对这八百万已经不抱幻想了，他不得不承认主席毕竟是主席，主席比他会说，每次他给黄鑫龙打电话，本来打电话的目的是向黄鑫龙讨要那八百万的，但是每次说着说着，不但那八百万不会回来，照黄鑫龙的意思最好华中公司再支援上海方面几百万。吴晓春当然不可能再支援上海几百万，不要说几百万，就是几万吴晓春也不会再支援了，别说华中公司实在没有钱了，就是有，吴晓春也不会再支援集团公司一分钱了。今天的吴晓春已经不是当初的吴晓春，吴晓春现在当董事长已经当出经验来了，当出经验来了之后吴晓春就有点后悔，后悔当初不该把那八百万给上海公司，如果当初坚决不给，或者只象征性地少给一点，黄鑫龙又能把他怎么样？当初余曼丽曾经对吴晓春说："放心，你是主席亲自树起来的，主席不会马上又把你打倒。"现在吴晓春自己想，是不是黄鑫龙亲自树起来的还不是问题的关键，关键是如果黄鑫龙把他吴晓春打倒了，谁能够来接管华中这一大摊子？这一大摊子可不是什么好摊子，而是一个空架子，不是谁都能把一个空架子玩得转的。吴晓春现在能把它玩转，那是有很多因素撮合成的，包括恰当的时机，包括吴晓春的亲和力，甚至包括他在余曼丽和刘冬娅这样的女人面前的魅力，如果换上其他人，即使这个人职位比吴晓春高，能力比吴晓春强，也不一定能玩得转。比如李惟诚，比如肖仲明，还比如赖散之，以及黄鑫龙手下的任何一员干将，他们谁来到武汉也不一定能把华中公司玩得转。这么想着，吴晓春就找到了自己做老板的真实感觉——自信——但是时刻充满着危机感。

这一天，吴晓春带着刘冬娅去武昌办事，具体地说是走访一家对他们商住楼裙楼有意向的客户，但走访的结果不尽如人意。问题不在于这个客户有没有意向，而是这个客户根本就没有这个实力，既然没有这个实力，那么再有意向也白搭。于是，回来的时候，吴晓春就有点心不在焉，就莫名其妙地拐了一个弯，把车子开到磨山。

武汉是平原，而且平得彻底，直接是由一片湿地变成陆地的平原，所以山少，但是只要有山，就肯定坚硬，不像吴晓春家乡的那些所谓的"山"，其实就是土丘。吴晓春喜欢坚硬的山，就像他喜欢坚强的性格一样，吴晓春这时候就站在一块坚硬的石头上，极目远望。

“没有这个实力他们跟我们谈什么？”刘冬娅嘟囔着说。刘冬娅这样说，不知道是发泄心中的不满，还是替吴晓春说出他想说而作为老板不好轻易说出的话，或者说是替老板发泄，帮老板出气。

“套钱。”吴晓春说。

“套钱?”

“套钱。”

“怎么套?”刘冬娅问。

“方法太多了。”吴晓春说。

刘冬娅眨巴眨巴眼，很想问问具体有哪些方法，但是见吴晓春这时候一脸凝重思考大问题的样子，于是话到嘴边又临时做了修正，说：“他们能套，我们自己为什么不能套?”

刘冬娅这样一说，吴晓春就把眼光从遥远的地方收回来，收到刘冬娅的脸上。刘冬娅被吴晓春注视得有点不好意思，想躲闪，又不忍心，因为吴晓春难得这样面对面地怔怔地注视她。

这时候，吴晓春大脑里面想着刘冬娅刚才的话，想着既然别的公司都打算用我们的裙楼去套钱，那么我们自己为什么不能？既然有那么多套钱的方法，别人能用，我们自己为什么不用?

大约是走神的缘故，所以吴晓春这时候并没有理会刘冬娅的不好意思，而是继续这样出神地看着刘冬娅，并且把焦点集中在刘冬娅的嘴唇上。吴晓春发现刘冬娅的嘴唇像是用刀削出来的，棱角分明，非常有立体感，他甚至由此联想到刘冬娅身上的其他器官，并且把他脑海当中刘冬娅牛仔裤分叉的地方的直线与直角和眼前的这个嘴唇相融合，竟然想象出了一个美丽的图案，这个美丽的图案让吴晓春产生了幻觉，使他以为他又是在做梦。既然是做梦，那就不要太压抑自己，就可以适当放纵一下。于是，吴晓春不知不觉地把自己嘴唇靠近刘冬娅的嘴唇。刘冬娅没有躲让，甚至来不及多想，当吴晓春的嘴和刘冬娅的嘴黏合在一起的时候，两行眼泪顺着刘冬娅的眼角流淌下来。刘冬娅不知道这时候为什么要流眼泪，许多天之后，他们俩在一起还探讨过这个问题，是激动？是委屈？是幸福？是伤感？还是触动到很久以前遗留下的某根敏感的神经？不知道。反正刘冬娅是流泪了。

那天他们就那样站在磨山顶上那个最突起的坚硬的石头上忘我地长吻。不但忘我，而且还忘却周围的环境。事实上，那天他们站的位置特别突出，肯定有不少人见证了他们的长吻，好在这时候的武汉人已经彻底开放，见怪不怪了。

那天他们从磨山下来之后，找了最近的一家宾馆。进了宾馆的房间之后，他们继续刚才的长吻。后来他们互相亲吻着对方，为了扩大各自的亲吻范围，他们不断地脱掉对方的衣服，直到双方都脱得一丝不挂。当刘冬娅那个被吴晓春隔着牛仔裤不知道已经观察过多少遍的部位终于裸露在吴晓春眼前的时候，吴晓春几乎想一口把刘冬娅吞到自己的肚子里。当然，最后的结果恰恰相反，吴晓春并没有吞下刘冬娅，倒是刘冬娅把吴晓春吞到她肚子里，只不过吞下的不是吴晓春整个的身体，而是他身上的一部分。

不知道是不是刘冬娅给吴晓春带来了灵感，那天他们从武昌回来的路上，吴晓春说："交给你一个任务，马上再注册两家公司。"

"再注册两家公司？"刘冬娅问。

"再注册两家公司，"吴晓春说，"把商住楼和娱乐城分别注册成两个独立的公司，然后让它们之间相互担保从银行贷款，或者是商住楼把裙楼'卖'给娱乐城，娱乐城以按揭的方式从银行贷款，很容易就能把钱套出来。"

刘冬娅在办理公司注册手续的时候，遇上了一点麻烦，就是这两个公司法定代表人的确定。不论从工商注册的规定还是从将来进行资本运作的操作性方面考虑，这两家公司的法定代表人都不能是吴晓春，而且还不能是同一个人，本来吴晓春已经想好了，娱乐城公司的法定代表人是余曼丽，商住楼公司的法定代表人是刘冬娅，但是吴晓春不能轻易地这样决定，因为一方面他做这样的决定要考虑赵工的感受，或者说要考虑赵正义是不是会不高兴，另一方面他现在是标准的脚踏两只船，他要考虑到这两个女人之间的相互排斥性，所以看似简单的问题，其实真要操作起来还蛮麻烦，还要做一些工作。

吴晓春决定从最简单的地方入手，先解决一个问题，于是，他先找赵工谈话。他没想到赵正义那么好说话，赵正义说："你让我当我也当不了，不瞒你说，我现在还是中南设计院的人，现在我在你这里做，单位那边什么都保留着呢，连工资都照领。"

"哦？那是怎么回事？"吴晓春问。

"很简单，"赵正义说，"我每个月工资拿到手后，马上全部交给组长，组长当场就把它平均分下去了，皆大欢喜。"

"院里面不知道？"吴晓春问。

"管院里面什么事？"赵工说，"现在各部门自己组阁了，只要没有人找院里面麻烦，院长巴不得我们个个有自己的出路。"

吴晓春突然发觉自己吃亏了，或者说是自己"下海"太早了，要是现在才"下海"，不敢说也能够保证像赵工这样什么都不受影响，至少可以按下岗处理，保留个公职是没有问题的。不过话又说回来，吴晓春想，如果我到现在才"下海"，那我能像现在这样是华中公司的董事长吗？看来，天下既没有白占的便宜，也没有白吃的亏。

赵正义这边问题解决之后，吴晓春就忙着协调余曼丽和刘冬娅之间的关系。

吴晓春现在仍然跟余曼丽住在一起，前面说过，他只能跟余曼丽住在一起，这一点他没有对刘冬娅隐瞒，不但没有隐瞒，而且还主动对刘冬娅说了，就是那天在宾馆的房间里面说的。吴晓春说：“我已经有女朋友了。”

“是吗？”刘冬娅问。

“是的。”吴晓春说。

“真的？”刘冬娅又问。

“真的。”吴晓春又说。

“那好，”刘冬娅说，“那说明你还没有老婆，说明我还有希望。”

“那你不介意我有女朋友了吗？”吴晓春问。

“介意？”刘冬娅说，“像你这样‘能干’的男人，有一个女朋友是好事，如果你说你以前没有女朋友，那我还不敢跟你这样了。”

“那是为什么？”吴晓春问。

“怕呗。”

“怕？”

“怕。”

“怕什么？”吴晓春问。

“你想想，”刘冬娅说，“有女朋友说明你只跟一个女人这样，如果没有女朋友，谁也不知道你跟多少女人这样，那还不可怕吗？”

吴晓春一听，笑了，蛮高兴。感觉这个刘冬娅人小鬼大，却也善解人意。

“你知道我的女朋友是谁吗？”吴晓春问。

刘冬娅愣了一下，说：“不管是谁，她肯定不如我。”

“你能这么肯定？”

“当然。”

“为什么？”

“因为你对我的感情不是装出来的，”刘冬娅说，“不但没有装，而且你一直在克制，假如你不是真爱我，干吗要克制呢？现在老板跟助理或者是秘书之间上床不是再自然不过的事情吗？你干吗要克制呢？”

“那不一定，”吴晓春说，“说不定我太爱我的女朋友了，所以才故意与你保持距离呢？”

“既然是‘故意保持距离’，那么就说明你其实还是爱我的，既然是爱我的，怎么能说是‘太爱’你的女朋友呢？‘太爱’了还用‘故意’吗？恐怕你是在事业上离不开她吧？”

“你知道她是谁？”

“谁都知道。”刘冬娅说，“你以为公司里面的人都是傻瓜呀。”

“既然知道，那你……”

“正因为知己知彼，所以我才有绝对的把握。”

“你给我一点时间。”吴晓春说。

“可以，”刘冬娅说，“再长的时间我也愿意等。将来就是你选择了她，我也绝对不会怪你。你不要以为我‘吃亏’了，其实能与您这样优秀的男人在一起，哪怕不能成为夫妻，那也是我的福分。”

听了刘冬娅这样的表白，吴晓春当场有一种得了便宜又得乖的感觉，激动得又与她“表达”了一次。

吴晓春感到奇怪，在余曼丽面前，现在自己简直就像一个性无能者，怎么在刘冬娅面前却能够连续作战呢？看来精神确实是能够影响物质。

总之，刘冬娅是知道吴晓春跟余曼丽之间的关系的，并且她还容忍了这种关系，至少是暂时容忍了这种关系，所以，对于娱乐城公司的法定代表人选择余曼丽，吴晓春估计刘冬娅不会有什么异议，问题主要是余曼丽那边，吴晓春对余曼丽有点心有余悸，还是像他上次当面对余曼丽说的那样，怕她做事情没有底线。说实话，现在吴晓春与刘冬娅的心贴得越来越近，而与余曼丽却越离越远，吴晓春有什么心里话可以跟刘冬娅说，却不敢跟余曼丽说。这一天吴晓春就跟刘冬娅说出了自己心里的担心。

“这有什么难的?”刘冬娅说，“是你自己把问题想复杂了。其实你不用想这么复杂，找个机会还是我们四个人在一起碰个头，你直接把意见说出来，只要赵工说没有意见，我也说没有意见，她就是有意见也说不出口。”

果然，当吴晓春这样做的时候，余曼丽确实是什么意见都没有说。吴晓春因此就想，很多复杂的问题是不是当老板的自己“想”出来的?

40

大概是鉴于“主席保卫战”中的特殊贡献，李惟诚终于受到了黄鑫龙的特别重用，也和吴晓春一样当上了封疆大臣，出任集团公司在上海的华东公司董事长兼总经理。

不过，李惟诚这个封疆大臣和吴晓春也有不一样地方。派吴晓春去武汉，黄鑫龙多少带有试探性质，感觉上市有希望了，在集中资金应付“主席保卫战”时，还特意强调不动用华中公司一分钱，而一旦确信上市无望之后，立刻施加高压从华中公司抽资金去华东。而黄鑫龙派李惟诚去上海则是临危受命。

本来，上海的华东公司是黄鑫龙最看好的公司，曾经在相当长的一段时间内，几乎承载了黄鑫龙的全部希望。特别是自相关政策突变导致集团公司出现财务危机以来，黄鑫龙更是把集团公司起死回生的希望押宝在华东公司身上。

应该说，黄鑫龙当初看重上海是有眼光的。后来的发展也证明，上海经济的崛起速度确实比武汉快。可以这么说，如果不是集团公司包袱太大积重难返，加上在具体操作上的一些具体失误，黄鑫龙依托华东重振新天地集团的宏伟计划说不定真就实现了。可是，历史就是历史，历史并不能“如果”，历史事实是华东公司最终并没有扭转整个集团的乾坤，改变整个新天地集团的命运。

集团包袱重就不用说了，明摆着的，是客观的，可具体操作上的失误则是认为的，是主观的，也是本应该可以避免的。在所有的失误中，其中最重要的是用人失误。具体地说，是在华东公司一把手使用上的失误。

华东公司组建之初，黄鑫龙并没有派李惟诚去，而是派了赖散之去。

黄鑫龙这样做当然也是有考虑的，因为毕竟，华东是他最看重的公司，承载着他最大的希望，所以只能派他最信任的人去。黄鑫龙最信任的人是谁？当然是赖散之，也就是他那个远房舅舅。

舅舅就是舅舅，哪怕是远房的舅舅，也多少有些血缘关系，血浓于水啊。

除了血缘因素之外，黄鑫龙把华东公司交给赖散之的另一个重要原因是他相信赖散之的精明，起码比黄鑫龙的其他亲戚和肖仲明这样的“战友”精明。至少，赖散之自己做过企业，哪怕是一个做走私生意的企业，在人生地不熟的深圳白手起家从无到有发展起来也不是每个人都能做到的。要有胆量，要敢于承担责任，敢于冒风险，懂得用人，懂得风险控制，而且还要熟练地掌握和运用经济活动的规则和潜规则，红黑两道上都能摆得平。根据自己的亲身经验，黄鑫龙认为对于一个独当一面支撑一个企业的一把手来说，以上这些东西比书本知识更重要，所以他只能把华东公司交给赖散之，而不能交给其他人，包括李惟诚。

初到上海，赖散之果然没有辜负黄鑫龙的希望，工作开展得有声有色，除了按照黄鑫龙的战略部署积极圈地打算大规模开发房地产之外，还见缝插针地利用新天地集团作为上市公司的特殊地位和条件从事副业创收。具体地说，就是利用上市公司这块招牌在上海黄金交易所申请到黄金交易席位号，然后帮他在广东这边的潮州老乡从黄金交易所购买黄金，赚取代理费。这几乎是无本生意，虽然代理费比例很小，但黄金交易金额巨大，所以，即使很小比例的代理费也是一笔不菲的收入。关键是华东公司不需要投入成本，所利用的仅仅是上市公司这块牌子，因为有这块牌子，所以赖散之能顺利地从黄金交易所申请到交易席位，而他那些广东老乡则没有这个便利，所以从本质上说，赖散之赚的是上市公司这块牌子的钱，可上市公司这块牌子本来就值钱，赚了等于白赚，白赚干吗不赚？所以，赖散之刚刚到上海组建华东公司的时候，日子比吴晓春在武汉好过。

关于华东公司做黄金代理买卖的事情，赖散之并没有对黄鑫龙隐瞒，并且黄鑫龙听了汇报之后还蛮高兴，感觉这是一件名利双收的好生意。从名上说，潮州老乡借用华东公司的席位从上海黄金交易所购买黄金，必然从心里感激华东公司，同时由衷地佩服黄鑫龙有“料道”，因为在潮州老乡圈子里，谁都知道华东公司是新天地集团的下属公司，谁都知道黄鑫龙是新天地集团的老板，所以，该生意为黄鑫龙带来好名声。从利上说，华东公司仅仅是提供了一个席位号，并没有实际投入资金，就能从交易额当中提取点数，相当于证券公司从股民买卖股票的交易中提取交易费一样，钱赚得轻松而且稳妥，黄鑫龙曾经梦想过开一个证券公司，因为种种原因梦想没有成真，现在虽然没有拥有自己的证券公司，但拥有一个与之类似的业务多少也算一种安慰，所以，黄鑫龙对赖散之在上海的作为非常满意。

曾经有那么一段时期，黄鑫龙为自己的用人之道而得意，心想，如果当初不是委派赖散之出任华东公司的董事长兼总经理，而委派其他人，能有这样的好局面吗？别人不说，就说如果用李惟诚，李惟诚虽然对资本运作熟悉，但实际操作代理黄金业务这一块肯定不行，且不说他没这个胆量，就是他李惟诚有这个胆量，他不是潮州人，没有基本的个人信任基础，广东这边做黄金生意的潮州老乡也不敢请他代理呀。再说肖仲明，肖仲明倒是潮州人，与做黄金生意的潮州人倒是能建立信任，可他肖仲明懂得什么叫席位号吗？能想起来利用上市公司的招牌去申请这个席位号吗？如果根本不懂，根本就想不起来，还怎么做这门生意？所以，黄鑫龙曾经为自己的英明安排而暗自得意。他相信用人就要不拘一格，就要容忍被使用者的缺点，相反，没有任何缺点的人往往也就没有任何特长。还是以赖散之为例，黄鑫龙知道赖散之这个人喜欢搞歪门邪道，否则当初也就不会做走私生意了，但正因为他喜欢搞歪门邪道，做过走私生意，所以他才能想起来申请黄金交易席位号，才能想起来用席位号赚钱，如果换上其他人，比如换上李惟诚、吴晓春、肖仲明，他们不是根本想不起来做，就是能想起来也没有胆量做，或者干脆就是没有能力做，因此可以这么说，这样的生意只有赖散之这样的人才能想起来做，才有能力做，才敢于做。

因为得意，所以黄鑫龙对华东公司更加寄予厚望，所以他才不惜施加压力，从吴晓春的华中公司及其他分公司抽资金给赖散之的华东公司。然而，正当黄鑫龙几乎就要相信华东公司的迅速崛起能够扭转整个集团大局的时候，上海方面传来令人震惊的坏消息——新天地华东公司因为涉嫌虚开增值税发票而被冻结银行账户。

这个消息非同小可。且不说被冻结银行账户使公司业务无法正常开展，单就社会负面影响就是无法估量的，所以，黄鑫龙听到这个消息的时候，几乎不相信自己的耳朵，但对面身穿国家制服的公安和税务两部门领导显然不是在开玩笑。

办案人员说：“我们相信您黄主席，所以才没有对您采取任何措施，我们尊重您黄主席，所以才主动上门来请您配合。我们相信虚开增值税发票的事情与您没有直接关系，也不会与新天地集团总部有直接关系，所以才请您出面把赖散之叫过来，把情况说清楚。”

黄鑫龙到底是经历过大风大浪的人，略微思考了一会儿之后，马上就从震惊中恢复过来，定了定神，答复对方：“好，如果你们相信我，就请先回去，我保证赖散之在二十四小时之内去你们指定的地方自首。到时候如果他没有去，我自己去。”

送走客人之后，黄鑫龙懊恼得几乎要往自己的脸上抽嘴巴。他立刻调动各种途径联系上赖散之，命令他一分钟不要耽误，立刻来见他。

天知道赖散之躲到哪个地方去了，紧赶慢赶，还是到第二天中午才赶到集团总部黄鑫龙的办公室。后来据内部传来的消息说，办案人员确实尊重黄鑫龙，他们便衣在暗中亲眼看见赖散之进入新天地集团总部大厦，但他们没有动手抓他，而是相信黄鑫龙能说服赖散之自首。果然，赖散之进去大约一小时之后，黄鑫龙亲自带着他到办案人员指定的地方，当面把赖散之交给了公安税务联合办案组。

要说黄鑫龙没有思想斗争是假的，事实上，黄鑫龙这二十四小时之内思想斗争相当激烈。他不是想包庇自己的远房舅舅，他知道这件事情是谁也包庇不了的；他知道自己作为上市公司的董事局主席不同于一个私人老板，在很多问题上差不多享受国营大企业一把手同等的待遇，逢年过节，市委市政府领导只要到国营大企业视察，就基本上也会到他们这里来看看，因此，上市公司一把手所承担的社会责任也就基本上与国营大企业领导差不多，必须与党和政府保持一致，用黄鑫龙自己的话说，不能人家给脸不要脸，所以，在涉及国家利益这样的大是大非问题上，黄鑫龙也绝对不会包庇自己的亲戚或部下。黄鑫龙脑海里所斗争的，是他在潮州老乡圈子里面的面子。在潮州人圈子内，最忌讳出卖朋友，这时候如果黄鑫龙把赖散之交给办案人员，就相当于出卖赖散之了，如果这样，他在潮州人圈子里面不仅丢尽脸面，而且还将为所有的老乡所不齿。黄鑫龙从一个乡村供销社售货员做起，做到今天深圳一家大型上市公司的董事局主席，精神支柱之一就是在老乡圈子里出人头地，赢得好口碑，现在他果然出人头地了，也果然赢得不少口碑了，难道就因为一个赖散之坏了自己的口碑？可是，如果赖散之虚开增值税发票的事情属实，黄鑫龙不把他送交专案组还能怎么办？难道为了一个赖散之毁掉整个新天地集团？难道要跟国法对着干？所以，这二十四小时黄鑫龙思想斗争相当激烈。

虽然思想斗争激烈，可在见到赖散之的那一瞬间，黄鑫龙还是非常冷静。

他先看看表，然后给赖散之递上一盅极品工夫茶，让懒散之不要急，时间还早，把真实情况告诉他，看他有没有办法帮他。

赖散之显得很讲义气，说一人做事一人当，这件事情是他自己做的，与集团公司没有关系，与黄鑫龙本人更没有关系，他这就去自首，把问题讲清楚，该打该罚他一个人承担，决不连累集团公司和黄鑫龙。

听了这话黄鑫龙当然高兴，但紧接着就非常担心，因为这就意味着虚开增值税发票的事情确实存在，这二十四小时内他隐隐约约希望专案组搞错了的幻想并不存在。

黄鑫龙有些生气，质问赖散之："这么大的事情，你怎么一直把我蒙在鼓里，一点信息都没有透露给我？现在被查出来了，你让我怎么说？我又怎么能保你？"

赖散之笑，苦笑，说："这是犯法的事情，我怎么敢告诉你？如果我告诉你，不等于把你也拖下水了？"

"知道犯法你还要做?!"黄鑫龙火起来，"你不告诉我就没有把我拖下水？我现在不是已经被你拖下水了吗?!你知道这件事情对集团公司造成多大的影响吗?!"

黄鑫龙从来没有对赖散之发过火，今天猛一发，把赖散之发怔了。赖散之突然意识到问题相当严重了。不仅对他自己严重，而且对黄鑫龙严重，对集团公司严重。他笑不出来了，连苦笑都笑不出来。

冷静一下之后，黄鑫龙问赖散之到底是怎么回事。赖散之用八个字概括了整个过程——上当受骗，鬼迷心窍。

黄鑫龙对赖散之这样的回答显然不满意。他再次看看表，说还有时间，你说详细一点。

赖散之说，他本来就是赚代理费的，虽然少，但不用出本钱，没有风险，所以做得好好的。

黄鑫龙点点头，表示是的。

赖散之继续说，有一天有个老乡找他，要出钱买他手中的发票，就是他从上海黄金交易所购买黄金的发票。这是一种即征即退的发票。从交易所购买黄金的时候，要交纳百分之十四的税，但缴完之后，马上就退回来，所以，他一直以为这个发票没有任何价值，那些借用他的席位号购买黄金的老乡也没有一个向他索要过这种发票，于是他手上积累了不少这样的发票。本来是当废纸积累在那里的，现在突然有人愿意出钱购买，不相当于天上掉馅饼吗?

赖散之虽然是靠做不正当生意起家的，但他从来都不欺骗自己的潮州老乡，这时候他对老乡说实话，说这是一种即征即退的发票，不能用于抵扣的，所以没用。

老乡坚持要买，赖散之只好卖给他。

卖出去之后，赖散之才从另外的途径打听到该发票的用途。原来，虽然该发票是即征即退的，但是发票是真实的，因此所有的参数包括八十四位密码都是真实的，所以，虚开者买回去之后，改头换面，蒙混过关也能通过电子检验系统，实现抵扣。

赖散之说完之后，黄鑫龙稍微轻松一些，感觉问题并不如他想象的那么严重，但仍然坚持要赖散之去自首。说去了之后把问题讲清楚，主动协助办案人员追查那些发票去向，说不定还能立功。遂亲自送赖散之去了专案组。

对于黄鑫龙的言而有信主动配合，办案人员当场给予表扬，说黄鑫龙不愧是优秀企业家，觉悟就是高等等。而黄鑫龙则对客气话不感兴趣，说现在人我已经给你们送过来了，并愿意以他的人格和整个集团公司的全部资产做担保，请专案组立刻解除对上海华东公司账户的冻结。专案组在履行了必要的手续后，解除了对华东公司账户的冻结。

按说这件事情就这么过去了，黄鑫龙还甚至认为赖散之在讲清楚问题之后也很快就会出来，可是，他没有想到，赖散之并没有完全对他讲实话，赖散之所做的事情也不仅仅他说的这么简单，而是问题越查越多，案子越查越大，大到赖散之这辈子可能都出不来了，迫使黄鑫龙不得不为华东公司物色新的董事长兼总经理。李惟诚就是在这种情况下被黄鑫龙派往上海的。

41

吴晓春交给刘冬娅的第一个任务她已经完成，玩具厂已经答应再免两个月的房租，按照事先说好的奖励政策，刘冬娅可以提取四万块钱的奖金。

“还不行，”吴晓春说，“口头上答应不能算数。”

“你怕他们到时候不认账？”刘冬娅问。

“是，但不全是。”

“不全是？”

“不全是。”

“那还有什么？”刘冬娅问。

“还有就是我们财务上不好做账呀，”吴晓春说，“不但你那四万块钱支出没有办法做账，就是这节省来的二十万房租也只能永远挂在应付款上，早晚还不是个麻烦？”

“那怎么办？”刘冬娅问。

“你还要搞一个补充协议，”吴晓春说，“补充协议上面说清楚，由于甲方未能按合同在规定的时间之内将门前的绿化带改造成广场，给乙方的经营活动造成实际损失，经双方协商，一致同意甲方以延长两个月免租金装修期的方式给乙方作为象征性补偿。赶快起草，拿去签字盖章，立即生效，然后交给财务，他们才好依照补充协议重新做账。”

“好，我马上起草，”刘冬娅说，“但是奖金……”

“奖金不要在补充协议上反映。”吴晓春说。

“那么怎么处理?”刘冬娅问，“我确实已经答应一些……”

“不要怎么处理，”吴晓春说，“等补充协议签回来之后，你想办法搞一些发票来报销，直接找我签字就行了，对谁都不要说，以公关业务费的名义报销，如果其他人有疑问，你不要乱解释，让我来解释。”

刘冬娅当天下午就把补充协议签回来了，连饭都没有请厂长吃，至于刘冬娅那边到底是给了厂长的好处还是没有给厂长的好处，吴晓春就不知道了，他也没有问，就是按事先说好的，给刘冬娅报了四万块钱的发票，并且是分四个月报销的，每个月报销一万块。

公司注册也比较顺利，就是在打注册资金的时候，华中公司账上的钱不够，刘冬娅找到一个专门做资金的人，给了一点好处，让他过了一下账，在过账的那两天里，双方当面把有关的印章放在中国银行的保险箱里面，两把钥匙一边一把，虽然有点互防小人的做法，但结果还是相当君子的，没有出现什么差错。

吴晓春的八百万对于集团公司来说确实是杯水车薪，让黄鑫龙一天到晚叫好的上海华东公司由于董事长被抓账户被冻结而自身难保，自然不能胜任改变集团公司命运的重任，新天地集团今年继续亏损，已经PT了，如果再没有起色，明年很可能就要退市，形势十分严峻。这些消息中的有些是吴晓春从报纸上知道的。华中公司订了《证券时报》和《长江日报》，《长江日报》上还专门有一个证券版，所以证券市场的信息能及时地传递到吴晓春的脑库当中。作为集团的董事，有些消息居然还要从报纸上获得，吴晓春觉得不是很正常，但是他没有说，说了显得自己小气。其实关于他这个董事，他懂的全部事情就是签字，好在现在有特快专递，吴晓春常常接到董事局办公室的紧急电话，让他在一份文件上签字，那意思最好让吴晓春马上就乘飞机回深圳签字，好像他这个签字十分重要。当然他并没有真的乘飞机回去，而是他们用特快专递送过来，吴晓春签字之后，再用同样的方法寄回去。吴晓春发现，几乎所有要他签字的这些文件都是董事会决议，内容全部与资金有关，比如申请贷款的，比如申请展期的，比如同意担保的，还比如同意资产重组的，等等等等，吴晓春留了一个心眼，每次签字之后，都立即复印一份备案。从这些文件当中，吴晓春能明显地感觉到集团公司的财务状况比华中公司更糟糕许多。

吴晓春觉得很奇怪，华中公司一分钱没有，是一个彻头彻尾的负资产空架子，但是还能正常运转，集团公司原来就有一定的基础，A 股上市之后又发行 B 股，两个市场募集了那么多的资金，并且多次增发，不断圈钱，就是什么事情不做，把钱存在银行里，吃利息也可以吃几十年，怎么可能财务状况一下子恶化到这个程度？吴晓春于是就想，眼下一天到晚说国企改革，并且将国企改革的唯一出路锁定在股份制改造上，似乎只要一个国有企业完成了股份制改造，那么改革的任务就完成了，如果完成股份制改造后的股份有限公司顺利上市了，那么这个改革就彻底完成了，但是现在吴晓春看到的实际情况不是这么回事。以往的国营企业当然有各种各样的弊端，但是它还是国家的企业，单位的负责人的权力还受到相当大的制约，他们就是想贪污或者是腐败，也还有所顾忌，还必须掌握一个限度，而现在的上市公司则没有多少制约，更离谱。国营企业的负责人上面要顾及主管部门和组织部门，下面要顾及职工群众，因为在国营企业，职工确实还有当家做主的意识，职工还可以通过职工代表大会反映自己的意见，实在不行还能直接向主管部门和更高的机关举报。而对于上市公司，上面是肯定没有人管了，上市公司的最高权力归股东大会，但是大股东是肯定能够控制住股东大会的，因为股东大会按股份投票，不是按人头投票，所以广大中小股东和股民是根本没有说话的份儿，说了也白说，如此，“上面”就是一个虚幻的概念了。至于下面，下面都是打工的，既然是打工的，那么就没有当家做主的权利与义务，只要能拿工资就行，保住饭碗是他们最关心的事情，哪里还有心思管老板腐败的事情。不仅如此，在吴晓春看起来，上市公司的管理者甚至还不如民营企业的老板负责任，因为民营企业其实是老板自己的企业，老板的利益和企业的利益是一致的，所以私营企业的老板起码会对企业负责，因为企业是他自己的，他对企业负责就等于对他自己负责，私营企业的老板还有过艰苦创业的经历，勤俭节约是大多数私营企业主的本性，而上市公司不一样，上市公司的钱是从证券市场上“圈”来的，来得不疼，去了不痒，自己花起来大手大脚，自己不心疼，旁人也不心疼，再说上市公司的管理者不需要对企业负责，因为上市公司并不是他家的，是公众的，“公众”跟“无主”没有多少差别，公众的公司交给个人管理，又没有完善的监督机制，不出事情反而不正常了。

吴晓春把自己的这些想法跟刘冬娅谈过，刘冬娅没有正面回答吴晓春的问题，而是反问：“我们的华中公司能不能与集团公司脱钩?”

“你什么意思?”吴晓春问。

“我没有什么意思，”刘冬娅说，“是我舅舅的意思。我舅舅说，其实我们可以把华中公司从集团公司手中‘买’出来，变成我们自己的公司，否则早晚要被集团公司拖死。”

“你舅舅?”

“我舅舅。”

“他是做什么的?”吴晓春问。

“他是做什么的无所谓，关键你觉得他说的有没有道理?”

吴晓春沉默了。他在想两个问题：一是这位舅舅讲的确实有道理，现在还真要这样考虑了；二是这个刘冬娅背景太深了，以前只知道她一个表哥当区长，现在又知道她还有一个舅舅，谁知道还有其他的七姑八姨在做什么？如果处理得好，当然可以为我所用，如果处理得不好，麻烦来了不见得比余曼丽省事。

“我也想过这个问题，”吴晓春说，“但是眼下还不成熟。首先是我们华中公司还没有‘臭’，现在要是提出‘买’，主席要不然就不卖，要不然就会漫天要价，搞不成。其次是操作上还有问题，比如以什么公司的名义‘买’？我们总不能自己‘买’自己吧？再说银行要认可，因为这里涉及一个承债主体和担保单位变更的问题。以前我们是华中公司贷款，集团公司担保，现在换一个单位担保，银行能不能通过是一个大问题。”

“这个好办，”刘冬娅说，“舅舅讲了，现在你们总公司已经被PT了，眼看着就要被退市，银行巴不得我们换一个担保单位。”

“但是哪个单位愿意来为我们担保呢？”吴晓春问。

“这个也没有问题，”刘冬娅说，“如果……如果……”

刘冬娅突然不说了。

“如果什么？”吴晓春问。

“如果我舅舅愿意帮忙，那么他肯定有办法。问题是他要愿意帮忙才行。”

“他愿意吗？”

刘冬娅停顿了一下，没有回答。吴晓春又追问了一遍，刘冬娅才说：“我估计比较难，这不是一般的帮忙，除非我们变成一家人了。但是我不想这样，如果这样，好像你不是喜欢我这个人，而是为了利益才跟我结婚的，多没意思。”

这下该吴晓春不说话了，他不知道该说什么。

42

八百万的事情还没有解决，黄鑫龙又给吴晓春添麻烦，问商住楼什么时候竣工，要不要物业管理公司提前介入。吴晓春一听，头立刻就大了。

黄鑫龙说的物业管理公司当然是指集团公司下属的新天地物业管理有限公司。也就是肖仲明当老总的那个公司。这也成了惯例，凡是上市公司业务当中涉及房地产开发的，就一定有专门的物业管理公司。从冠冕堂皇的角度说，这叫延伸服务，公平地说，这叫肥水不流外人田，但如果做更深一步的探究，就会发现这里面存在“漆匠与木匠”的微妙关系。黄鑫龙曾经学过木匠，当然知道一个谚语，叫作“木匠怕漆匠”。什么意思呢？就是木匠做的活儿是细还是粗，作为外行的客户并不清楚，但漆匠肯定清楚。漆匠只要一打砂纸，马上就知道前面的木匠活儿做得怎么样，就可以揭木匠的短，所以才说“木匠怕漆匠”。现如今房地产开发公司和物业管理公司的关系也是这样。开发商提供的物业到底有没有质量问题，购买房子的业主绝大多数并不清楚，而负责验收的有关部门每天要应付那么多的物业竣工，当然只能是走马观花，不可能每层楼每套房子的每个细小部分都认真验收，所以，真正了解房产底细的除了建筑公司外，就只有接手的物业管理公司最清楚。如果管理公司不是自家的企业，那么他们在接手之后就可能把房屋的质量问题捅出来，为了不让这些问题被捅出来，最保险的办法是自己开发的物业自己管，这样，即使业主在今后的使用中发现这样或那样的质量问题，但只要管理公司帮着搪塞，问题就不会被彻底暴露出来。因此，几乎所有的房地产开发公司都有配套的物业管理公司。但是，吴晓春并不希望自己开发的商住楼交给肖仲明的物业管理公司来管。这倒不是说华中公司开发的这个商住楼一点质量问题没有，完全不怕将来的物业公司揭短，而是吴晓春对肖仲明这个人以及他当老总的这个物业管理公司太了解了。这么说吧，吴晓春是宁可被将来的物业管理公司挑毛病，也不愿意把自己开发的商住楼交给肖仲明管理。

关于这个肖仲明，集团公司内部流传着他的很多故事。

故事之一说他和老板黄鑫龙是战友，但不是真战友，而是假战友，是他们之间“认”的战友。好比别人认干兄弟，他们认“干战友”。说当年黄鑫龙为了来供销进出口营业部应聘，向肖仲明借那块走私手表，肖仲明二话没说，立刻就从自己的手腕上摘下来递给黄鑫龙，还怕黄鑫龙不好意思，硬说自己戴着手表做事情不方便，本来想摔掉，可又舍不得，现在给黄鑫龙正好等等。黄鑫龙最讨厌那种帮了别人的忙就一定表功的人，自然对肖仲明这种帮了别人反而要说成是对方帮了他的做派高度欣赏，并认定这样的人将来肯定不会背叛自己。虽然当初黄鑫龙什么话也没说，但心里肯定是把这份情谊记下了，所以，直到现在，黄鑫龙都一直戴着肖仲明的那只“本来想摔掉”的表。

故事之二说公司上市那会儿，老员工发工资都搭配一些公司股票，刚开始大家还有意见，等公司上市之后，一块变成了十块，人人都发了财。而肖仲明因为看黄色录像赶上严打被抓了起来，看见别人抛股票，自己不能出去抛，急得在看守所骂娘。谁知道出来之后，股票涨了好几倍，又高兴得给派出所送感谢信。说如果不是派出所把他抓起来，那么他的股票肯定像其他人一样早就抛了，不可能等到现在涨了几倍才抛，所以他要感谢派出所。闹得派出所警察哭笑不得。

故事之三说黄鑫龙是个非常讲义气的老板，不仅一成立公司就把肖仲明安排进来，而且公司上市之后，还把他安排在自己身边，先做办公室副主任，打算锻炼锻炼，如果合适，就进一步安排他做主任甚至是副总，但是，肖仲明太喜欢吃回扣，虽然当时已经是几百万身价的人了，却连买一箱复印纸几块钱的回扣都要吃，气得黄鑫龙大骂他没出息。而肖仲明却不以为然，说如果公司是你黄鑫龙私人的，我保证一分钱回扣都不吃，但现在公司上市了，是大家的了，不吃白不吃，白吃干吗不吃？黄鑫龙被他气得笑起来，说既然公司是大家的，那么就不是我一个人说了算，现在你这样公开地吃回扣，我不赶你走大家就要赶我走了，你说，到底是你走还是我走？最后，当然是肖仲明被迫离开集团总部。

故事之四是说黄鑫龙最后没办法，派肖仲明去当物业管理公司老总，并且专门针对他喜欢吃回扣这一条实行总承包制，就是每年固定让他的物业管理公司上缴集团公司多少利润，剩下的全部归肖仲明自己，想着你再喜欢吃，也不能自己去吃自己的回扣吧，这才算了却了黄鑫龙一桩心事。

还有故事之五、故事之六，等等等等。总之，概括起来有两点。第一，肖仲明与老板的关系非同一般；第二，他喜欢吃回扣。

到了物业管理公司之后，由于实行利润总承包，也就是上缴固定利润，回扣自然是不能吃了，但偷工减料的事情却从来就没有停止过，因此，新天地的物业管理水平明显比别人的差。物业管理水平差不仅引起住户的投诉增加，而且还严重影响了物业的价格。同地段的新天地物业，每平方米售价比万科低 500 元，业主仍然买万科的而不买新天地的，为什么？就因为新天地的物业管理比万科差。在这种情况下，吴晓春当然不愿意请肖仲明的新天地物业管理公司来管理他的商住楼，宁可将来被挑毛病也不愿意让肖仲明来管。但是，如果是黄鑫龙出面干预，吴晓春能不执行吗？能不给面子吗？而现在黄鑫龙在电话里面问商住楼建设得怎么样了，要不要物业管理公司提前介入，这不等于是提前干预了吗？你让吴晓春怎么回答？吴晓春只能拖，只能说还没有竣工，现在还不需要物业管理公司进入。但是，这个问题能永远拖下去吗？商住楼能永远不竣工吗？所以，吴晓春现在一想起这个问题脑袋就变大。他又想起刘冬娅对他说的那些话，那些关于华中公司与总公司脱钩的话。吴晓春想，如果真能与集团公司脱钩了，那么主席也就不好干预了，就是真的干预了，自己要是想不执行，总是可以找出一万个理由不执行的。这么想着，吴晓春就加快了华中公司与集团公司脱钩的步伐。

43

娱乐城开张了。这一次是彻底开张。不仅五楼、六楼的保龄球开张，四楼的桑拿开张，而且三楼的歌舞厅、一楼的餐厅和二楼的包房全部都开张了。其中二楼的包房是两用的，按照余曼丽的建议，既可以作为一楼餐厅的二楼包房，也可以作为三楼歌舞厅的卡拉OK包厢，左右两边有分界线，但也可以相互串用。总之，最大限度地发挥所有房间的作用，并且两不耽误。

通过这件事情，吴晓春进一步发觉余曼丽的作用，感觉自己还真不能一下子舍弃余曼丽，并且进一步想，当老板一定要有包容心，包容各种各样的人，既然黄主席能包容肖仲明和赖散之这样的人，我吴晓春为什么不能包容余曼丽这样的人呢？然而，老板包容部下是一回事情，男人包容女人是另外一回事情。特别是像吴晓春现在这样，既然心里已经有了刘冬娅，却又要在身体上包容余曼丽，这就非常困难了。即使他自己愿意，两个女人也不愿意呀。

吴晓春觉得早晚要在这个问题上有一个决断。但怎样决断，他没有想好。他只有拖，拖延时间，相信很多问题是靠时间解决的，说不定拖的时间长了，问题就自己解决了。当然，也有相反的情况，拖的时间长了，解决问题的最佳时机过去了，更麻烦。吴晓春感觉自己在大多数情况下并不能把握自己的未来，很无奈。

集团公司那边的财务状况越来越糟糕，现在唯一的出路是资产重组，仿佛这资产重组是中国上市公司的一服灵丹妙药，包治百病，药到病除。事实情况也大抵如此，因为中国老一批的上市公司大多数都是由国有企业直接改制过来的，一股独大是他们的共同特点，这“一股”就是国有股，既然是国有股，而且是一股独大，那么企业的性质基本上没有变，上市的目的纯粹是为了募集资金，或者说是为了从市场上圈钱，现在圈来的资金花光了，再次增发的钱也花完了，由于业绩差，每股收益率达不到再次增发的条件，公司已经失去融资功能了，要垮了，着急的当然还是国家，于是，国有资产管理部门就可以来一个资产重组，具体的做法就是进行资产置换，把上市公司的不良资产剥离出去，把其他国有企业的优良资产换进来，相当于从国家的左口袋换到右口袋，这样，烂摊子摇身一变就变成了一个基本面非常不错的新的摇钱树，又可以继续增发，继续从股市上圈钱。如果伴随这种资产置换的同时再来一个改名换姓，比如将某某纺织改成某某高科，那么一个濒临倒闭的 ST 股票甚至是 PT 股票，马上就变成一个绩优股，二级市场又可以热闹好一阵子了。黄鑫龙现在寄予希望的就是这种重组。不过，他忘记了一个基本事实：新天地实业（集团）股份有限公司不是那种直接由国有企业改制过来的一股独大的上市公司，而是一家真正的公众公司，百分之八九十是公众股。曾几何时，这种真正的公众公司还得到理论界的一致好评，说这样的公司才是真正的上市公司，才能真正按市场经济本来的规律来运作，才不会受到来自各方面的行政干预，才不会出现实际上还是由当地组织部门来决定上市公司董事长的荒唐现象，但是实践证明，在中国现行的社会法制环境和市场氛围下，这样真正的公众公司至少存在两个弊端：第一是决策层的权力没有制约，管理层的活动缺少监督，往往容易导致原则性决策失误和重大操作失败；第二是一旦出现问题，没有“老子”来营救，具体地说就是没有国有资产的管理部门拿优质资产来置换它的不良资产，就只能是等待死亡。现在新天地集团就面临这种状况。

幸好，刘冬娅提醒得早，准确地说是刘冬娅的那位舅舅提醒得早，吴晓春对此早有准备。准备之一是开始哭穷，无论是接待总公司来的客人，还是与黄鑫龙直接通电话，都哭穷，说华中公司已经发不出工资了，说吴晓春都要卖车了，说银行要起诉了，说银行一旦起诉，作为当初担保单位的集团公司就要承担连带责任，说得很吓人。准备之二是积极研究并实施自救办法，先是通过刘冬娅的亲戚“借”了一家壳公司，然后让壳公司来收购华中公司，由于华中公司本来就是负资产，所以“收购”也是“零收购”，就是一分钱不用掏，只承担全部资产和债权债务就可以了。至于银行那边，完全是依靠刘冬娅了，或者是完全依靠刘冬娅那个强大的家族了。吴晓春现在想起来了，当初华中公司成立的时候，那么快就能够从银行贷到款，除了有上市公司这块招牌之外，可能刘冬娅在里面也起了很大的作用，因为那时候余曼丽还没有加盟华中公司，办理贷款和买地以及项目报建的都是刘冬娅。吴晓春后悔当初没有发现这一事实，或者是后悔当初没有发现刘冬娅的美丽与价值，如果当初就发现了，并且当初就把两人的关系定下来，那么即使后来起用余曼丽，也不一定非得发展成同居关系。吴晓春现在才知道先入为主的重要性，可惜已经晚了。

娱乐城彻底开张之后，吴晓春面临的一个实际问题是他跟余曼丽结婚的事情。本来当初他们已经说好的，等娱乐城正式开张的时候，他们就正式地结婚，并且结婚仪式和娱乐城开张的庆典活动合二为一，后来余曼丽的姐姐和妈妈在里面一折腾，严重地打击了吴晓春的信心，并且吴晓春由此对余曼丽产生了看法，或者说是对余曼丽的姐姐和母亲产生了看法，其实对余曼丽姐姐和母亲的看法也就等于是对余曼丽本人的看法，加上后来余曼丽说要“撕小妖精的嘴”，不但让吴晓春从此小瞧了余曼丽，而且还引起吴晓春的害怕，害怕余曼丽是个做事没有底线的人。吴晓春是不会跟一个做事情没有底线的人长期共事的，更不要说长期生活了，于是，吴晓春跟余曼丽结婚几乎是不可能的了。为了不跟余曼丽结婚，吴晓春甚至把娱乐城的开业庆典都取消了，对内的解释是：为了在集团公司面前哭穷。对集团公司的解释是：实在没有钱了。其实真正的目的只有吴晓春自己知道，那就是躲避跟余曼丽结婚。

吴晓春现在在感情上已经完全离不开刘冬娅了，不但感情上离不开，而且事业上也离不开，但是却还跟余曼丽保持着同居的关系。吴晓春以前从文学作品上知道灵与肉的关系，自从吴晓春当上华中公司的董事长之后，他几乎没有时间看小说了，吴晓春不知道这些年来随着生产力和生产关系的发展与变化，文学是不是也发展了，如果要发展了，那么今天的文学作品应当这样描写灵与肉的关系：第一，灵与肉是完全可以分割的；第二，灵与肉分割的主要原因是感情与物质对于人类都同等的重要，并且随着经济的发展，物质在人类生活中的分量越来越重要，甚至比感情还要重要；第三，不仅女人为了物质利益可以出卖自己的肉体，男人也一样；第四，越是老板越是看重物质利益，在特定的情况下，老板为了“事业”可以讨好部下，甚至不惜牺牲自己的爱情和出卖自己的肉体。

吴晓春没有时间了，因为集团公司眼看就要退市，许多关于集团公司资产重组的消息纯粹就是无中生有。想一想就知道，哪一家公司有实力来帮新天地承担几十亿元人民币的债务？说到底，买“壳”的目的是为了在市场上再圈钱，天地良心，新天地公司无论如何不可能再从证券市场圈几十亿人民币来了，既然如此，谁愿意花几十亿来收购它？当然，来谈的也有。头几家是不了解情况，来谈谈看看，但一了解清楚之后，马上就打了退堂鼓。后来的几家是老板自己找来做样子的，比如上次说的那家所谓的道格拉斯公司，吴晓春跟那家公司的老板认识，早知道是一家皮包公司，根本没有实力来重组一个集团公司，不要说资产重组了，连债务重组都不可能，所以吴晓春知道主席就是为了争取半年的宽限期而“编”出来的。那么半年之后呢？吴晓春必须在半年之内实现与集团公司的彻底脱钩，否则一旦等到集团公司退市，就会有一大堆问题暴露出来，就会拖累华中公司，到那个时候，吴晓春想跑也跑不了，吴晓春辛辛苦苦创下的基业顷刻之间就会化为乌有。这还算是好的，如果银行方面因此而指控吴晓春是金融诈骗，也不是没有理由的，特别是如果刘冬娅站出来做证，那么吴晓春肯定脱不了干系。

事到如今，吴晓春只好把他面临的困境毫无保留地告诉刘冬娅，并请她拿主意。

“怪我。”刘冬娅说。

“怪你?”吴晓春问。

“怪我，”刘冬娅说，“全怪我。其实从我见到你那一刻起，就喜欢上了你，所以我才拼命地工作，包括帮你跑贷款，包括帮你批地，包括项目报建。我因为能帮你分忧解难而感到欣慰，同时也希望我的努力能够得到你的认可，并且进而引起你对我足够的注意，甚至期盼你能对我有所表示，但是我自己不好意思主动开口，怕你误解我轻浮。现在我真后悔，如果当时我胆子大一点，不要假装得那么矜持，那么就没有今天这么多麻烦了。我说过，不管你最后做出什么样的选择，我都不怪你，我说的是心里话，因为这件事情从一开始就怪我。但是话又说回来，我只能代表我自己，我不能代表我家里人。如果当初我主动了，我们现在是夫妻了，那么我家里的人也就是你家里的人，那么他们肯定会把你的事情当作他们自己的事情来做，而如果我们不能成为夫妻，那么他们的帮忙肯定是有限度的。特别是当初他们帮忙贷款和批地的时候，以为你是我男朋友，我也没有说不是，算是默认了，但是到现在我们的关系还没有进展，至少在他们看来没有进展，我都不好跟他们解释了。我担心万一你最后真的没有选择我，而是选择了余曼丽，那么肯定会激怒他们，到那时候，我真担心你会非常为难的。所以我说了，这件事情从一开始就怪我。”

吴晓春当然懂得刘冬娅这一番“检讨”的真实分量，不过，他是不会顺着刘冬娅的思路走的，相反，要把刘冬娅拉回到他自己的思路上来。

吴晓春决定不露声色，装作根本就听不出潜台词。他说：“现在谈怪谁没有意义，现在关键是该怎么办。”

“怎么办我还真的不好说，”刘冬娅说，“如果我仅仅是你的好朋友，而不是当事人，那么我或许还可以给你出主意，可现在这件事情涉及我自己，弄得我反而不好说什么了。”

“你就把你想象成我的朋友，而没有其他什么关系，帮我出出主意。”吴晓春说。

“问题是这件事情明明与我有关系呀。”

“假设没有关系。”吴晓春说。

“假设没有关系?”刘冬娅问。

“假设没有关系。”吴晓春说。说得很坚决。

刘冬娅想了想，说：“如果假设没有关系，那么我肯定建议你找余曼丽好好谈谈，开诚布公地谈谈。不谈怎么知道她的想法?也许她是一个非常明事理的人，能想得通。也许她非常爱你，会替你考虑。还有可能是她知道，如果你跟她结婚，那么华中公司马上就撑不下去，说不定你还会有其他麻烦。也许她会跟你提一些条件，比如娱乐城归她，由她承担相应的债务，或者是她在娱乐城占有一定的股份。也许她自己现在也很为难，不知道在你与她家里人之间如何取舍，这时候你提出跟她了断，可能正好是帮她解脱了呢。”

吴晓春不傻，当然能听出来刘冬娅这么多“也许”是什么意思，对于刘冬娅说的有些话，吴晓春认为有些有道理，而有些则纯粹就是瞎扯，比如说“可能正好帮了她”。但是吴晓春并没有戳穿刘冬娅，而是点头称是，表示他是要找余曼丽好好谈谈，像刘冬娅说的那样，开诚布公地谈谈，并且打算当天晚上就谈。他没有想到，刘冬娅的“瞎扯”变成了事实。

当天晚上晚饭之后，吴晓春赶回余曼丽的家，却发现等待他的并不是余曼丽一个人，而是满满一屋子人。有余曼丽的父亲母亲，余曼丽的姐姐，还有一个是余曼丽的侄子。当吴晓春进入这个他天天在里面睡觉的家的时候，除了余曼丽之外，其他人全都横眉冷对，明显地是要把吴晓春赶走。其实就是他们不赶吴晓春，吴晓春今晚也不可能在这里住了。首先根本就没有他的地方，其次就是勉强住下来也不可能睡原来他天天睡的那个床，更不可能跟余曼丽单独睡，既然不能跟余曼丽睡在一起，那么吴晓春睡在这里干什么？于是吴晓春硬着头皮简单地寒暄了几句，告辞。

出了余曼丽家的门，一团热泪莫名其妙地从吴晓春的眼眶里面涌出，他不知道这团眼泪代表着高兴还是代表着痛苦，就像当初他在磨山上亲吻刘冬娅时，刘冬娅的眼泪同样令他费解一样，他现在也解释不了自己为什么会流眼泪。是因为刚才遭受了余曼丽父母、姐姐和侄子的羞辱？是想到今后将永远不会再回到这里来了？是感觉其实自己对不起余曼丽？是觉得余曼丽其实是非常无辜非常可怜的？还是因为没想到这么容易就可以摆脱余曼丽而异常激动？

当余曼丽追出来的时候，正好看见吴晓春在抹眼泪，于是余曼丽一下子扑到吴晓春的面前，帮着他擦眼泪。

“你上哪儿去？”余曼丽问。问的声音非常温柔，也非常抱歉。

本来吴晓春的眼泪已经被自己擦干净了，没想到现在被余曼丽一擦，反而又涌出来一些。不管刚才那些眼泪是为什么，但是现在这些眼泪肯定是因为委屈，因为余曼丽的父母和姐姐给吴晓春带来的委屈。

“我还怕没有地方住呀?”吴晓春说。

“我不是这个意思,”余曼丽说,“对不起。”

“那你是什么意思?”吴晓春问。问得有点火。

“事先我并不知道,”余曼丽说,“全是我姐姐搞的鬼。她打电话要我回来,说找我有事,我回来的时候,才发现爸爸妈妈他们都在门口等我。”

“他们跟你说什么?”吴晓春问。

余曼丽没说话。

吴晓春又问了一遍。

余曼丽还是没说。

“不说我就走了。”吴晓春说。说着就真拉开车门,上去。

余曼丽见吴晓春真的要开车,来不及绕到另一边,直接就拉开同一侧的后门,也上来。

“你到底说不说?”吴晓春问。问的声音仿佛是最后的通牒。

“说了你不要生气。”

“行,我不生气。”吴晓春说。

“真不生气?”

“真不生气。”

“还是余曼华搞的鬼,”余曼丽说,“余曼华给爸爸妈妈打了电话,说你不是真正的老板,而是打工的。说集团公司董事局黄主席才是真正的老板,而你只是给黄主席打工的。”

“余曼华说得没错,”吴晓春说,“我确实不是老板,确实是打工的,给黄主席打工的,而且黄主席自己都是打工的。怎么了?”

“姐姐还说她从报纸上看到了,集团公司马上就要垮掉了,你这个假老板也做不成了。”

“是退市,”吴晓春说,“退市不能说就是垮掉了。不过退市以后确实会有很多麻烦,我也会有很多麻烦,这个假老板恐怕确实当不成了。怎么了?”

“爸爸妈妈于是就觉得我跟着你很危险，就想来救我。”

“具体呢?”吴晓春问。

“什么具体?”余曼丽反问。

“具体怎样才能救你?”

余曼丽又不说话了。

“你说不说?”吴晓春问。

“他们张罗着另外给我介绍一个男朋友，以前也是我们农场的，现在在省农垦局当处长，去年刚刚死了老婆。”

“你认识他?”吴晓春问。

“认识。”余曼丽说。

“什么时候认识的?”

“从小就认识。”

“最近见过面吗?”

“见过，”余曼丽说，“前几天余曼华带他来娱乐城玩过，我以为玩玩就是玩玩的，刚才我才知道，那天是余曼华专门带他来看我的。”

“这么说他看上你了?”吴晓春问。问的语气像审犯人。

余曼丽不说话了。

“余曼丽，我能跟你说句心里话吗?”吴晓春问。

余曼丽见吴晓春问得这么正式，心里一惊。

“说。”余曼丽说。

余曼丽叫他说了，吴晓春却好像一下子哪里被卡住了。

“说呀。”

吴晓春说：“既然这样，我觉得你真的还不如跟那个处长算了。”

“这可是你说的呀!”

“是我说的，”吴晓春说，“说真话，我对你家里人已经有看法了，而且看法很深，就像他们对我一样，既然如此，你还不如就按照他们的意思做。按他们的意思做也未必不是一个更好的选择。你也是四十岁的人了，需要的是稳定，而我不能给你稳定，我自己都不稳定。大起大落，今天看上去是老板，明天可能就失业，后天说不定就要坐牢。从稳定的角度考虑，你真应该跟了那个处长，大家知根知底，老人也放心。”

“你说的这是心里话?”

“是心里话。”

“狗屁!”余曼丽说，“你说老实话，你是不是为了那个小妖精才这样说的?!”

“又在瞎说了，”吴晓春说，“哪个小妖精呀?”

“哪个小妖精你自己心里有数，不要以为别人都是傻瓜。你们干的那些事你们自己清楚，我清楚，公司里面其他人也清楚。”

“清楚什么了?!”吴晓春也提高了嗓门，“你现在不要纠缠我跟哪个小妖精，你关键要看什么样的结果对你自己最有利。只要对你自己有利就行了，你管我跟哪个小妖精呢？难道你跟人家处长结婚了，还非得限制我打光棍？或者限制我只能跟这个小妖精，不能跟那个小妖精？行了，你先回家吧，回家自己好好想想，也跟家里人好好商量商量。”

余曼丽没有说话，但是也没有下车，而是坐在后座上哭起来。

吴晓春拿面巾纸帮着她擦眼泪，又从前门下来，把后门打开，在里面安慰了半天，终于把余曼丽哄下了车，然后搀扶着把她送到了楼梯口，目送着她慢慢地上了楼，才回到车上，开走了。

44

吴晓春一口气将车子开到刘冬娅家的附近，然后给她打电话。之所以要打电话而不直接去她家里，是因为吴晓春没有去过刘冬娅的家，根本就不认识门，而只知道她家的“附近”。吴晓春每次接送刘冬娅都是在她家“附近”。

还好，不是秘书台。

“你在哪里?”吴晓春问。

“在家。”

“能不能出来一下?”

“可以，在哪里?”

“就是每次接你的那个地方。”

“好，”刘冬娅说，“我十分钟到。”

刚等了一会儿，刘冬娅就来了，好像还没到十分钟。刘冬娅的这个性格也是吴晓春所喜欢的。吴晓春不喜欢不守时间的女人，有很多女人，你约她出来，说在楼下等她，她说好，马上下来，这一个“马上”至少就是半个小时，好像非得要梳妆打扮得彻底了才能下来，又像是非要让男人等待半个小时才能显示她的价值。吴晓春以前就真的遇上这种事情，他对付这种女人的方式非常绝，干脆把车开走，让姗姗来迟的女士扑空。吴晓春发现刘冬娅和余曼丽都是比较守时的，都不属于那种矫揉造作的女人。

刘冬娅是小跑着来到车前的，来到车前之后，先低下头，对吴晓春摆摆手，等吴晓春解除车窗锁之后，自己拉开车门，上来，坐在副驾驶的位置上。

“去哪里?”刘冬娅问。

“滨江公园吧。”

“好。”

滨江公园离刘冬娅家很近，近到对于奔驰车来说，其实就是一个启动和滑行的过程。

滨江公园是真正意义上的“滨江”，就是“沿江”的意思。此时的吴晓春和刘冬娅就并排坐在两个躺椅上，前面有一个小茶几，上面放着两杯八宝茶和一个暖瓶。吴晓春发现这种享受只有武汉这样文化底蕴非常深厚的老城市才有，像深圳那样做任何事情都急吼吼的快节奏都市好像没有这种消磨时间的悠闲消费。

“我跟她谈了。”吴晓春说。其实吴晓春一直等待刘冬娅的发问，从刘冬娅一上车吴晓春就等待，等到现在已经下车了，并且已经坐在这里了，刘冬娅还不问，吴晓春只好自己说。

“这么快就谈了?”刘冬娅说，“怎么样?”

“还是你说得对，”吴晓春说，“她没有大吵大闹，更没有歇斯底里，比我想象的好。”

“结论是什么?”刘冬娅问。

“她答应考虑考虑。”吴晓春说。既然刘冬娅只关心结果，并不在意过程，吴晓春干脆连过程的介绍也就省了。省了更好。吴晓春觉得完全没有必要让刘冬娅知道余曼丽父母和姐姐来了，并且起了关键作用这样的细节。吴晓春认为即使对自己身边最亲密的人，也不要什么话都说。没有必要，而且容易产生是非。具体到今天这件事情，吴晓春觉得更没有必要让刘冬娅知道具体的过程。

“你估计会怎么样?”刘冬娅问。

“估计中间会出现一些问题，但是结果是不会改变的。”吴晓春说。说着就想对刘冬娅有所表示，毕竟这个结果对于他们来说是值得纪念的。于是，吴晓春这时候侧过身来，面对着刘冬娅，伸出自己的右手放在刘冬娅大腿之间，这样，虽然吴晓春看不见刘冬娅那动人的直线与直角，但是他的手能够摸得出来。手摸出来的感觉更好，因为手摸的感觉不但在形状上，而且还在温度上。吴晓春此时就感觉到了一种温热。吴晓春觉得很奇怪，为什么手上会感到温热呢？按说人的体温基本上都是一样的，所以，两个健康的人的身体挨在一起的时候，根据传导传热原理，应该是感觉不到对方是冷还是热的，除非其中的一方是发烧，但是现在刘冬娅显然并没有发烧，为什么我的手会感到温热呢？并且吴晓春在抚摩刘冬娅身上其他地方的时候，并没有感到这种温热，至少没有这么温热，而只有最敏感的地方最温热。吴晓春喜欢这种温热，温热让吴晓春感到一种生命，感到一种活力，也感到一种力量。吴晓春觉得这里面一定有一种道理，但是到底是什么道理，吴晓春不知道。

此时他们所处的地点是长江的江滩上，这里有很多的躺椅，而且几乎所有的躺椅上面都是像吴晓春和刘冬娅这样成双成对的，并且他们也都做着与吴晓春和刘冬娅之间差不多的动作，所以互不干扰，好在虽然这里黑灯瞎火，但是毕竟是大庭广众之下，毕竟对岸的灯光还能照出近处的轮廓，所以也不可能发生什么出格的事情。吴晓春感觉这样反而更好，更体味到一种意境，是那种想做但又不能做，不能做但是又能蜻蜓点水的意境。吴晓春发现这种意境也符合武汉这座城市的性格，如果像深圳那样，一切都是以效率为中心，那么恐怕就没有这种意境了，而生活是一个过程，最好能在这个过程中多经历一些尝试，包括这种点到为止的尝试。

吴晓春这样尝试了一会儿之后，就建议他们沿着江滩走一走。吴晓春对自己不放心，怕尝试的时间太长了他自己守不住。吴晓春今天约刘冬娅出来是谈正经事情的，不是来自己做什么事情的。

两人尽可能沿着水线走，这样可以减少对其他人的妨碍。

“你看下一步我们该做什么？”吴晓春问。

刘冬娅此时是依偎在吴晓春的身上的，他们是保持着零距离在水边漫步，由于两人是贴在一起的，所以移动的速度非常慢。刘冬娅听到吴晓春问“下一步该做什么”，还以为吴晓春会提出把她带到一个两人世界的地方去，于是就娇揉地捅了吴晓春的腰一下，不知道是表示乐意还是表示不乐意。吴晓春发觉她误解了，不忍心去戳穿，于是只好将计就计，顺势把刘冬娅搂得更紧，然后嘴巴贴在她的耳朵上说：“好好好，今天我们不做什么，只谈什么，谈点关于公司下一步怎么办的事情。”

刘冬娅的手臂松开了一些，想了想，说：“等余曼丽那边有明确答复之后，你正式去我家一次，见见我的父母和哥哥、姐姐，算是正式宣布我们的关系，然后我带你去见舅舅和其他相关的亲戚，算是认亲，顺便向他们讨教华中公司出路的事情。只有他们亲自为你出的主意，在今后执行的时候他们才能真正把它当作自己的事情来做。至于主席这边，你打算什么时候跟他摊牌？你的底牌是什么，你想好了没有？”

吴晓春突然有一种感觉，这个刘冬娅比他以前想象的深，也比余曼丽深，深多了，甚至比吴晓春以前认识的所有的女人都要深许多。

“等见了舅舅之后我就跟主席摊牌，”吴晓春说，“我估计主席这边问题不大，因为主席的牌已经出完了，他已经无牌可出了。前两天主席在电话中对我只提出了一个要求：不要把武汉的火烧到深圳去。只要华中公司这边的火不烧到集团公司那边，估计我们怎么做主席都不会有意见。但是我估计主席会要求我们承担那八百万。”

“你准备承担吗？”刘冬娅问，“那我们也太吃亏了。”

“是吃亏了一点，”吴晓春说，“但是这是比较现实的，现在集团公司不要说八百万，估计八十万也拿不出来。”

“拿一点是一点，”刘冬娅说，“实在不行给点东西也行，要不然我们的八百万也不好做账呀，总不能挂在长期投资或应收款上面吧？”

吴晓春愣了一下，感觉这话很熟，跟自己以前在处理玩具厂减免两个月房租问题时候对她说的话差不多，但是角色不一样了，味道也就不相同了。她进步得这么快？是进步快还是她以前就懂，而一直装作不懂？如果是后者，那意味着什么？

“也行，”吴晓春说，“比如要上海公司象征性地‘卖’给我们一点东西，‘卖’贵一点，给几套房子或几辆破车也好，好过没有。从我们这边说，就说必须要这么做，否则没法交代。”

刘冬娅说：“当然，以后公司是我们自己的了，多一点家业总比少点家业好，就这样也等于是白给集团公司几百万了。”

“那也不能这么讲，”吴晓春说，“如果当初不是集团公司出具相关的手续，先给我打过来三千万，然后又为华中公司担保，怎么会有我们的今天？”

45

第二天，余曼丽的姐姐余曼华单独来到华中公司的办公室，找到吴晓春，说要跟他谈谈。

吴晓春虽然反感余曼华，但是出于礼貌，还是接待了她。

“我代表我父母想找你谈谈。”余曼华说。

“好，”吴晓春说，“喝水。听说你父母不同意我跟你妹妹的婚事？”

“现在说这个已经没有用了，”余曼华说，“你们不是已经分手了吗？”

“分手？”吴晓春问，“分什么手？跟谁分手？什么叫‘分手’？我怎么不知道？”

余曼华没有说话，而是撇了撇嘴，摆出不屑一顾的冷笑，那意思是说：你少跟我来这一套！我可不像我妹妹那样好欺负。

出于礼貌，吴晓春本来是坐在会客椅子上面的，坐在会客的椅子上离客人近，也显得平等，不会让对方产生一种居高临下的感觉，这时候见余曼华这样说话又这样冷笑，联想到余曼丽关于她以前的一些介绍，吴晓春便退回到大班台的后面，操起电话，嗒嗒嗒像敲电脑一样按下几个数字。

“余曼丽吗？你姐姐在我办公室。”

“她？”余曼丽问，“你把电话给她。”

吴晓春没有说话，而是用眼神和手势示意余曼华接电话。

余曼华刚才还得意的脸马上拉得老长。

“我的事情不要你管！你马上给我离开那里！”余曼丽直接在电话里面吼起来，吼的声音蛮大，隔了一张大班台的吴晓春都可以听得一清二楚。

“你自己苕，不能说我们余家的人都苕。是妈妈叫我来的。”余曼华也不甘示弱，马上把母亲抬出来。

姐妹两个说的是武汉话，但是吴晓春现在基本上已经能听得懂，比如刚才余曼华说的“苕”，吴晓春知道就是普通话里面“傻瓜”的意思。

“变态！你少管我的闲事！丢人现眼！妈妈还不是听你戳的，她晓得么事?”

“你贱货！自己作践自己！”

吴晓春见他姐妹两个吵起来，赶紧回避。打开门出来，一看，外面鸦雀无声，大家都在埋头工作，而且工作得都非常认真，非常投入，仿佛根本就没有听见老板房间里面传出的吵闹声，或者他们的工作太投入了，根本没有心思注意这些。

吴晓春把后面的门带上，扫视了一遍大家，竟然没有人敢接他的目光，与平常只要吴晓春一露面，个个起身迎接笑着打招呼的情况形成鲜明对比。

吴晓春没有生气，不但没有生气，反而想笑，并且真的就笑出声来。吴晓春一笑出声来，大家马上就把头抬起来，抬得非常整齐，并且个个满脸灿烂，就像深圳一家连锁药店的名字，非常一致。

谈还是要谈的。吴晓春没有跟余曼华谈，却主动找余曼丽谈了。

“既然你真诚，那么我也真诚。”吴晓春说，“你跟处长后，我可能要和刘冬娅结婚。”

“我知道。”余曼丽说。

“有时候婚姻不完全取决于两个人的感情，”吴晓春说，“甚至不取决于两个人是否投缘。我们爷爷奶奶那一代讲究门当户对，我们父母那一代讲究政治第一，现在我们又必须考虑婚姻对各自事业的影响。表现形式不同，本质不变。”

“现在你不该这样讲，”余曼丽说，“既然已经决定跟刘冬娅结婚，就应该想着她是你最爱的女人。”

“那是那是，”吴晓春说，“但是我总是觉得有点对不起你。”

“你真是这么想的？”余曼丽问。

“真是这么想的。”吴晓春说。

“那就对了，”余曼丽说，“这是命。你天生就是一个对不起爱你的女人的命。以前你对不起你前妻，后来对不起深圳的那个老姑婆，现在对不起我，将来再不要对不起刘冬娅了。”

“不会的，不会的。”

“很难说。”余曼丽说，“当初你对我也说是不会的。本性难改呀。这也是命。你这么优秀，真的很优秀，各方面都优秀，很讨女人喜欢。说实话，只要你自己主动，大多数女人都不会拒绝你。正因为如此，上帝才给你安排了一个致命的缺点，让你在不断得到新的女人的青睐的同时，又不断失去原来爱你的女人。不过我还是要感谢你。我们现在分手总比将来分手好，现在分手还有一个处长娶我，要是再晚几年，更惨。”

吴晓春给黄鑫龙打电话，刘冬娅就在他旁边。

吴晓春向黄鑫龙通报了武汉华中公司的严峻形势，说他快顶不住了，武汉这边的银行态度非常坚决，要立即起诉，并说如果再不起诉，将来集团公司那边万一重组没有成功，他们就麻烦了。

黄鑫龙没有说话，从话筒里面传过来的是黄鑫龙喘气的声音。

“是我没有把工作做好，”吴晓春说，“辜负了主席的希望。不过我已经在积极地想办法，争取在武汉找一个企业把华中公司整体接过去，包括债权债务和银行担保全部接过去。这样就绝对可以保证华中公司的火不会烧到集团公司。”

“能行吗?”黄鑫龙问。声音里面透着一丝希望。

“争取吧。”

“不是争取，”黄鑫龙说，“而是一定要做成。”

吴晓春愣了一下，没敢说话，他怕说“一定做成”反而会引起黄鑫龙的怀疑。

“现在有接触吗?”黄鑫龙进一步问。

“有，”吴晓春说，“是我的一个助理在张罗这件事。”

“你的助理?”黄鑫龙问。那意思仿佛他吴晓春这样的级别不该有助理。

“是的，”吴晓春说，“她这个人有点背景，或许有办法。”

说完之后，吴晓春才感悟中国文化的博大精深，如果是英语，男人的“他”和女人的“她”在读音上有明显区别，黄鑫龙听了说不定又会产生许多其他联想。

“有背景好，”黄鑫龙说，“这个事情你要抓紧，事情办成了之后要给你那个助理重奖。”

“您放心，主席，我这就盯住她。”吴晓春虔诚地说。说完之后，吴晓春想，主席也糊涂了，连空头支票都不会开，如果真是这样，公司被别人整体收购了，我吴晓春连假老板也做不成了，拿什么来奖励自己的助理?好在他们是在演戏，演给主席看，真实的情况是他们自己收购自己，准确地说是他们自己赎买自己，把华中公司从集团公司的麾下赎买到他们自己的手中。不过，黄鑫龙的话倒是提醒了吴晓春。

“是啊，”吴晓春对刘冬娅说，“主席讲得有道理呀，如果这件事情成功之后，我该给你什么奖励呢?”

刘冬娅笑了。这时候刘冬娅笑着扑在吴晓春的身上，说：“把你这么个大活人奖励给我，还不够呀?”

刘冬娅是这样说了，但是她的舅舅并没有这么说。刘冬娅带着吴晓春去见舅舅的时候，吴晓春表现得非常得体，但是舅舅背后还是对外甥女表示了担忧。舅舅对刘冬娅的妈妈说：“你注意了没有?这个吴晓春头上长了反骨。”

“反骨?”刘冬娅的妈妈不明白。

“反骨，”舅舅说，“就是《三国演义》上面大将魏延那样的反骨。”

“那又怎么样?”刘冬娅的妈妈问。

“也无所谓，”舅舅说，“现在这种长了反骨的人太多了，不过为了防止万一，最好重组之后的公司里面能有冬娅股份，只要冬娅有股份了，也不怕他反不反的。”

刘冬娅的妈妈当晚就把舅舅的话过给刘冬娅。

“迷信，”刘冬娅说，“什么反骨不反骨的。”

“听你舅舅的没错。”妈妈说。

刘冬娅没再说话。

又过了两天，吴晓春再次给黄鑫龙打电话，说华中公司整体收购的事情基本上谈好了，就是有一个小问题。

“什么小问题?”黄鑫龙问。

“就是那八百万的事情。”吴晓春说。

黄鑫龙那边没有说话，传过来的仍然是黄鑫龙喘气的声音。吴晓春感觉黄鑫龙现在喘气的水平比两年之前大有长进。

“我的意思是这样，”吴晓春说，“做一下变通，把借款改成购销款，就说我们华中公司从上海华东公司那边买了一些东西，他们那边随便找一些旧车旧房，价格做高一点，凑成八百万，这个事情不就结了?”

“好!”黄鑫龙说，“就按你说的办，我马上给上海的李惟诚打电话，具体怎么做你跟他谈。”

吴晓春这才想起来，老上司李惟诚和他一样，也当了封疆大臣，现在是上海华东公司的董事长兼总经理了。

黄鑫龙说完之后，没有忘记补充一句：“要给你那个助理奖励。”

吴晓春当然说好好好。

这次通话刘冬娅仍然是守在吴晓春的身边，事实上现在刘冬娅每天都守在吴晓春的身边，只有到晚上睡觉的时候他们才分开。没办法，刘冬娅的家规严，再说刘冬娅毕竟没有结过婚，现在还跟父母住一起，当然没有余曼丽那么方便。不过晚上睡觉的时候是不是住在一起也无所谓，因为如果他们要想做什么，白天照样可以。现在黄鑫龙在电话里面这样说，刘冬娅当然也听得一清二楚。

“主席好像还蛮有人情味的嘛。”刘冬娅说。

“那是，”吴晓春说，“你以为呀，凡是成就过一番事业的人，肯定有过人之处。”

“我也不要你什么奖励了，”刘冬娅说，“将来事情要是做成了，我也在公司占一点股份，我们绑在一起。”

刘冬娅说得非常轻松，也非常随便，其实这话是舅舅意思的另一种表达方式。

“是啊，”吴晓春说，“我们要搞一个方案，不光是你，既然是有限责任公司，我的意思是把余曼丽和赵工也考虑进来，另外还要预留一些管理股份，给将来的加盟者保留一定的期权。只有股权开放的企业才是真正有生命力的企业。”

46

老上司李惟诚又来武汉了，这次他是为解决那八百万债务的事情来的，已经完全没有上司的架子，相当于杨白劳来见黄世仁。尽管这两年影视作品上把杨白劳和黄世仁进行了戏剧化的颠倒描述，但是债权人永远是债权人，债务人永远是债务人，至少对李惟诚和吴晓春这样层次的人不会把二者的位置弄颠倒的，所以，李惟诚这次来武汉相当低调。

“我是来替别人擦屁股的，”老上司李惟诚说，“你那八百万我连见都没有见过，现在却要来受过。”

“这就是主席的高明之处，”吴晓春说，“主席知道你是我的老上司，知道我买你的账，所以才把你抬出来。”

“惭愧惭愧，”李惟诚说，“你快别说‘上司’两个字了，都是为老板打工的，只有‘下司’，没有‘上司’。”

“好，”吴晓春说，“不说上司，说大哥，说大哥可以吧？来来来，我们几个敬大哥一杯。”

于是，余曼丽、刘冬娅、赵工还有管财务的那个小伙子，都起身向李惟诚敬酒。由于这是比较正式的场合，所以今天华中公司的班子成员都在，包括实际上吴晓春并没有把他列到自己圈子里面的那个管财务的小伙子。

既然大家称兄道弟，那么谈判也就异常的顺利。吴晓春和刘冬娅私下对李惟诚交了底，说华中公司脱离集团公司之后，是私人接手，你那个华东公司反正也就是那么回事了，何必让私人太吃亏呢?

吴晓春只说是“私人”，但是并没有具体说明是哪个私人，李惟诚也没有问，但是从这次来武汉吴晓春他们的态度看，李惟诚也能猜到是怎么回事。知道是怎么回事，但是大家都不明说，这就是层次。

最后，李惟诚自己提出两套方案，一是给车给房，二是给地，随便吴晓春挑。

“我听大哥的。”吴晓春说。

李惟诚分析说：“从价值和将来的发展说，当然是地好，从立即可以变现来说，当然是车和房子好。”

“我还是听大哥的。”吴晓春说。

李惟诚仍然想了一想，仍然给吴晓春分析：“如果你将来打算往上海发展，如果你现在不缺钱，那么你就选择地皮，如果相反，选择车子、房子。”

吴晓春与刘冬娅对了一下眼神，说：“那我们就选择车子、房子。”

最后，双方以十套上海闵行区的房子和一辆旧桑塔纳成交。吴晓春算了一下，实际价值虽然远远没有八百万，但是比他原先的预想好多了。吴晓春和刘冬娅商量了一下，决定陪李惟诚去三峡电站工地看看，并且把余曼丽也叫上一起去。路上，余曼丽主动把话挑破，告诉李惟诚：吴总和刘总很快就要结婚了。

“是吗?”李惟诚回头问，“什么时候?到时候可一定要来上海。”

知道他们的关系后，李惟诚一路拿出做大哥的风度，总是创造吴晓春和刘冬娅在一起的机会，如此，事实上他自己倒经常跟余曼丽在一起了。

关于李惟诚的私生活，吴晓春从来就没有专门打听过，但集团公司南来北往经过武汉的人多，所以吴晓春就多少听了一些。简单地讲，是钱烧的。

李惟诚作为中国资本市场的专家，又是深圳上市公司高管，自己不方便炒股票，但明明看好中国证券市场，甚至明明知道某只股票马上就要涨，不买是难以忍受的，于是，变通了一下，用他老婆的身份证办手续，以老婆的名义炒股票，在证券市场上赚了一些钱。这些钱与证券市场上的一些大鳄相比，可能算不上什么，可是要与普通老百姓相比，多少个家庭一辈子不吃不喝也挣不了这么多钱啊。于是，李惟诚也就成了有钱人。作为有钱人的一个标志，就是要经常接济老家的穷亲戚。今天他二舅的孩子考上大学，明天他三姨的女儿要出嫁，后天又有一个堂兄得了白内障，每次遇上这样的好事或坏事，对李惟诚来说都是一回事，出钱。本来在这个家庭是李惟诚说了算的，李惟诚说给钱，老婆就给钱，别说现在有钱了，就是以前没有多少钱的时候，李惟诚说要给，哪怕给了之后自己就要向同事借钱过日子，老婆也从来不说一个不字。可是，现在有了钱之后，不知道是老家的人胃口越来越大，还是因为老婆在忍耐这么多年之后突然不耐烦了，总之，这次他一个侄子来借钱炒股票，老婆是坚决不答应。老婆的理由很充分，说救急不救穷，救穷不救富，我们家就是慈善机构，也没有义务借钱给别人炒股票的呀，要是把钱借给别人炒股票，那还不如我们自己炒股票了。再说，炒股票是高风险投资，我们把钱借给他，他要是炒赚了还好，可要是炒赔了，拿什么钱还我们？我们不是害了他吗？

李惟诚承认老婆说得对，但同时又磨不开面子，侄子不仅仅是侄子，而是代表他们整个家族，如果这次不给侄子的面子，就等于不给整个家族面子，那么，李惟诚从此就不好再面见家乡父老了。李惟诚知道，对家乡的这些父老，你帮他们十次是应该的，只要有一次不帮他们，就把前面十次的功劳全部抹杀了。所以，李惟诚的意思是多少给个面子，多少给一点钱。

“不行，”老婆说，“这个口子不能开。”

李惟诚有些诧异，感觉老婆说话的口气太硬，不如以前那么温顺。

李惟诚耐着性子，说多少给一点吧，就从我的钱当中出。

“你的钱？”老婆问，“什么钱是你的钱？我们俩离婚了吗？就是离婚了，哪个钱是你的钱？你的钱在哪里？”

李惟诚没想到老婆能说出这样的话，非常震惊，非常不习惯，不过，他还是往好的方面想，想象着老婆是开玩笑，想象着老家的亲戚是不像话，老婆就是有一点不高兴也是可以理解的，于是只好明说，说实在不行就从我的股票账户上提点钱对付一下吧。

“你的股票账户？”老婆问，“你的股票账户你自己去提好了，跟我说干什么？”

李惟诚这才想起来自己的股票账户是以老婆的名义开的，所以，从法律意义上说，那账户是老婆的，账户上面的股票以及股票抛售出去回笼的钱也是老婆的。

这么一想，李惟诚就立刻产生了一种不祥的感觉，感觉老婆对自己的态度越来越生硬可能与她把自己当成有钱人有关。再一想，可不是嘛，老婆的账户上已经有那么多钱了，那么多钱在老婆的名下，很难保证老婆的思想不在金钱的作用下发生化学反应。这个时候自己如果真与老婆闹翻了，打起离婚，这个钱还真不能算是自己的。如此，两个人心里就产生了隔阂。这次来武汉李惟诚对余曼丽的热情，可能就是这种隔阂的延伸。

华中公司与集团公司实现顺利脱钩，但是只是转了一个圈，除了集团公司派来的那个小伙子被抽回深圳之外，其他一切没有变，法定代表人和董事长兼总经理仍然是吴晓春，副总经理余曼丽，总经理助理兼财务经理刘冬娅，总工程师兼工程部经理赵正义。公司为有限责任公司，本来吴晓春和刘冬娅商量是吴晓春占百分之五十一的股份，余曼丽、刘冬娅、赵工各占百分之十的股份，刘冬娅的影子——壳公司的法定代表人占百分之九，另外还有百分之十做未来加盟者的预留期权，但是赵正义主动放弃，说他不要，后来这百分之十也放到预留期权里面了。

吴晓春和刘冬娅正式结婚。婚礼非常隆重。刘冬娅的舅舅自然是座上宾。舅舅应该是座上宾，舅舅不仅辈分大，而且社会地位最高，并且对吴晓春和刘冬娅的贡献也最大。吴晓春发现，同样是亲戚，受尊敬的程度也是有相当大的区别的，除了看辈分之外，也还要看社会地位和对晚辈的实际帮助。

那天舅舅成了人们关注的中心，各桌的亲朋好友都来敬酒，舅舅于是就很高兴。刘冬娅的妈妈跟舅舅是坐在一起的，这时候见弟弟这么高兴，于是就悄悄地问他："你不怕外甥女婿头上的反骨了？"

舅舅一愣，说："长反骨容易犯上，他现在自己占百分之五十一的股份，是法人代表兼董事长和总经理，相当于企业的皇帝了，他反谁呀？"

刘冬娅的妈妈就笑起来，舅舅问她笑什么，妈妈说："不愧你是当大领导的，说话总是有道理。"

余曼丽取得了百分之十的股份后，姐姐余曼华认为她是功臣，说如果没有她那次找吴晓春严肃谈话，这百分之十吴晓春是断然不会给的。余曼华因此就专门跑回监利农场一次，向父母汇报了自己的丰功伟绩。父母认为余曼华说得非常有道理，其中母亲还专门给余曼丽打了一个电话，要余曼丽不要忘记姐姐余曼华的恩情，将来找机会一定要给余曼华在公司里面安排一个位置，并说你既然是股东又是副总，安排自己的亲姐姐在公司任职是理所应当的。

余曼华本来还想进一步表功的，比如她为妹妹介绍了省农垦局的那个处长，但是没有表成，因为处长最后没有和余曼丽结婚，理由是：余曼丽确实非常不错，从小就知道她不错，但是一想到跟她结婚之后必须面对她的妈妈和姐姐，还是算了吧，因为他从小就知道余曼丽的妈妈和姐姐的厉害，不仅处长知道，而且处长的父母和全家人都知道，于是，全家反对这门亲事。不过余曼丽可能因祸得福，因为李惟诚现在几乎天天给余曼丽打电话，追得蛮紧。余曼丽觉得李惟诚比那个处长优秀多了，不管怎么说，他曾经是吴晓春的上司，按照现在的发展趋势，上司跟老板越来越没有差别，如果真跟了李惟诚，起码在精神上没有输给刘冬娅，也不错。

47

华中公司这边是好了，但集团公司却雪上加霜，接连遭遇了两次致命打击，已经病入膏肓了。

第一个打击是国家财务制度的改革，第二还是那件虚开增值税发票的事情。

关于国家财务制度的改革，当然是与国际接轨的需要。对整个中国的经济发展有好处，对提高上市公司的质量也是有百利而无一害，但是，对新天地集团的打击却是致命的。别的不说，仅把对外担保算作债务并列入报表这一条，就立刻让集团公司露了底，资产一下子从正数变成了负数，而且不是负一点，而是负许多，每股负好几元，负到不进行重大资产重组就似乎永远也翻不了身的地步。而资产重组并不是对所有的上市公司都是有效的。因为新天地集团不是以国有股为主的上市公司，最大的股东占集团公司的股份也不到百分之十，即使把这不到百分之十的股份全部换成了优良资产，也不能使整个集团公司的基本面发生根本的改变。所以，等待新天地集团的唯一道路似乎只有退市。

至于虚开增值税发票的事情，并不是像赖散之说的那么简单，事实情况是，他不仅为老乡提供了即征即退的发票，而且他自己还参与了骗税活动。如此，性质就不一样了，而且最终还把新天地集团牵扯进来了。

在派往上海担任华东公司董事长兼总经理之前，赖散之一直担任新天地进出口公司的一把手，但此时的进出口公司已经不比当年，原因之一是如今进出口放开了，企业生产的产品自己就可以出口，当然不必再找专门的进出口公司代理；其二是如今全国都开放了，改革开放初期深圳特区的许多政策优势已经在全国普及，既然已经在全国普及了，那么也就没有优势了，于是，新天地进出口公司也就失去原来的优势了；第三，由于上述两个原因，更坚定了黄鑫龙走专业发展的道路，对进出口这一块基本上是保留牌子实际并不投入的状态。因此，在去上海之前，赖散之也基本上处于半休息状态。到了上海之后，赖散之呼吸到外面的新鲜空气，同时又有一种被重新重用的感觉，所以积极性非常高，不仅按照黄鑫龙的战略部署跑马圈地和争取独立上市，而且还积极利用上市公司的地位和潮州老乡的关系，做起了代理黄金的业务。本来一切都是按部就班稳步发展的，没想到遇到天上掉馅饼的事情，原本一文不值的即征即退发票被老乡花大价钱买去了。由于这部分是额外收入，不需要在公司账面上反映，所以，即便有一天被查出来，也属于他个人行为，由他自己承担相应的责任，而不需要让公司来承担责任。事实上，黄鑫龙送赖散之去专案组的那一天，他就以为是这样的，所以，黄鑫龙当时就提出给公司账户解冻，专案组也同意了，并且也这么做了，因此，黄鑫龙以为就没事了，起码没有公司的事情了。但是，他没有想到，随着梳理和取证工作的深入，更大的问题暴露出来了，也终于把公司牵扯进来了。

原来，赖散之把发票卖给老乡后，心里并不踏实，总想搞清楚老乡花那么多钱买他这些原本没有用的发票到底去做什么去了，于是，他就托朋友去打听，最后终于打听清楚，知道他们买去是做什么用了。打听清楚之后，赖散之也想到了这是违法的事情，不能做，但到底是做不正当生意起家的，本性难改，一见到花花的票子，就又动心了，于是，就仍然按照三到四个点的价格继续出卖手中的发票。时间一长，见怪不怪，竟然感觉自己吃亏了，自己以三到四个点的价格卖给对方，对方却能按照十四个点的比例实现抵扣或赚取退税，既然如此，赖散之想，与其卖给别人去赚钱，不如自己去赚钱。反正都是违法，杀一个人是死罪，杀两个人还是死罪，不如自己做算了。正好，此时他仍然是新天地进出口公司一把手，新天地进出口公司虽然已经基本上处于停顿或半停顿状态，但一切合法的手续都是齐备的，他正好可以用新天地公司重新开展出口业务，即使出口业务本身不赚钱，但由于手中有可以抵扣的发票，按照国家鼓励出口的相关政策，出口退税这一块是净赚的，于是，他就这么做了。

现在，随着案情的进一步深入，赖散之利用新天地进出口公司搞假抵扣假退税的问题慢慢暴露出来。尽管后来查明这件事情确实是他个人行为，黄鑫龙本人确实不知道，赖散之通过出卖发票或利用这些发票骗退税的收入也没有入公司的账，而是全部进了他自己的腰包，但既然是利用新天地进出口公司搞假退税了，那么至少说明公司管理不严，公司当然就有不可推卸的责任，就要受到严厉的处罚。先冻结账户，后取消进出口权，最终被吊销了营业执照。其影响是可想而知的。

这完全是因为黄鑫龙用人不当引起的。

黄鑫龙是做贸易起家的，公司上市之后，突然之间募集了那么多的钱，而贸易额不可能一下子突然提高那么多，于是，大脑发热，一股脑地搞起了多元化，什么赚钱做什么。曾经有那么一段时间，集团下面冒出成百个二级公司、三级公司甚至四级公司。由于管理不到位，最后这些公司大多数都赔钱，成了集团公司的包袱，而少数效益尚可的公司，利润也进了个人腰包，很少有二级公司、三级公司的老总会傻到把自己辛辛苦苦赚到的钱上缴到集团公司来，这样，集团公司就只出不进，就是一座金山也早晚会被掏空。后来，黄鑫龙终于明白过来，痛定思痛，从开发以前粮食系统带进来的粮店和粮食仓库良好的收益中悟出了道理，逐步把集团公司的主导产业集中在房地产上来，搞起了所谓的专业化。但是，无论是多元化还是专业化，黄鑫龙始终都没有完全放弃进出口业务这一块。即便是到后来进出口业务限制放宽了，新天地进出口公司并不具备特殊的优势了，他也一直保留着这块牌子，保留着这项业务。但是，千不该万不该，他不该把这块业务全部交给赖散之。

表面上看，赖散之能成为新天地进出口公司的老总也是顺理成章。说到底，黄鑫龙在进出口业务上的发展还是赖散之带上路的。黄鑫龙成为进出口公司经理之后开展的第一笔业务就是与赖散之合作完成的。虽然是小合作，但却让黄鑫龙理解到进出口许可证和外汇调节指标的重要，并以这项优势和利润分成的政策迅速拓展了业务。从那以后，黄鑫龙就一直保持着与赖散之的合作。黄鑫龙不是那种忘恩负义的人，得了别人的好处总要记一辈子，所以，当深圳特区各项发展走向正轨，走私生意无法生存后，他就给了赖散之一条活路，让他接替自己曾经的位置，担任新天地集团下属的进出口公司总经理。当然，黄鑫龙把进出口公司交给赖散之的另一个原因是他对赖散之放心。毕竟是同乡，毕竟是亲戚，知根知底，用黄鑫龙自己的话说，他这个远房舅舅好到什么程度他不知道，但坏到什么程度他一清二楚，把进出口公司交给这样的人，当然比那些从社会上招聘来的巧言令色的人放心。不过，黄鑫龙对赖散之也有言在先：绝对不能利用新天地进出口做走私生意。赖散之当时赌咒发誓，说他保证不会，并说他如果想做，那就不会留在深圳了，也不会加盟新天地集团了，说如今深圳比外地管得严，上市公司比一般企业管得严，他是绝对不会做这种傻事情的。后来，赖散之倒也遵守承诺，果然没有利用新天地进出口做走私生意。久而久之，黄鑫龙对他也就放心了，新天地进出口公司也就成了赖散之的一统天下。但是，黄鑫龙做梦也没想到，赖散之虽然没做走私生意，却用集团进出口公司虚开增值税发票，不仅赖散之本人被抓，进出口公司还被吊销了营业执照。

虽然此时进出口生意在整个集团中所占的业务比例并不重要，而且赖散之当进出口公司总经理之后也几乎没有给集团公司上缴过利润，所以从经济上说进出口公司被吊销营业执照对集团公司并无大碍，但是，性质恶劣，影响极坏，等于整个上市公司有了不良记录，不仅一点信誉没有了，根本不能再从银行贷到任何一笔款，而且还引起了各监管部门的高度关注。上市公司不是农民工，农民工被社会关注是好事情，而上市公司被监管部门“关注”是一件相当不好的事情。

黄鑫龙是要脸的人，他感到无地自容。而且他也是有点迷信的人，他认为自己是靠进出口公司发家的，现在进出口公司被吊销，预示着自己的基业动摇了。所以，后来有人说，财务制度的改革是导致新天地集团退市的直接原因，但即使公司退市，也不致导致黄鑫龙的出逃，凭黄鑫龙的性格，一般也不会出逃，会寻找机会东山再起。导致黄鑫龙意外出逃的直接原因不是集团退市，而是赖散之利用进出口公司虚开增值税发票骗取退税。它让黄鑫龙丢尽了脸面，失去了信誉，丧失了自信。所以，用他本家叔叔的话说，最终还是三癞子害了他。

48

集团公司终于退市了。虽然退市并不意味着公司破产，而只是从一板转到了三板，严格地讲它还属于上市公司，但已不具备上市公司的一些基本功能，比如从证券市场上继续圈钱的功能，因此，也就好比一个人，虽然并没有死，但已经成了植物人，和死人也相差不多了。

关于“三板”，吴晓春和李惟诚在电话里面瞎聊的时候还抬过杠。按照吴晓春的观点，说把新天地这类的公司说成“三板”是委屈它们了，公平地讲，它们应该是“二板”，因为排在它们前面的所谓“二板”一直到现在还没有开通，按照先来后到的规矩，还没有开通的“创业板”应该叫“三板”，而像新天地集团这样已经从主板市场退下来的公司叫“二板”才对。

吴晓春的抬杠多少带有一些搞笑的味道，但也不是一点根据没有。所谓“三板”，是相对A板市场和创业板市场而言的。在业内，通常将A板市场称为主板市场，主板是“老大”，当然就可以理解是“一板”，相对于主板市场，还有一个一直嚷嚷着要开通的创业板，既然A板是老大了，那么创业板当然只能是“老二”，也就是俗称的“二板”，但是，具有讽刺意味的是，“二板”喊了这么多年都一直没有问世，与此同时，倒有不少本来在主板的上市公司不得不退市，而且这些退市的公司都与新天地集团一样，屁股后面都有一大堆问题，如果完全剥夺它们作为上市公司的权利，那么就会产生多米诺效应，与它互担保的那些上市公司就跟着要破产倒闭，为了不让一连串的上市公司一个接着一个地破产，或者说是为了维持和谐社会，就必须给他们提供一个维持生命的系统，这个系统就是2001年7月16日正式开办所谓“代办股份转让系统”。在该系统内，像新天地集团这样从主板市场退下来的公司仍然可以在指定的时间与指定的证券公司按规定的涨跌幅限制进行交易。既然“二板”的名分已经事先给“创业板”了，那么这个所谓的“代办股权转让系统”当然只能是“三板”。吴晓春在电话里面和李惟诚抬杠，大概也是对中国证券市场诸多怪事的一种讽刺吧，并非真想为“三板”打抱不平。

虽然集团公司退市了，或者说好听一点是进入“三板”了，但由于事先工作做得细，做得早，华中公司赶在集团公司退市之前与之顺利脱钩，并且脱得干干净净，一丝不挂，所以，集团公司的退市对华中公司没有产生任何直接的影响。既然对华中公司没有影响，那么对吴晓春也就没有任何影响。但是，对黄鑫龙肯定有很大影响。因为毕竟，黄鑫龙是新天地实业（集团）股份有限公司的董事局主席，现在既然新天地公司退市了，那么他这个主席自然也就当不成了。而且，人在人情在，黄鑫龙在位的时候，很多人碍着面子或碍着他的势力，凡事都让他三分，所以，对他担任上市公司董事长和董事局主席这些年的所作所为睁一只眼闭一只眼，现在一旦公司退市，黄鑫龙也不是“主席”了，失去了屏障，秋后算账一类的麻烦事情肯定不少。关于这点，吴晓春对刘冬娅都没有说，但是在电话里面和李惟诚说了。说到了财务制度改革的事，也说到了进出口公司虚开增值税发票的事情。话语中，吴晓春对黄鑫龙表示出一定的惋惜、同情和担忧。李惟诚也有同感，说吴晓春分析得对，承认黄鑫龙将来可能要面临一系列的麻烦，但是，他并不同情黄鑫龙，说黄鑫龙是自作自受。说当初新天地公司在即将上市的时候，本来是有一家保险公司主动要求作为共同发起人的，但黄鑫龙不接受，主要还是有私心，担心来了一个大股东之后，他这个董事长的位置随时保不住，如果有保险公司做后盾，新天地集团能是今天这样的结局吗？

“当时我就劝过他，但他就是不听。”李惟诚说。

不知怎么，吴晓春听了这些话心里不舒服，总觉得有点贬低别人抬高自己的味道。但他承认李惟诚说得对，也相信李惟诚说的这些都是事实，当初新天地进出口公司在进行股份制改造的时候，李惟诚就是市体改办推荐来的专家，以李惟诚当时的身份和学识，也确实可能劝说过黄鑫龙接纳保险公司作为共同发起人。如果当初黄鑫龙听从了李惟诚的建议，接受保险公司作为共同发起人了，那么集团公司基本上可以肯定不会落得今天退市的结局，但是，如果那样，黄鑫龙可能早就不当董事长了，更没有后来的“黄主席”了，所以，吴晓春想，凡事都有两面性，站在不同立场的人看到的面不同，结论自然也就不一样。

吴晓春现在已经完全不把李惟诚当领导了，所以说话也就比较直率。吴晓春这时候说：“现在还讲那些没有用。不管怎么说，主席对我们都有知遇之恩，他现在遇到困难，我们首先想到的应该是怎么帮他摆脱困境，而不是责备他以前的过错。”

李惟诚不说话，他心里有气，他跟黄鑫龙的时间比吴晓春长，对新天地公司的情况比吴晓春了解，对公司实际贡献也比吴晓春大，现在吴晓春的华中公司与集团公司顺利脱钩了，但他的华东公司却仍然属于集团公司，说到底，自己还是一个打工的，而不像吴晓春，已经自己当老板了，当然可以以一个胜利者的姿态来显示自己的宽容和豁达。李惟诚这时候真想狠狠地回敬吴晓春一句：“你不要站着说话不腰疼！”甚至还想说“你有什么资格教训我？”但是，李惟诚就是李惟诚，他可以摆谱，但绝对不会发火，李惟诚认为在任何时候任何情况下发火都是无能的表现，都于事无补，都是只有坏处没有好处，再考虑到他现在的处境不佳，说不定哪一天在生意上仰仗吴晓春关照也说不定，所以，虽然心中有怒火，但李惟诚仍然强迫自己冷静下来，说："那是的。那是的。我也想帮呀，可怎么帮呢？"

李惟诚这样一问，还真把吴晓春给问住了。吴晓春想了半天，也没有想出一个能帮黄鑫龙的好办法，因为说到底，每个人脚上的泡都是自己磨出来的，就其本质上说，别人是没办法帮的。如果硬要说帮，那也只能给点钱，不是说很多麻烦都是能用金钱消除的嘛。

"你以为他缺钱呀？"李惟诚说。

李惟诚又把吴晓春问住了。吴晓春当然知道黄鑫龙并不缺钱。别说灰色收入了，就是阳光收入，包括一个上司公司董事局主席的工资、奖金加分红，再加上他手上掌握的所谓内部职工股，早就作为历史遗留问题得到了特赦，变成了可以流通的股票了，而这部分股票的最终去向连吴晓春这样的董事都说不清楚，而且一股也都没有得到，那些真正的"职工"更可想而知了。这样七七八八加起来一算，吴晓春心里就一惊：公司虽然退市了，黄鑫龙也不再是"主席"了，但他拥有的个人资本还是比我大呀！那么，吴晓春想，我现在这样替黄鑫龙担心，想报答他的知遇之恩，是不是有些不知天高地厚和自作多情呀？

不过，既然话已经出口，就不能再往回收，否则李惟诚会怎么看呢？

"要么我们去看看他？"吴晓春建议。

李惟诚虽然心里有气，但也不想被吴晓春看成是忘恩负义的人，于是立刻答应，说好，我们一起去看看，并让吴晓春负责联系，等联系好了，他们两个分别从上海和武汉起飞，在深圳会合，一起去看黄鑫龙。

接下来就是吴晓春联系黄鑫龙的事情。他本来以为这根本就不是什么事情，不就打个电话嘛，可他没想到，硬是联系不上。

办公室的电话自不用说了，都不当主席了，当然不会再用原来的电话，打黄鑫龙的手机，回答永远都是不在服务区，仿佛此时的黄鑫龙钻入地下，根本没有信号。

吴晓春也找过以前的一些老同事，但这些老同事不是电话换了根本找不到人，就是偶尔找到一两个，也一问三不知，不知道是真不知还是假装不知。甚至还有一个冒失鬼，接到吴晓春的电话后大吃一惊，问："你还没有被抓起来呀？"闹得吴晓春三天都不愉快。闹到最后，吴晓春已经不再想去见黄鑫龙了，而仅仅是想着怎样向李惟诚交差。

吴晓春给李惟诚打电话，说算了，实在联系不上。

李惟诚一阵窃笑，然后问："你是不是真想见主席呀？"

吴晓春明明已经不想见了，但嘴巴却硬，说："当然是真的呀，这事还能有假？"

李惟诚又笑了一下，说："如果你真想见，我倒能联系上。"

"你能联系上？"吴晓春问。

"能联系上。"李惟诚说。

"你怎么联系上？"吴晓春问。

"那你不用管，反正我能联系上。"李惟诚说。说得多少有点得意。

"那好，你赶快联系，联系好了我们去看他。"吴晓春说。

吴晓春这时候这样说，多少有些将李惟诚一军的意思，他不相信既然他都联系不上，那么凭什么李惟诚能联系得上。就是为了证实李惟诚到底能不能联系上，他也要这么说。可是，他没有想到，李惟诚还真联系上了，而且非常容易地就联系上了。

李惟诚是通过肖仲明联系上黄鑫龙的。

前面说过，肖仲明和黄鑫龙的关系非常不一般，所以，只要联系上了肖仲明，就等于联系上了黄鑫龙。关于这点，李惟诚知道，吴晓春也知道，吴晓春不但知道，而且还专门给肖仲明打过电话，可肖仲明比黄鑫龙还绝，黄鑫龙的手机是“不在服务区域”，而肖仲明的手机干脆就变成了“空号”。既然是“空号”，那么李惟诚又是怎么打通的呢?

其实李惟诚并没有打通肖仲明的电话，而是肖仲明主动给他打的电话。

当然，不是用原来的那个“空号”电话打的，而是另外有一个新号码。

肖仲明主动给李惟诚打电话的目的是谈“大上海新天地花园”物业管理的事情。

集团公司虽然退市了，但退市并不意味着倒闭，新天地（集团）实业股份有限公司退市后进入“三板”，不能算破产，所以，新天地集团公司还存在，李惟诚的华东公司还是新天地集团公司下属的子公司，它所开发的“大上海新天地花园”还应该交给肖仲明的新天地物业管理公司管理。

李惟诚不想让肖仲明管理，肖仲明想要来管理，这样，肖仲明就主动给李惟诚打电话了。当然，用新手机打的。如此，李惟诚就通过肖仲明联系上了黄鑫龙。

49

让李惟诚和吴晓春没有想到的是，黄鑫龙神采奕奕，满面红光，还是一副“主席”相，丝毫没有透露出半点沮丧和落魄的模样。既然这样，本来两个人推敲好的一些他们认为很得体的安慰话就一句也说不出来了。吴晓春甚至还有些后悔，想早知道这样就不用费那么大劲自作多情来看望他了。

主席仍然是主席，表现出一副对部下非常信任非常体贴和非常关心非常照顾的样子，问了吴晓春和李惟诚最近的一些情况，包括公司经营情况和各自生活的情况，甚至还发号施令般地嘱咐李惟诚要顾全大局，要眼光放远一点，集团公司的困难是暂时的，瘦死的骆驼比马大，烂船还有三斤钉，自己开发的物业还是自己的公司管理好，换上别的物业管理公司，不仅早晚要在房屋质量上挑毛病，而且假按揭的事情被捅出来也说不定。

黄鑫龙说的“假按揭”也是赖散之的“杰作”，就是利用国家给房屋购买者贷款买房的政策，他们用内部员工的身份证，或从偏远农村买来的身份证，自己“买”自己的房，然后用这些身份证去银行办理按揭贷款，提前回笼资金。这种做法当然是违规的，但既然赖散之已经做了，并且赖散之也已经抓起来了，现在李惟诚只好代为受过，提心吊胆地瞒一天是一天，找机会再把这些房子转让出去。

让吴晓春感觉奇怪的是，李惟诚背后说黄鑫龙是自作自受，真当了黄鑫龙的面，却仍然是一副俯首称臣唯唯诺诺的样子。

黄鑫龙点到为止，话锋一转，问起吴晓春的情况，竟然还没有忘记问吴晓春有没有给他那个助理奖励的事情。当黄鑫龙获悉吴晓春已经结婚并且正是和自己的助理结婚之后，黄鑫龙还非常高兴，马上吩咐旁边的人封一个大红包，并说他知道吴晓春现在不在乎这点小钱，也就是个意思吧，搞得吴晓春感动半天。

大约是太感动了，吴晓春对黄鑫龙第一次可能也是最后一次说出了自己的真心话。

吴晓春先看了一眼李惟诚，仿佛李惟诚还是他的上司，在自己要说出非常重要的话之前，要征求一下李惟诚的意见。

此时的李惟诚显然已经猜到吴晓春要说什么，并且知道吴晓春这样看他一眼是征求他的意见，于是果然微微点了点头。

吴晓春这才说："主席，您走吧，远走高飞吧。您当了那么多年的主席，多少会有些不周到的地方，那时候法规也不完善，很多当时并不违法的事情现在看起来并不一定合法。您要是不走，这些事情很难说早晚不是麻烦。您要是走了，事大事小，走了算了，别人也就不会追究了。"

黄鑫龙听了不动声色，脸上没有表情，看不出是高兴还是不高兴。但他肯定是听清楚了，因为他还知道看看吴晓春又看看李惟诚，那意思像是在问李惟诚：你也是这个意思吗？

虽然没有出声，李惟诚还是读懂了黄鑫龙的眼神。这时候他先看一眼吴晓春，然后吸了一口气，让肚子胀了一点，腰杆也就挺了一点，这才说："是。我觉得也是。您远走高飞对别人也是好事情。您在这里，万一有点什么麻烦，也等于是给别人添麻烦。您那些身居要职的朋友是追究呢，还是不追究呢？是帮您呢，还是不帮您？所以，我也觉得您还是远走高飞清净。"

黄鑫龙脸上仍然没有表情，但已经开始说话。黄鑫龙问：“你们说完了?”

李惟诚回答：“说完了。”

吴晓春回答：“说完了，主席。”

“屁话!”黄鑫龙突然把桌子一拍，大声说，“你们以为我是谁呀?!我黄鑫龙是那种见事情就躲的人吗?是那种怕死的人吗?我问心无愧！我黄鑫龙行得直坐得正，影子都是不打折的。我走，我往哪里走?!我为什么要走?!我能把新天地公司带走吗?!新天地不走我黄鑫龙能走吗?!没有新天地，我黄鑫龙还是黄鑫龙吗?!我告诉你们，我黄鑫龙别的本事没有，但男子汉大丈夫，敢作敢当，一人做事一人当，绝不连累朋友！更不会连累部下。你们放心，别说我没有什么事，就是真有天大的事，也绝不会连累到你们头上。”

“不是这个意思。”吴晓春赶紧解释，“主席您误会了。”

“确实不是这个意思。”李惟诚补充说。

黄鑫龙舒出一口气，缓和了一下，声音降下来不少，很快就恢复成平静的语调，说：“行了，我知道你们的意思。你们走吧。时间不早了，我要休息了。”

说完，黄鑫龙还打了一个大大的哈欠。李惟诚和吴晓春只好告辞，并且是一步一步退着出去的，生怕让黄鑫龙感觉与以往有什么不同。

一到外面，李惟诚就摇摇头。

吴晓春也没有出声，伸出右手的食指，指指自己的头，意思是：脑子坏了。

次日，两个人要分别回上海和武汉，在机场，商量着和黄鑫龙再道个别，却怎么也打不通黄鑫龙的电话了。再联系肖仲明，无论是旧号码还是新号码，同样是联系不上。飞机不等人，只好先登机再说。

回来武汉的当天晚上，吴晓春接到李惟诚从上海打来的电话，告诉他：黄鑫龙已经到美国了。

“这么快？什么时候走的？”吴晓春问。

“就在昨天。昨天我们俩前脚告辞，他后脚就走了。从香港乘红眼航班走的。而且是和肖仲明一起走的。”李惟诚说。

“肖仲明也走了？”吴晓春问，“那他还怎么管理你的大上海新天地花园？他还专门找你干什么？”

“哈哈哈……”李惟诚笑。

“哈哈哈哈哈……”李惟诚大笑。

笑完之后，吴晓春问李惟诚：“你笑什么？”

李惟诚反问：“你笑什么？”

“是脑子坏了，”吴晓春说，“但不是他脑子坏了，是我们的脑子坏了！”

“他”是指黄鑫龙，黄主席。

尾　声

又一个春催柳绿的时节，华中公司终于独立上市了。不过，上市的不是华中公司全部，而只是其中的一部分。具体地说，就是其中商业大厦的那一部分。

当初吴晓春为了组成一个可以相互担保和相互关联交易的“圈”，让刘冬娅再注册两家公司，一家是东方娱乐城有限责任公司，另一家就是江城商业大厦有限责任公司，两家公司的法人代表分别是余曼丽和刘冬娅。头两年，东方娱乐城比江城商业大厦威风，不仅表面风光，每天笑迎八方来客，而且有现金流。别小瞧这个现金流，当时全靠它维持着整个华中公司的运转以及维持着华中公司与银行的良好关系。也正因为如此，当商业大厦的裙楼因为面积太大总价太高而出手不了的时候，吴晓春才得以从银行再次贷款让整个大厦顺利竣工。竣工之后，商业大厦的裙楼部分仍然未能出手，原因还是标的价格太高，虽然为众多商家看好，但没有一家能一次性支付这么大一笔巨款，而如果通过银行办按揭，实际上还是从银行贷款，银行不可能为同一标的发放两次贷款。最后，在实在没有办法的情况下，吴晓春只好放弃出手的想法，改对外出租，想着只要租金能抵偿银行贷款利息就行了。可就是这个最低目标，实现起来也相当艰难，曾经发生过租金抵偿不了银行利息的局面。幸亏有东方娱乐城撑着，才勉强渡过难关。而如今，时过境迁，原本无法出手的商业大厦裙楼部分成了优质资产，伴随着温州炒房团的介入，武汉房地产快速升温。虽然温州炒房团并没有直接炒他们的江城商业大厦，但整个武汉房地产的快速升温还是提升了该大厦的价值。此时，吴晓春和刘冬娅已经结婚生子，吴晓春成了武汉人的女婿，准确地说，成了刘冬娅在武汉庞大家族的女婿，刘冬娅的庞大家族再也不会把吴晓春当外人了。天时、地利加上人和，终于在一系列所谓的资本运作之后，江城商业大厦成功上市了。不过，这一系列的所谓运作也造成了另外一个效果，那就是，“江城商厦”与华中公司基本上脱钩了，吴晓春本人既不是上市公司的董事长，也不是该公司的第一大股东，只是通过华中公司间接拥有上市公司的一些股份，上市公司“江城商厦”的董事长是刘冬娅，实际控制人是刘冬娅背后那个强大的家族，而吴晓春本人掌管的华中公司几乎成为一副空架子。下属两家公司中的江城商厦独立上市了，另一家公司东方娱乐城则因为产权既不属于娱乐城公司也不属于华中公司，而属于武汉玩具厂，所以武汉房地产的崛起对它并不是利好，相反，租金反而提高了，加上武汉的娱乐业更新换代很快，此时的东方娱乐城早已经风光不再，非但不能继续为华中公司再做贡献，不成为华中公司的包袱就不错了。

吴晓春再次体味到被架空的感觉。这次不是主席把他架空，而是他自己把自己架空了。他在电话中对李惟诚调侃，说他现在又重新成为打工仔了，但不是为主席打工，而是为自己的老婆刘冬娅打工。

李惟诚听了自然是笑。李惟诚比吴晓春想得开，他早已经辞去新天地华东公司董事长兼总经理的职务，也辞去新天地集团公司董事和董事局主席助理等一切职务，并且终于和老婆离婚，在重庆万州买了块地，过起田园生活了。

离婚之后的李惟诚最终也没有和余曼丽结婚，而是娶了余曼丽的姐姐余曼华为妻。此举，不仅令余曼丽不齿，连吴晓春也感觉不可思议。

万州就是以前的万县，重庆成立直辖市之后，水涨船高，升格为市。既然是市，当然不能再叫“县”，只能改名称为万州。

万州虽然属于重庆，但与武汉的联系并不比重庆少。特别是李惟诚，由于他老婆余曼华是武汉人，更是经常往来武汉和万州之间。这一次他又来武汉，吴晓春照例请他吃饭。当然，不是单纯地吃饭，还要喝酒。酒过三巡，两个人谈到各自婚姻方面的事情，吴晓春没能忍住，言语之中透露出姐姐余曼华根本比不上妹妹余曼丽的意思，并袒露他自己对余曼华的看法，就一个字——俗。

吴晓春能当面对李惟诚说这样的话，显然是喝多了。可是，李惟诚没有喝多，他清醒着呢。

“我喜欢俗呀！”李惟诚说，“我本来就是俗人呀！人生苦短，我这大半辈子都装雅，现在把一切都看透了，俗就是俗，俗有什么不好啊？俗才是真实的生活嘛。”

吴晓春哑口无言。

“江城商厦”独立上市之后，吴晓春时常感到失落，越是想豁达，就越是释怀不了这件事，而且除了李惟诚之外，他的心思没有办法对其他人说。这一天他又心事重重，给李惟诚打电话，本以为李惟诚如今两耳不闻窗外事，多一事不如少一事，肯定不会为他出具体的主意，没承想李惟诚现在回归自然了，说话反而无所顾忌了。

李惟诚要吴晓春放手，对商业大厦放手，对娱乐城也放手，任她们两个女人自己去折腾，干脆公开地把华中公司完全变成一个空架子，一个除了江城商厦和东方娱乐城股权之外，什么都没有的空架子。

吴晓春听了称妙，太妙了，当即表示接受老上司的指教，照老上司的指点去做。李惟诚以为他仅仅是嘴巴上这么说说，没想到吴晓春真这么做了，并且做得比李惟诚说的更彻底。他只保留了“江城商厦”的股权，而把整个东方娱乐城全部无偿地送给余曼丽了。余曼华认为吴晓春这样做很傻，可她老公李惟诚恰恰相反，他认为吴晓春精着呢。

李惟诚说：“公司不上市，股权一分钱不值，现在送给你妹妹还落个人情，等到资不抵债的时候，想给都给不出去。”

余曼华听了，茅塞顿开。她终于明白了一个朴素的真理——上市好啊，只要公司上市了，哪怕是堆臭狗屎，股票也有人买，即便像新天地集团那样，实在撑不下去了，退市了，也能保留在三板，股票多少还能卖些钱。于是，经过深思熟虑，余曼华郑重地向妹妹建议：无论如何也要把东方娱乐城整上市。

余曼丽回答：“你一辈子出馊主意，只有这次出了个好主意。”并说这次姐妹俩算想到一块了。

于是，现在姐妹俩终于找到了共同的事业，正合力整东方娱乐城上市的事情。

对姐妹俩的做法，吴晓春感觉可笑，太可笑了，东方娱乐城一无所有，凭她姐妹俩对上市公司和公司上市的理解，怎么能把它整上市？

老上司李惟诚却不这么看，他认为事在人为，中国人是最具想象力和创造力的，只有想不到的，没有做不到的。现在余曼华、余曼丽姐妹俩既然已经想到了，并且已经积极在做了，谁敢保证她们一定做不成？

于是，他们两个打赌，赌东方娱乐城到底能不能被余氏两姐妹折腾上市。说实话，他们俩都没有决胜的把握，所以赌资相当少，就一顿酒。两个人都不在乎输赢，只图有个念想吧。

图书在版编目(CIP)数据

上市公司 / 丁力著. －－ 北京 : 中国文史出版社,
2021.7
(中国专业作家作品典藏文库. 丁力卷)
ISBN 978－7－5205－2875－7

Ⅰ. ①上… Ⅱ. ①丁… Ⅲ. ①长篇小说－中国－当代
Ⅳ. ①I247.5

中国版本图书馆 CIP 数据核字(2021)第 023809 号

责任编辑：薛媛媛

出版发行：**中国文史出版社**
社　　址：北京市海淀区西八里庄路 69 号院　邮编：100142
电　　话：010－81136606　81136602　81136603（发行部）
传　　真：010－81136655
印　　装：北京新华印刷有限公司
经　　销：全国新华书店
开　　本：720×1020　1/16
印　　张：19.5　　　字数：230 千字
版　　次：2021 年 7 月第 1 版
印　　次：2021 年 7 月第 1 次印刷
定　　价：65.00 元